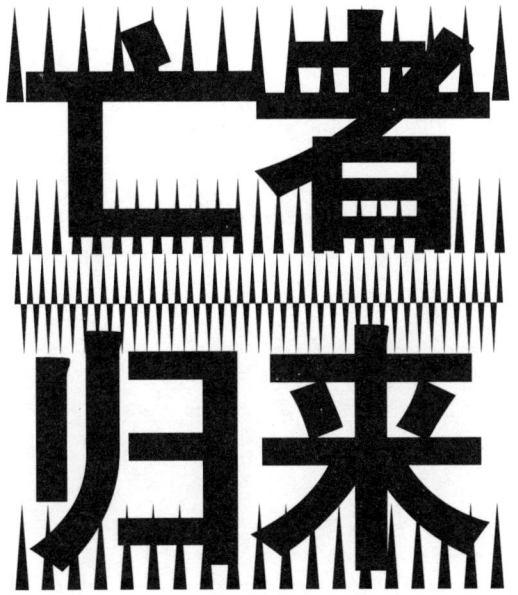

异青人 著

上海社会科学院出版社

图书在版编目（CIP）数据

亡者归来/异青人著. -- 上海：上海社会科学院出版社, 2019
 ISBN 978-7-5520-2559-0

Ⅰ.①亡… Ⅱ.①异… Ⅲ.①长篇小说－中国－当代 Ⅳ.①I247.5

中国版本图书馆CIP数据核字(2019)第127745号

亡者归来

著　　者：	异青人
责任编辑：	王　勤
封面设计：	人马艺术设计·储平
出版发行：	上海社会科学院出版社
	上海市顺昌路622号 邮编 200025
	电话总机 021-63315900 销售热线 021-53063735
	http://www.sassp.org.cn　E-mail:sassp@sass.org.cn
印　　刷：	上海盛通时代印刷有限公司
开　　本：	890×1240毫米　1/32开
印　　张：	9
字　　数：	210千字
版　　次：	2019年8月第一版　2019年8月第一次印刷

ISBN 978-7-5520-2559-0/I·343　　　　定价: 45.00元

版权所有　翻印必究

目 录

重生

- 第一章　　　5
- 第二章　　　11
- 第三章　　　19
- 第四章　　　27
- 第五章　　　32
- 第六章　　　38
- 第七章　　　44
- 第八章　　　52
- 第九章　　　58
- 第十章　　　64
- 第十一章　　73
- 第十二章　　79
- 第十三章　　86
- 第十四章　　93
- 第十五章　　101
- 第十六章　　105

- 引子　　2

迷宫

- 第十七章　　113
- 第十八章　　120
- 第十九章　　127
- 第二十章　　133
- 第二十一章　141
- 第二十二章　147
- 第二十三章　152
- 第二十四章　160
- 第二十五章　168
- 第二十六章　174
- 第二十七章　181
- 第二十八章　191
- 第二十九章　198

过去

- 第三十章　　204
- 第三十一章　208
- 第三十二章　214
- 第三十三章　223
- 第三十四章　232
- 第三十五章　241
- 第三十六章　246
- 第三十七章　256
- 第三十八章　262
- 第三十九章　270
- 第四十章　　277
- 尾声　280

你是否也曾期盼过某个逝去的人重新出现在自己面前？哪怕她已不是她……

引子

  房间里灯光昏暗，角落的桌椅翻倒在地，原本工工整整放在桌子上面的图纸散落得到处都是，地面血迹斑驳，好似刚发生过一场恶斗。

  靠近门的位置躺着一具血肉模糊的尸体，已经无法分辨其生前的模样。周凯跪在旁边，紧紧握着尸体渐渐失去温度的手，两行热泪顺着脸颊滑落。良久，他擦掉泪水，脱下被血染红的外套小心翼翼地盖在尸体上，然后起身，拖着疲惫的身体走出房间。

  房间外是一条很长的走廊，走廊里灯光刺眼。周凯最后看了眼尸体，仿佛是在告别，紧接着深吸一口气，朝走廊左侧奔跑而去。走廊纵横交错，看起来每条路都一样，周凯跑了许久，直到体力彻底透支才停下来，喘着粗气跌坐在地。

  这时，远方传来了嚎叫声，是某种野兽撕心裂肺的嚎叫声，震得人耳膜生疼。周凯绷紧神经，视线死死盯着前方。嚎叫声越来越近，一头体型庞大的家伙突然从走廊与走廊的拐角处冲出来。它的速度极快，仅仅几秒就来到了周凯身前，紧接着张开血盆大口，毫不犹豫地朝他的脖颈咬了下去。周凯已经无力反抗。

  他身后十几米处有一张惊愕的脸，那张脸的主人目睹了整个过程，此刻仿佛被施了定身术般僵在原地，眼睁睁地看着那头巨大的野兽贪婪地吃掉猎到的食物。野兽也发现了他的存在，但它刚刚饱食一顿，此刻已经懒得理睬他了。

  过了数秒，那张脸的主人才回过神来，他努力压制着内心的恐慌，一步一步向后挪动步子，直到距离野兽差不多五十米后，才转身冲进离自己最近的房间。这个房间里同样凌乱不堪,角落的桌椅被掀翻,散着满地的图纸,在他身旁的地上躺着一具血肉模糊的尸体,尸体的头上盖着一件沾满鲜血的外套。

那件外套跟他身上穿着的款式相同。

重生

人生就是一连串的死亡与复活！

第一章

白小熙死了，她的尸体就躺在停尸间冷藏室的隔间里。周凯还记得那个糟糕的午后，当他收到北都公安局的通知，大汗淋漓地冲进停尸间，看见因在水里浸泡时间过长而身体松软褶皱的白小熙时，他就知道这个曾经在他生命里扮演重要角色的女人已经永远地离开了，而法医也给出了"死亡"的证明。

然而就是这样一个已死之人，却如鬼魅、如幽灵般，三番五次地出现在这座城市的某个角落，出现在周凯身边。

起初，周凯以为那是思念过度所产生的幻觉，但此时此刻，面对电脑里监控拍摄下的画面，他再也无法说服自己了。虽然违背了科学原理，虽然宛若天方夜谭，但他必须要承认——白小熙死而复生了。

白小熙的尸体是在二〇一七年九月五日六点二十五分被晨跑的女大学生苏某发现的，前一晚涨潮，尸体被海浪冲到了岸边。后来法医推断出的死亡时间为九月三日，也就是尸体被发现的前两天。

警方根据谷海的水域流速以及涨潮退潮时间推算出白小熙坠海的大概方位，搜索过程中发现了一处泥土塌陷地，并在塌陷地周围找到了属于白小熙衣物的纤维组织。随后，法医也给出尸检报告，称白小熙是溺水身亡，无致命伤。由此，警方结合调查结果以及尸检报告给出最终判断：白小熙的死亡纯属意外，是因为泥土塌陷才失足滑落谷海。然而得出这个结论的几天后，周凯接到了负责本案的刑警欧阳宇之打来的电话，电话里欧阳宇之用醇厚的嗓音说："关于白小熙的死有了新的发现，你能来下公安局吗？我们面谈。"

一切要从这通电话开始讲起！

二〇一七年九月九日，星期六，早上九点。周凯挂断欧阳宇之的电话后，挣扎着从沙发上坐起来。他头痛欲裂，仿佛大脑内有无数只小虫在啃咬着他的脑髓。他伸手在太阳穴上揉了揉，然后避开地板上横七竖八躺着的啤酒瓶来到洗手间，用冷水洗了把脸，之前的疼痛感才减轻了些。

白小熙死亡第七天。洗手池上方的镜子里映出了一张连周凯自己都感到陌生的脸，那张脸面黄肌瘦，眼圈红肿，眼白的地方布满了血丝，嘴唇干涸发紫。"憔悴"这个词已经不能准确地形容他的状态了，也许"病态"更加贴切。

一张毫无生气的脸，跟停尸间里躺着的死尸无异。事实上，在接到女友白小熙死亡通知的那一刻，他的心就已经跟着死去了，肉体的死亡不过是时间问题。胃里一阵绞痛，周凯在马桶前干呕几下，却什么也没吐出来。这几日胃里装的都是酒精，醒了就喝，醉了就睡，身体已经到达了极限。走出洗手间，周凯又在沙发上稍微休息了会儿，这才拿起钥匙下了楼。

白小熙的案件由北都市公安局朝谷分局办理，这地方周凯已经来过几次，他轻车熟路地找到了刑警欧阳宇之所在的办公室。欧阳宇之一米八几的身高，体型健硕，加上今天穿着一身运动装，所以看上去更像是某个健身俱乐部的健身教练。见周凯过来，欧阳宇之跟另外两位身穿制服的刑警私语了几句，而后来到周凯跟前说道："瞧你满身的酒气，昨晚又把自己喝挂了？你这样下去可不行，逝者已矣,生者如斯,活着的人该好好活着才是。"

"小熙的死……有了什么发现?"周凯不想听这些大道理,直言问道。

"先坐下说。"欧阳宇之转身沏了壶茶,斟满一杯递给周凯,两人坐在沙发上,欧阳宇之开口问道,"你跟白小熙认识多久了?"

"快二十年了。小时候她住在我家对面,读的是同一所初中,那时我们每天一起上学,一起放学。"周凯喝了口茶水,低下头一边用两个拇指按压太阳穴,一边回忆说,"不过后来因为一些事白小熙离开了那座城市,中间失联了很多年。"

"那个年代通讯不如现在发达,失联是常态。"欧阳宇之略有感触地说了句,紧接着深吸了一口气,"这样说来你对白小熙应该很了解吧?"

"当然,虽然再次见到她时,她变了很多,我指的是性格,跟小时候有很大的反差,不过我依旧敢说,我是这个世界上最了解她的人。"周凯说完这句才抬起头,看向身旁的欧阳宇之,"你们到底发现了些什么?"

"关于白小熙的死亡,我们都忽略了一些细节,比如白小熙失足落海的地点,那个地方靠近谷海,不远处是一座荒山,方圆百里内荒无人烟,她为什么会独自去到那个地方?"欧阳宇之为自己倒了一杯茶,端起茶杯却没有喝,只是在鼻子前闻了闻,然后继续说,"这件案子因为被判定为意外,大家都没有往别的方面去想就结了案,但回过头来想想,它并不是没有疑点的。也许是因为好奇,又或者单纯地只是想解除心里的疑惑,昨天我去了白小熙就职的《北都法报》报社,询问了她同事一些问题,结果还是比较耐人寻味的。"

欧阳宇之用了"耐人寻味"这个词,周凯不懂这个词在此时此

7

刻代表着什么意思。口有些干,他端起茶杯,将茶水一饮而尽,然后有气无力地询问:"怎么个耐人寻味法?"

"这样说吧,法医推测白小熙的死亡时间是九月三日,而据她的同事说,白小熙自八月三十一日早上开完例会离开后,就再也没有回过公司。整整三天时间,她去了哪儿?"欧阳宇之一边说着,一边又给周凯续了一杯茶。

"小熙的职业是记者,经常要出可能有危险的暗访任务,"周凯感觉胃里正在翻江倒海,他强忍着不让自己干呕出来,停顿了几秒,又继续解释道,"为了避免被识破,也为了避免一些没必要的麻烦,在任务过程中,她通常的做法是将手机关机,所以失联三五天是常态。关于这点并没有什么值得耐人寻味的。"

"话虽如此,不过我了解到,在过往的暗访任务中,白小熙可从没跟自己的责任编辑失联过。正常情况下,她们每晚都会进行一次视频通话,沟通当天的任务进展;条件不允许或有突发状况的情况下,白小熙也会通过微信、邮箱发送任务报告;即使失联,她也会提前告知责任编辑自己要去哪里、要做什么任务、大概要多久等。如果是过于危险的任务,报社还会在暗访记者身上放置追踪器,以防像白小熙这样的记者在执行任务时遇到危险,尽量把发生危险的可能性降到最低。然而……"欧阳宇之紧皱起眉说,"然而这次就连责任编辑都不知道她去了哪里。白小熙失联的第二天,也就是九月一日下午,责任编辑跟报社领导沟通后,选择去附近的派出所报警。周凯,虽然你自称比任何人都了解白小熙,但显然,你对她的工作性质一无所知。"

"正是因为我太了解她了,所以才从来不过问她关于工作的事儿。"周凯有些坐不住了,他站起身走到窗边,背对着欧阳宇之说,"小熙公私分得很明确,其实有时候我也忍不住会问,但她会表现得很反感，回答得也很笼统，久而久之，我也就不问了。"

"那现在我们可以聊聊，你最后一次见到白小熙是什么时候了。"欧阳宇之似乎察觉到自己刚才的语气不对，有些像在审犯人，于是轻咳了一声，声音柔和了些说，"希望你能够理解，我现在并不是在质疑你什么。其实这件案子已经结了，以上我说的那些，如果你心里真的不好奇，也不想搞清楚的话，那我就不继续问下去了。不过以刑警的职业敏感，我要说的是，白小熙的死，很可能并不像我们表面看上去的那样，或许，还有个我们不知道的真相存在。"

"我……我最后一次见到小熙也是在八月三十一日，时间是中午十一点左右，她给我打电话说，想一起吃顿午饭。我们是在衡阳路的鲁艺火锅吃的，就我俩。"周凯回过身，重新坐到沙发上，搓了搓手回忆道，"现在回想起来，吃饭时小熙的确有些心不在焉，有几次我叫了她两三遍，她才有反应。"

"当时你们都聊了些什么？或者她有没有说过什么？"欧阳宇之起身走到办公桌前拿起纸笔，回来后他将笔记本翻到空白页，继续问道，"还有，你们是什么时候分开的，之后有没有通过电话？"

"饭桌上并没有聊什么实质性的东西，无非就是讨论搬家的事。"周凯说完补充道，"那段时间我们在考虑同居，她住的房子是自己的，我的是租的，所以她建议我搬到她那里住，这样就省下了租金。不过那段时间她比较忙，我也忙，所以迟迟没搬。吃饭时，我问她周日有没有空，可以把这件事情落实，她也同意了。"

"周日，九月三日，白小熙在一个荒凉地失足掉下了谷海。"欧阳宇之若有所思地说，"之后你没有联系过她吗？"

"有，周日上午，我给她打过很多通电话，也有用微信留言，但始终没人回。其实，小熙之前并不是没有失联过，不过那天我总

9

是感觉心神不宁，正是这种心神不宁的状态让我开始担心，所以我打电话到报社询问，也跑去她住的地方询问邻居，可一无所获。我只能焦急地等着，只能在脑海里想着各种理由，安慰自己她不会出事的。"周凯的表情有些痛苦，眼泪顺着眼圈打转，他伸手擦掉即将掉落下来的泪水，哽咽地说，"后来，九月四号上午，我就接到了你们的通知，让我来辨认尸体。"

欧阳宇之伸手在周凯肩膀上拍了两下，接着说："我知道这样问会让你不舒服，可我还是要照例询问下，九月四号那天你在干吗？白小熙已经失踪了整整一天，难道你从没想过要报警吗？"

"有想过要报警，但当时很矛盾，我怕小熙万一是被临时委派出去执行什么任务，我这么兴师动众地报警，会搞砸她的计划，所以我一直在犹豫，也在心里安慰自己再等等、再等等，没想到等来的却是……"周凯有些激动，他抬头用通红的眼睛看着欧阳宇之，问出了心里的疑惑，"你刚才说，小熙的死或许还有个我们不知道的真相存在，意思是不是说，那个我们不知道的真相，才是最终导致小熙死亡的原因？"

"有可能是，有可能不是。如果是的话，那这起案件就不仅仅是简单的意外了，而是一起蓄谋已久的凶杀案。对了，我会再安排法医对白小熙的尸体进行一次尸检，也会继续调查她出事前去过哪里，为什么要跑去那个荒无人烟的地方。"欧阳宇之合上笔记本，起身握着周凯的手说道，"谢谢你的配合，今天我们就先聊到这儿吧，有进展我会第一时间通知你。最后还是要唠叨一句，别再折磨自己了。"

第二章

周凯走出朝谷分局后,脑海里就一直回荡着欧阳宇之的那句"关于白小熙的死,或许还有个我们不知道的真相存在"……这个"不知道的真相"真的存在吗?如果存在,那将是怎样的真相?

无法知晓,也无法想象!

九月份的北都天气闷热,临近中午,街上人潮汹涌,迎面走来的行人纷纷选择避开周凯,生怕这个头发凌乱、面黄肌瘦、双眼通红、散发着酒气的男子身患什么传染病。胃的绞痛跟饥饿感交织到一起,让周凯走起路来有些飘飘然,好像随时都可能饿昏过去。转过一条街,过了人行道,前面是一排特色小吃店,周凯简单地扫了眼,最后走进一家面馆,要了碗牛肉面。他找了个靠窗的位子坐下,眼睛看向窗外人来人往的街道。

这座城市挤了很多人,每个人都拥有一张"独特"的脸,路过的行人有的眉头紧锁、表情惆怅,有的面带微笑,有的拿着电话侃侃而谈,有的青春洋溢,有的饱经沧桑。周凯看着从面前经过的一张张与他毫无关系的陌生面孔,心里突然感觉有些悲凉。

服务员端来牛肉面,周凯拿起筷子,像只饿极了的狼,狼吞虎咽起来,没过两分钟,满满的一碗面就见了底。胃部的饥饿感消失了,内心的悲凉感却丝毫没有减弱。周凯起身来到柜台前结账,这时街上传来刺耳的鸣笛声,他转身透过窗户看出去,只见三五辆警车响着警笛呼啸而过。

"刚才那位客人说,隔壁街发生了凶杀案,尸体被扔在了下水道。"柜台里的老板娘一边结账一边说,"尸体不知道被泡几天了,身体都快烂没了。"

听到老板娘的话,周凯的脑海里首先浮现出了白小熙躺在停尸间的画面。接过找回的零钱,周凯走出面馆,刚才经过的几辆警车已经转去另外一条街,警笛声渐行渐远。周凯站在街边若有所思地朝警笛消失的方向看了看,随后双手插兜穿过街道,抄近路朝隔壁街走去。

凶杀案的发生地在莲花街中段的一条胡同里,那条胡同的出入口已经被拉上警戒线,刚才打着警笛路过面馆的警车就停靠在街边,警戒线外聚集了很多围观群众,大多是上了岁数的老人,里面掺杂几名商务打扮的上班族。周凯挤进人群,踮起脚尖朝胡同里张望,就见几名警察正蹲在一个井盖旁讨论着什么,离他们不远的地方躺着一具尸体。尸体身上蒙着白布,只露出了上半身,因为距离较远,看不清尸体的全貌,但能闻到空气中散发着的腐臭味儿。

警戒线旁,离周凯几米远的位置站着一名警察,这名警察一边维持秩序,一边在做现场笔录。这座城市几乎每天都会死人,有的是因为疾病,有的是因为人祸,周凯也曾碰见过几次车祸现场,但都是绕道而行,躲得远远的,从不凑这种热闹,这是他第一次如此近距离观望凶案现场。此时此刻,围观群众的目光都聚焦在了尸体身上,没人发现站在人群中的周凯已经双眼通红、双拳紧握,他的脸部肌肉紧紧地绷着。他不是在为死者惋惜,也不是愤恨凶手的冷血,而是他的脑海里自动浮现出了白小熙的尸体被发现时的场景。白小熙的尸体被发现时,周凯并不在现场,但大概也就是眼前所见的这个样子吧,有警察,有法医,有一群围观群众在远远望着……很难想象,如果当时他在现场,会崩溃成什么样子。

"真残忍啊,刚才尸体从下水道捞出来时,我看见了,下半身只剩骨头,上半身也被撕扯得血肉模糊,这得结了多大的仇。"

"死者的身份还没确认呢,想必家人还不知道这件事,真的很难想象,死者家人知道了会怎样,如果是我,肯定也活不下去了。像这样的变态杀人狂就该千刀万剐,我说警察小哥,你们可一定不能让凶手逍遥法外。"

"对,一定要抓到凶手为死者鸣冤!"

周围人的喊话打断了周凯的思绪,他走出自我想象的画面,深吸几口气缓和了下几近崩溃的情绪,紧接着转身打算离开。正在这时,一个背影吸引住了周凯的目光。那是一个女人的背影,头发披散在肩上,身上穿着浅粉色运动套装,个头在一米六左右。

这个背影,周凯再熟悉不过了,他脱口而出地喊了句"小熙",紧接着不顾周围人的眼光挤出人群。那个吸引了周凯目光的背影,听见他的叫喊后停下了脚步,头微微向右侧转了一下,紧接着加快了步伐。当周凯挤出人群时,那个背影早已消失得无影无踪了。

周凯试图在人来人往的街道上找到那个背影,然而徒劳无功,最后,他站在街边仰头看着湛蓝的天空,自嘲地苦笑起来。他是在笑自己的幼稚,在笑自己的无知,在笑自己事到如今依旧不肯接受现实,内心仍存有一丝希望,希望这一周的所有经历不过是做了一场梦,一场噩梦,可他又比谁都清楚,这根本不是一场梦。是啊,白小熙已经死了,一个死人又怎么会出现在这里呢?是幻觉吧?刚才在凶案现场时,他一直在想着白小熙,所以才会出现这种幻觉,又或者只是碰巧看见了一个和白小熙差不多身形的女人的背影。

进行一番自我安慰后,周凯拿出手机看了眼时间。下午四点整，离天黑还早，正是下班的高峰期，从这里再走出几条街就是华南商业楼了。白小熙生前就职的《北都法报》报社就在华南商业楼的二十八层。

白小熙的确有个专门的责任编辑，正常来说，每次出任务，白小熙都会把当天的采访资料交给责任编辑，由责任编辑撰写成文章。经过多年的磨合，白小熙跟责任编辑配合得默契无间，她们除了是工作上的搭档，生活中也是很好的闺蜜。周凯和那个责任编辑见过一次，她叫曲华，长得清瘦，人比较内向，不善言辞。周凯觉得应该去找曲华聊聊，听听她对白小熙的死亡有什么看法。

华南商业楼二十八层，电梯打开后首先映入眼帘的是墙面上的一段话——"你之所以看不到黑暗，并不代表这个世界上没有黑暗，而是有人用生命和鲜血把黑暗挡在了你看不见的地方"，走过这面墙，便是责任编辑工作的地方。周凯一眼便看见了曲华，曲华也认出了他，急忙从办公桌前起身迎上来："周哥，你是来拿白姐遗物的吧，我都整理好了。"

"遗物？"周凯有些摸不着头脑。

"是啊，都是工作上的一些物品，这段时间我一直在给你打电话，可是你都没接。你等我一下。"说完，曲华转身回到办公桌前，弯腰抬起一个纸箱再次走过来说，"就是这些，里面有台笔记本电脑和一些资料、办公用品什么的。"

"谢谢你。"周凯接过纸箱继续说道，"其实我过来主要是想找你了解下小熙的事儿，现在方便吗？"

"我还有一篇报道急着赶出来，下班之前要交给主编。"曲华想了想，说，"这样吧，你先去那边坐会儿，等我弄完了，我们找个地方坐下来慢慢聊。"

"行，你赶紧去忙吧，我等你。"

周凯抱着纸箱来到休息区坐下，用钥匙划开纸箱上的胶带。如曲华所说，箱子里有一台电脑和两本厚厚的资料，除此之外还有个笔筒，笔筒里放着一些中性笔。周凯放下纸箱，从里面拿出笔记本电脑打开，首先弹出了登录界面，需要密码，他输入了"bai xiao xi"，按下回车，显示密码错误，他又输入了白小熙的出生年月日，回车，依旧错误。

快六点时，曲华出来了，两人走出华南商业楼，在附近随便找了个冷饮店。坐下后，周凯迫不及待地说："今天我去公安局了，他们说小熙的死另有疑点，警方怀疑这并不是一场意外。他们也来找过你吧？"

"来过，那个警察个头很高，很壮实，复姓欧阳，叫……"

"欧阳宇之，他从一开始就在负责小熙的案子，说另有疑点的也是他。"周凯盯着曲华，眼白处布满血丝，"他都问你什么了？"

"他说他不是以警察的身份过来找我谈话的，让我别紧张，然后问了些白姐工作上的事儿，我都如实回答了。"曲华说完犹豫了一下，紧接着压低身子往周凯这边凑了凑，将声音压低了些问道，"他是怎么断定白姐的死另有疑点的？"

"没有断定，只是怀疑而已，有几点信息在他看来不合乎常理，比如白小熙出事的地点远离市区，四周荒无人烟，她去那里干什么？"周凯说完摆了摆手，有些自责，"之前我从没怀疑过白小熙的死因，也没多想，其实应该由我最先发现这些疑点才对，而不是由欧阳宇之提出来。"

"周哥，你不需要自责，也不要给自己太大的负担，白姐的突然离世对你来说打击太大了，作为当事人更容易当局者迷。正所谓旁观者清嘛，有时候作为局外人反而能够更冷静、更客观地看待这件事。"

15

"不说这些了，其实我今天找你，是想听听你对这件事的看法。"周凯抬手揉了揉眼睛，紧接着说，"你觉得小熙的意外死亡有疑点吗？"

　　"其实有些事警方没问，我也就没说。"曲华给自己倒了杯水，"咕咚咕咚"喝完，又深吸两口气才表情神秘地说，"白姐曾怀疑有人偷偷去过她家，而且不止一次，不过奇怪的是家里什么都没丢，现金、首饰都还在。"

　　"这是什么时候的事？她从来都没对我提起过。"周凯眉头紧锁。

　　"就是白姐出事前几天。"曲华抿了下嘴，"白姐肯定是怕你为她担心，有次我们聊天时她说对你有所愧疚，说自从你们恋爱以来她就一直在忙，没能好好地陪陪你，所以不想让你整天为她担忧。"

　　"身为法报的记者有更重要的事情等着她去做，其实我从没怪过她。"说到这儿，周凯的眼圈再次湿润。

　　"如果仅仅是本职工作，白姐也不至于这么累。"曲华似乎被周凯的情绪感染了，略显伤感地说，"这些年她承担了很多本来不该由她承担的责任，我以为她会崩溃，事实上，在遇见你之前的那段时间，白姐的确快要崩溃了，是你的出现让她又重新对生活燃起了希望。"

　　"曲华，你应该知道我们私下从不会谈论工作上的事，所以我对她所做的事知之甚少，我只是知道她很忙，每一天都很忙，但不知道她到底在忙些什么。"周凯双手平放在餐桌上，一脸诚恳地说，"你能跟周哥好好讲讲吗？为什么你说在遇到我之前小熙几乎要崩溃了？她到底承担了什么不该由她承担的责任？"

　　"这个……"曲华低头犹豫了片刻才继续说道，"其实白姐千叮咛万嘱咐过，说暂时不希望这件事让除了我之外的第三个人知道，怕因此惹来不必要的麻烦，不过现在白姐出了这种事，她一定希望让周哥知道。这段时间我也不知该如何是好了，我知道白姐肯定不希望自己多年的辛苦付之东流，可我又能力有限，让我坐在办公室整理稿件还行，暗访调查的话分分钟会露出马脚。周哥，如果有可能，你能帮白姐完成她的心愿吗？"

"我会全力以赴。"周凯揉了揉太阳穴，舒缓了一下情绪，让自己集中精神，以便于能够认真听接下来曲华所说的每一句话。

"对了，还有一件事，周哥你要答应我，就是我接下来要讲的事，你不可以对任何人提起，包括警方。我看那个欧阳宇之是个很执着的警察，要是让他知道这些，他一定会去调查，一旦警方参与就难保不会打草惊蛇，让对方有所防范，到时就算你我有天大的本事，也没可能重新找到线索完成白姐的心愿了，这样一来，白姐的死就没有任何价值了。"曲华左右看了看，见四周没人偷听这才说道，"不是我夸大其词，因为这件事涉及到了 K 科技。"

K 科技集团坐落于北都市市中心，全楼共一百八十八层，高度为 765.6 米，是全市乃至全国最高的建筑，K 科技也是全国龙头企业，其子公司涉及房产、互联网、文娱、医疗等各个行业。媒体称，进入 K 科技集团大楼就仿佛是穿越到未来世界，里面有最尖端、最炫目的科技，有最高级的人工智能，是所有人梦寐以求之地。

白小熙怎么会跟 K 科技扯上关系呢？难道她的死亡也跟 K 科技有着密切的联系？周凯心里虽然充满了疑惑，但并没有问出来，他相信接下来曲华能解开他心里的所有疑惑，于是他只是意味深长地点了点头："请相信我。"

"周哥你还记得多年前发生在白姐家里的那个悲剧吗？"曲华再次给自己倒了杯水，但是没有喝，而是握在手心里，她盯着水杯里的水,淡淡地说,"一切都要从那场悲剧开始说起,当时白姐才刚上高中。"

第三章

十四岁那年,周凯多了个邻居。

那时,周凯刚刚升上初二,这天中午,他如往常一样放学回家,发现客厅里放着个圆桌,桌子上摆了好多菜。周凯已经好久没有吃上如此丰盛的菜了,自从母亲在几年前遭遇车祸去世后,父亲就再也没有好好地做过一顿饭。

是来了客人吗?少年周凯这样想着走进卧室。卧室里,父亲正弯腰在床底下找着什么,见他进来便急忙问道:"儿子,你还记得我那瓶放了好多年的白酒在哪儿吗?"

少年周凯从柜子里翻出那瓶白酒递给父亲,父亲拉着他走出卧室,将白酒放在桌子上,然后对着厨房的方向喊道:"别忙了,快出来吃饭吧。"

厨房里先是传出一个女人尖锐的声音,紧接着一名看上去四十多岁的女人端着一盘鱼走了出来。女人将鱼放在圆桌的中央,父亲打开白酒给自己倒上,然后对少年周凯说:"儿子,这就是我对你提过的那位王阿姨。"

少年周凯记起了前一晚,父亲意味深长地对他说的话:"有位王阿姨,人不错,以后有机会我想让你见见,如果你表现得好,我们这个家里就能多个女人一起生活。王阿姨做菜很好吃的。"——少年周凯当然也明白父亲话里的意思，当然，他更清楚，一旦这个女人跟他们生活在一起，他将失去父亲对他仅有的爱。那天，一向乖巧的周凯做出了让父亲和那位王阿姨目瞪口呆的举动，他伸手掀了桌子，一桌子的菜滑到地上，盘子连续发出清脆的响声。

响声过后父亲愣了几秒，紧接着脱掉拖鞋从椅子上站起来，一把抓过少年周凯，一边用拖鞋抽打他的屁股，一边怒吼："你这孩子太不听话了，平时就是太惯着你了，人家王阿姨忙活了一上午的饭菜就这样被你给毁了！赶紧道歉……"

"无碍的，无碍的，小孩子嘛，一时适应不了也是可以理解的。"王阿姨急忙跑过来阻止父亲。

少年周凯趁着王阿姨阻拦父亲之际跑出家门，来到楼下，坐在草坪上委屈地哭泣。这时，一个跟他年龄相仿的女孩默默递过来纸巾，然后蹲在他旁边说："我听见你家里在吵架，别哭了，他们很快就会和好的，以前我爸妈也经常吵。"

"你懂什么。"少年周凯没有接过纸巾，带着哭腔说道，并把身子往旁边挪了挪。

"一个男孩子受点委屈就哭哭啼啼的。"女孩再次把纸巾递过去，接着说，"我是你邻居，今天刚搬过来，以后你有什么委屈可以跟我说，记住了，我叫白小熙，李白的白，熙熙攘攘的熙。"

这次，少年周凯伸手接过了纸巾，阳光下，白小熙的脸上露出了微笑，那笑容驱散了少年周凯内心深处的所有委屈。

几天后，白小熙转去了少年周凯所在的中学，俩人开始一起上学放学，路上谈论各自的小心事，开心时就哈哈大笑，难过时就相互安慰。对于少年周凯来说，那段时间是他度过的最快乐的青春时光。然而，快乐如同青春一样短暂，初中生活很快就结束了，他们各自考到了心仪的高中，周凯的父亲也跟王阿姨结婚了。婚后，父亲和王阿姨卖掉了各自的老房子，换了套两居室的高层。搬家那天，白小熙送给了少年周凯一本托马斯·哈里斯的经典作品《沉默的羔羊》，内页写着："愿我们都不要成为那只沉默的待宰羔羊。"

少年周凯捧着这本书鼓起了莫大的勇气，上前用嘴唇轻轻触碰了一下白小熙的额头，本来想说很多告别的话，可一时哽咽，最后只能红着脸跑开。

搬家之后虽然离得不远，但也不能像以前一样每天都能见面，加上学业繁重，少年周凯从一周去见白小熙一次，变成了两周一次，后来一个月一次。最后一次去找白小熙，是高一期末考试之前，少年周凯本想送白小熙一本他觉得不错的小说，然而他等了整整一下午，都没能敲开那扇门。后来听老邻居说，白小熙的母亲因为一场医疗事故导致全身瘫痪，她的父亲只能接母亲回农村老家悉心照顾，而白小熙则被亲戚接走了。

没有告别的分离，转眼便是十四年。

"你说的悲剧，是指高中时期小熙家里的那场变故吧？当时她突然就离开了，也正是这样，我们才失去了联系。"周凯打开了尘封已久的回忆，心里五味杂陈，"母亲瘫痪，她又被接到了另一座城市，那段时间她一定非常难熬。"

"不，母亲的瘫痪对于白姐来说只是个开端。"曲华略有些吃惊地看着周凯，"白姐一句都没有跟你提起过后来发生在她父母身上的事？"

"我只知道她被亲戚接走后在谷溪市上完了高中，大学又考来了北都，关于她父母，小熙没提过，我也没问过。"周凯抿了抿有些干涩的嘴唇，"那些事她想说自然会说，我不想主动勾起她对那段悲惨往事的回忆。"

"十四年前，白姐的母亲因为得了流行性感冒去输液，输到一半时她的母亲突然开始浑身抽搐，紧接着陷入昏迷，随后医院采取了紧急抢救措施，虽然人抢救了过来，却全身瘫痪如同废人。后来，医院高层为了不让事件持续发酵，打算用金钱作为补偿，目的是封住白姐父亲的口，不让他把事情闹大。白姐家那时经济状况并不好，他父亲思来想去，打算接受医院给的那笔钱，然而年少气盛的白姐觉得这样做对母亲太不公平，于是她偷偷联系了媒体。媒体曝光了此事，因无法承受社会舆论，那家医院里从院长到主治医师各级领导纷纷受到处罚，为母亲输液的护士更是被医疗行业彻底封杀，结局是大快人心的，不过医院承诺给白姐父亲的那笔钱自然也就泡汤了，只得到了点赔偿金。白姐曾一度以自己的正义之举为傲，也正因为心中的这股子正义之气，大学毕业后她成了法报的一名记者，她坚信，正义也许会迟到，但从来不会缺席。"曲华讲到这里深深叹了口气，"如果这就是结局该有多好，可惜五年后，白姐的父亲因为常年情绪压抑加上花光了赔偿金，根本拿不出后续高额的治疗费用，他的精神开始崩溃，最后走向极端，杀死了瘫痪在床的白母，然后服毒自尽。当年很多媒体都报道了这件事，称是'一场医疗事故导致的家破人亡'。"

"这些年小熙一直把这件事埋葬在内心的最深处，她一定非常痛苦，真的很难想象她是怎么熬过来的。"若不是从曲华的口中听见这些，周凯绝对想不到当年离别后，白小熙的身上竟然发生了如此惨剧。

"那段时间对于白姐来说的确很难熬，但最起码她的信念还在，也并未觉得当年的她做错了什么，虽然不找媒体曝光能得到医院承诺的巨额封口费，但钱早晚会花光，这场悲剧也早晚会来，而且不知还会有多少患者遭遇同样的事。真正让白姐失去信念以至于崩溃的，是一封血书的出现。"曲华似乎是为了让周凯有个适应过程，所以说完后停顿了片刻，拿起水杯抿了口，这才又说道，"当年那个给白母打针的护士被行内封杀后，因为无法继续待在护工行业，辗转一段时间后只能回到农村老家，下嫁给了一个嗜酒如命的酒鬼，常年遭受家暴。四年前，因为再也忍受不了那样的生活，护士写下一封血书后便悬梁自尽了，那封血书辗转送到了白姐的手里，血书里指明并不是因为医生或者护士的失职才导致了白母瘫痪，而是输液药品本身存在问题，并直指当年医院里有人跟一家名为振华医药的药品公司存在非正当交易。这就说明当时被辞退封杀的护士是替某人背了黑锅，白姐始终引以为傲的正义之举不仅害了那名护士，还让导致母亲瘫痪的真凶逍遥法外这么多年。那封血书我看过，字字诛心，诛的是白姐的心。"

"作为小熙的男友，我对这些竟然全然不知。"周凯抓了抓头发，表情有些痛苦。

"即使你知道了又能改变什么呢？抱歉，周哥，我想白姐之所以不对任何人说起，想必也应该是这样觉得的。"曲华把视线看向窗外，继续讲述，"这件事打破了白姐内心深处一直坚持的信念，她开始怀疑当初的举动太过于单纯，以为找个媒体调查曝光就能够伸张正义，着实单纯得可笑。但白姐没有因为此事一蹶不振，反而为了补救当年犯下的错误，也是为了给父母、给自杀的护士一个说法，她开始在暗地里没日没夜地调查那封血书里提到的振华医药，试图找出真相。她用了将近两年的时间，搜集了所有跟振华医药有关的证据，证实了振华医药在那段时期的确未经有关部门批准审查，私自跟各大医院合作试药，白姐的母亲只是其中一例，振华医药把患者当成了小白鼠，当成了他们对新药品研发的试验品。二〇一六年，白姐匿名在网上曝光了证据，引起数百万人转发关注，各家媒体相继响应，冒出来的受害者也越来越多，虽然振华医药多次

23

发表声明，但也因顶不住舆论的压力，最后承诺收回所有合作方的药品，无限期暂停制药工厂直到真相大白。有关部门对振华医药进行了内部调查，对多年来推销的药品进行了检测，的确发现了某些药品成分超标对人体有害以及未经批准私下流通药品等，几个月后，所有参与此事的相关人员均受到轻重不一的刑罚，振华医药也因此关门大吉了。"

"这件事是二〇一六年轰动全国的事件之一，我也有看过相关报道，那时我还没跟小熙重逢，作为旁观者，看后确实是感觉大快人心，只是万万不会想到幕后曝光者竟然是从小就相识，后来更是成为自己女朋友的人……"周凯说完后又略显疑惑，"可是你之前为什么说，这件事涉及K科技呢？"

"因为振华医药背后的投资方以及技术支持方是K科技。虽然振华医药受到了相应的处罚，但白姐隐隐觉得单单一个振华医药，如果不是因为背后有K科技这座大山，绝不敢做出这样的事，所以她怀疑K科技也参与了此次事件。白姐当初是这样对我说的，不过我想最主要的原因是，她怕自己重蹈覆辙，最后发现得到惩处的振华医药也不过是替人挡刀，就像当年那个护士，所以凭借这一点，她开始对K科技展开了调查。"

"她查到了什么？"周凯追问。

"应该是查到了，前阵子她还信心满满地跟我说，用不了多久这件事便会结束，不过自从着手调查K科技以后，白姐就不跟我分享进展了，她说K科技跟振华医药不同，她怕连累我。当然白姐的担心是对的，以前法报有位记者，得到线报说K科技最新上市的产品抄袭了他人的设计，那位记者便开始大张旗鼓地展开调查，生怕有人不知道她在查K科技似的，不到一周，她便被发现猝死在了家中。这已经是五六年前的事了，所以白姐深知调查K科技意味着什么。"

"所以你怀疑是 K 科技发现小熙在调查他们,所以下了毒手?"

"白姐做事一向谨慎,但也不排除有这种可能性存在,毕竟那场意外发生得太突然,而且毫无征兆。我觉得我们可以先做个假设,假设白姐的死不是意外,而且真的跟 K 科技有关,那是否就能证明白姐真的查到了什么对 K 科技来说非常致命的证据?"曲华眨了几下眼,突然恍然大悟地说,"周哥,要真有证据的存在,那证据一定还在白姐家,或许那个先前潜入白姐家里的人就是想试图毁灭证据,否则那个潜入者既没偷任何东西也没对白姐不利,其目的又能是什么呢?"

"如今看来,小熙的死,的确可能另有隐情,那个被隐藏起来的我们不知道的真相,可能也真的存在。"周凯握紧拳头,有些愤恨地说,"不管接下来的路有多崎岖难行,我一定会找出真相,让小熙的在天之灵能够安息。"

"时间不早了,最近北都不太平,已经连续出了几起命案,要是回去太晚的话家里人该担心了。"曲华说着站起身,从包里拿出一张名片递给周凯,"如果有什么需要我帮忙的地方,尽管开口。"

周凯接过名片,目送曲华走出冷饮店,这才发现此时天已经彻底黑了下来。今夜,他不想用宿醉来逃避现实。是时候了,是时候该振作起来为白小熙做些什么了,哪怕只是一些微不足道的事。跟白小熙比起来,周凯的确微不足道,特别是当他从曲华口中了解到白小熙的另一面后。她是如此坚强,如此优秀,如此富有正义感,相比之下,周凯应该感到羞愧。在遇到白小熙之前的很多年,他浑浑噩噩,换了一份又一份工作,在各个城市间辗转奔波,唯一的目标便是活着,他从没想过,也从没遇到过,原来真的有一种人,可以为了心中的信念而甘愿牺牲性命。周凯该为自己感到羞愧,如果发生意外的换作是他，白小熙绝不会自甘堕落，每日醉生梦死，她会把内心的痛苦转变成动力，她会拼尽全力找出真相让死者安息。

第四章

无眠夜！

跟曲华分开后，周凯坐公交车来到了白小熙家。这套房子是她一年前买下的，几个月前刚装修好，标准的一室一厅，如果没有这场意外的话，本来周凯计划着等白小熙忙完这段时间，他就退掉自己租的房子搬过来。

找出钥匙打开房门，屋里的一切都没有变化，空气中似乎还残留着白小熙的体香。换了双拖鞋走进去，小小的客厅被整理得井井有条，只是因为主人一周未归，摆放在茶几上的几盆多肉植物显得有些无精打采。放下从《北都法报》报社取回的白小熙的"遗物"，周凯坐到沙发上，从茶几下方拿出水壶给几盆多肉补充了水分。茶几对面是个电视柜，电视柜上没有摆放电视，而是设计成了不规则的书架，书架上放着几十本书，风格相对统一，大多是悬疑推理类小说，国外作品居多。周凯在众多书籍中一扫而过，突然间他的瞳孔猛然收缩，随后起身走向书架，抽出一本名为《诅咒》的小说。

这本小说曾伴随少年周凯度过了无数个日夜，他还清清楚楚地记得那个午后，他特意利用午休时间，换乘了几趟公交车，拿着这本书兴高采烈地去找白小熙。他想对白小熙说："这本书是我最近读过的最棒的一本书。"他想对白小熙说："其实这本书也没那么棒，只是许久未见，我想你了。"少年周凯还在书的扉页上写下了这样一段话：如果我们的相识是一场诅咒，那我宁愿迷失在这场诅咒里。

情窦初开的年纪，懵懵懂懂的少年打算勇敢一次，可他不确定这样的表白是不是太过于含蓄，也许白小熙根本就不明白他想表达什么。担忧、紧张、犹豫，是少年周凯来到白小熙家门前打算敲门时的情绪，终于他鼓足勇气敲响了那扇门，一声，两声，十声，二十声，敲门声越来越急促，频率越来越快，最终吵醒了正在午睡的邻居。那个下午，少年周凯逃课了，他捧着那本书在街道上漫无目的地游走，说不出当时是一种什么样的感受，只是一想到可能再也没有机会见到白小熙，心里便会空落落的，想哭，但也哭不出来，有种仿佛整个世界只剩下他的孤独感。

这种孤独感此时再度袭来，比多年前的那个下午更加刻骨铭心。这次，是真的永别。捧着书的双手有些颤抖，他缓缓将书翻到扉页，上面没有少年周凯留给白小熙的字，不过书里夹着一张纸条。打开纸条，上面写着一个地址：初阳街一百二十号，老朱副食。这行字的下面还歪歪扭扭地写着一个手机号：1511462****。

周凯不知道这张纸条上的信息是否跟白小熙的死有关联，但可以确定的是，既然纸条夹在这本书里，白小熙一定是想通过这张纸条向他传递什么信息。两人多年后再次相遇时，周凯曾跟白小熙提起过那个午后，也提起过这本名为《诅咒》的小说。

收起纸条，周凯把这本小说放回原来的位置，紧接着走向阳台，阳台上摆着一张小圆桌和两把藤椅，左侧是一排小柜子。白小熙平时在家时，喜欢坐在这里看看书、发发呆。小圆桌上零散地放着几张旧报纸，大略翻看，基本都是二〇〇八年左右的，其中一则新闻标题为《杀死瘫痪妻子后丈夫服毒自尽：一场医疗事故导致的家破人亡》。周凯简单看了看内容，虽然文章里用了化名，但还是不难猜测，新闻里事件的主人公就是白小熙的父母。这篇报道里提到了一个日期：二〇〇三年五月二十八日。这个日期是白小熙人生的转折点，正是这天，原本只是患有流行性感冒的白母去医院输液，却导致全身瘫痪如同废人。

周凯盯着这个日期看了良久，最后放下报纸走出阳台，在白小熙的"遗物"里找出笔记本电脑，当屏幕上显示出"请输入密码"的提示时，周凯打下这串数字：20030528，然后敲下回车键。电脑登录成功。

电脑桌面很整洁，只有几个常用图标，周凯点进"此电脑"，在C盘、D盘、E盘里翻了翻，E盘里有很多工作采访记录，有的是视频，有的是文档，可并没有跟K科技或者振华医药相关的调查，这让周凯有些失落，原本以为通过这台办公电脑能发现些什么。不过也是，如果真如曲华所说的那样危险，白小熙又怎么会轻易把重要的证据存放在电脑里呢？虽然这样想，但周凯还是怕遗漏掉什么关键信息，又仔仔细细地把所有文件夹翻了一遍，最后他在一个装有视频资料的文件夹里发现了一段没有任何标注的视频，这段视频看上去像是白小熙家小区大门口的监控拍摄下来的，左上角显示的日期是：二〇一七年八月二十四日，十四点三十二分，拍摄角度是从上往下，拍摄的是出入小区的人。

白小熙的电脑里为什么会有一段这样的视频？周凯集中精神从头至尾认认真真地看起了这段长达两个小时的视频，最后他发现在十五点二十分的时候，白小熙走进了小区。不过奇怪的是，视频中白小熙的穿衣风格跟平时很不一样，黑色皮夹克，紧身皮裤，长靴，打扮得很酷，一副小太妹的模样。视频里，白小熙走进小区后，站在门卫处跟里面的保安似乎说了几句话，紧接着走出了监控范围,她再次走出小区的时间为十五点四十分,她在小区里待了整整二十分钟。

周凯若有所思地看了眼监控上面的日期,他突然觉得这个日期有些熟悉,但紧锁眉头想了半天也没想起来,最后拿出手机在微信朋友圈翻了翻。果然,他曾在八月二十四日下午两点整发过一条有配图的朋友圈,配图是他跟白小熙在吃旋转小火锅时拍摄的。记忆被这条朋友圈打开,周凯这才想起那天他明明就跟白小熙在一起,而且他们一直吃到下午四点多才分开,而且在那天拍摄的照片里,白小熙明明就穿着一件暗红色的毛衣。

这到底是怎么回事?当天白小熙既然跟他在一起,又怎么可能出现在小区的监控里呢?除非她学会了分身术。又或者监控里出现的女人只是长得像白小熙?为了确定这点,周凯又点开视频反反复复地看了几遍,发现除了穿衣风格有反差外,视频里的女人跟白小熙完全一样,就仿佛是一个模子里刻出来的。

视频里的女人既然不是白小熙,那她到底是谁呢?白小熙又为何会把小区的这段监控拷贝到自己的电脑里?难道……周凯想起下午时曲华说过的话,白小熙曾怀疑有人偷偷去过她家,而且不止一次。难道白小熙暗地里调查过这件事,所以才拷贝了小区的监控?如果是这样,白小熙当时是否也发现了监控里这个跟她长相完全一样的女人?她们相互之间认识吗?八月二十四日到九月三日,这十一天时间里到底发生过什么?白小熙的意外之死会不会和视频里的女人有关?

周凯实在想不通这中间有着怎样的联系,所以目前,一切只能是猜测。因为刚才一直盯着视频,他的眼睛有些疲倦,他靠在沙发上紧闭双眼休息了片刻,再次睁开眼睛时,周凯将电脑合上,起身朝卧室走去。

卧室里，被褥整齐地铺在床上，枕头旁放着一套浅粉色的睡衣，床头柜上摆着一盏台灯，台灯下放着一本睡前读物《是谁杀了我》。

床对面靠近房门的位置是一排衣柜，其中一扇柜门半敞开着。白小熙出事之后，周凯来过一次这里，他清楚地记得上次过来时拔掉了所有电源，关好了所有门窗，检查了所有水龙头，他若有所思地走过去打开衣柜，里面原本叠得工工整整的衣裤被翻得乱七八糟。周凯随后又打开其他几扇柜门，无一例外，全部被翻乱了，挂着的几件大衣也掉了下来堆放在里面。难道有人来过？

第五章

　　白小熙死后，有人偷偷进入她家，却没动房间里的其他东西，只是翻乱了卧室里的衣柜，或许丢了几件衣服？周凯把衣柜里的所有衣服拿出来叠好又放回去，发现少了几件白小熙常穿的外套，除此之外他还在一堆凌乱的衣服里发现了一个木制的小盒子，盒子原本被一把小锁头锁着，如今锁头开了，挂在盒子上。

　　周凯不清楚这个木制小盒子里以前装着什么，不过现在里面有几件首饰，两张银行卡，一封破旧的血书。这封血书应该就是当年那名护士写给白小熙的，内容虽然有些模糊，大多数字迹已经分辨不清，但依旧触目惊心，让人看得后背发凉。

　　深夜两点，窗外刮起了风，周凯小心翼翼地将血书重新放回木盒中，起身走到床边倚靠在床头，心里想着到底是谁来过这里。会是那个出现在监控里的女人吗？那个女人为什么拥有一张跟白小熙完全一样的脸？脑海被各种疑问占据，周凯全无睡意，他干脆拿出手机打开微信，点进了白小熙的朋友圈。

　　白小熙几乎不发朋友圈，几年加起来也不过十几条，其中多数还是转载过来的文章。最新的那条朋友圈还是去年年末发的，没有配图，只有一段文字——这世间的缘分如此奇妙，从未想过多年后我们会以这种方式再次相遇。

周凯始终记得少年时期白小熙离开的那个下午，他独自行走在大街上的孤独感，自那以后，这种孤独感仿佛成了诅咒，一直伴随着他，挥之不去。这么多年过去了，他辗转于各大城市，工作换了一个又一个，然而那颗心始终未能找到归宿。

对于他来说，每座城市之间并没有什么明显区别，无非就是换了个名字，街道还是苍凉的，看见的还是一张张陌生的脸庞。

来到北都后，周凯如同以往一样，通过中介租了套一室一厅的老房子，然后又在招聘网上投了几十份简历，大多石沉大海杳无音信，只有一家名为"溪海书屋"的书店答复了他，说正在招营业员。

周凯原本以为"溪海书屋"会是间小小的租书店，过去后才发现其规模如同书城，一共三层楼，里面装修别致，每个区域都有不同的主题风格。周凯主要负责给二楼的小说区域理货，工作任务是保持这个区域的清洁卫生、补货抬货以及把读者看完放在桌子上的小说放回原位。随着社会的发展，电子书渐渐取代了纸质书，年轻人已经很少会选择来这里读书了，所以周凯的工作相对清闲，不忙时他会找本自己喜欢的小说，坐在角落细细品读。

还记得那天是周一，北都市自清早便被皑皑白雪覆盖，周凯跟着店里的其他营业员完成清雪任务后，便随手拿了本东野圭吾的《白夜行》来看。这本书周凯看过不止一次，但每次都会被故事中无望却坚守的凄凉爱情所触动。

读书的确是件能够慰藉心灵的事儿，只有在读小说的时候，周凯才感觉自己并不孤独，他也能从小说里的各个人物中找到属于自己的影子。那天临近中午时，周凯正看得入迷，一个声音钻入了他的耳朵，虽然时隔多年，那个声音也有了些许变化，但他还是认出来了。是的,是那个久违的声音。

"我的天空里没有太阳,总是黑夜,但并不暗,因为有东西替代了太阳。"

周凯抬头寻找声音的来源,这排桌子上只有他们两个人,所以很容易就锁定了目标。眼前的女人跟小时候比有了很大变化,但基本轮廓没变,还是能从中找出几分熟悉感。

"虽然没有太阳那么明亮,但对我来说已经足够。凭借着这份光,我便能把黑夜当成白天。"四目相对,白小熙继续微笑着把这本《白夜行》里的经典语段读了出来,读完后她抬手递过来一张纸巾,自我介绍道,"你好,我叫白小熙,李白的白,熙熙攘攘的熙。"

"我叫周凯,那个爱哭哭啼啼的周凯。"周凯接过纸巾介绍完,俩人同时噗嗤一下笑出了声,这时窗外的天晴了,一缕阳光照进来,让原本有些阴暗的"溪海书屋"瞬间明亮了起来。

"真没想到能在这里再次遇见你,刚才我认了好久,你可比小时候沧桑了许多。"白小熙说这话时一直面露微笑,她上下打量周凯,似乎觉得眼前这个人太不真实了,像是一场梦,"现在的你像个男人了。"

"什么叫像,本来就是好不好。"周凯合上书,也认认真真地打量了白小熙一番,"我也没想到能在这里遇见你,真是太巧了。"

"这家书屋我以前常来,这几年太忙,所以来的次数少了。今天本来也没计划来,只是原本要采访的人失约了,采访地点正好就在附近,所以才想进来逛逛。"白小熙略显兴奋地说,"你也常来这里?"

"我最近在这里上班,所以天天都会过来。"周凯淡淡一笑,紧接着问,"刚听说你要采访,现在是主持人?"

"记者,《北都法报》的记者。"白小熙拿出一张名片递给周凯,然后指着上面的手机号说,"这个号码也是我的微信号。对了,你父亲怎么样了?"

"还在青宛市呢,跟王阿姨又生了个女儿,这些年我已经很少回去了,电话也很少打。"周凯不想让话题变得沉重,于是又说道,"他们有他们的生活,我有我的生活,从不干涉彼此。"

"话虽如此,不过他始终还是你的父亲,没事应该经常联系,否则等想联系都没机会的时候,会后悔的。"白小熙拿出手机看了眼,"我们还是先别在这里聊了,吵到别人就不好了,你加我微信,什么时候有时间我们坐下来好好叙叙旧。"

白小熙起身刚要离开,周凯喊道:"等等!"接着起身绕过桌子来到白小熙跟前,一把将她搂在怀里,在她耳边轻声说:"能够再次遇见你,真好。"——那一刻,周凯流浪了许久的心再次找到了归宿。

当天下班,周凯理了头发,回家换了身衣服,然后心情忐忑地给白小熙发了微信。没等多久白小熙便回了微信,于是俩人约在了一家主题餐厅见面。那晚,俩人回忆了儿时的点点滴滴,周凯也提到了多年前那个午后。白小熙听完略显愧疚:"的确,一切都发生得太突然了,还没来得及跟你好好道别。对了,那本《诅咒》你还留着吗?如果留着的话,下次见面你可以拿给我,我保证不会突然消失。"

"早就不知道弄哪儿去了,或许跟高中试卷一起卖给了收垃圾的。不过你送我的那本《沉默的羔羊》,无论走到哪里,我都带着。"周凯说这话时感觉脸颊有些烫,为了不让白小熙发现,他特意低下了头。

"今天在书屋见你在看《白夜行》,现在你还喜欢这类书吗?"

白小熙并未察觉到周凯的变化，自顾自说道，"要是喜欢的话，你可以看一看日本作家折原一的作品，他被称为'叙述性诡计之王'，绝对符合你的口味。"

"《冤罪者》，我曾痴迷过一段时间。还有一本叫作《倒错的死角》，"周凯从高中开始就偏爱悬疑推理类小说，到了大学更是一发不可收拾，这些年在各个城市间奔波，虽然看的书少了，但只要有闲暇时间就会读一读，所以谈到这类小说，周凯顿时打开了话匣子，"我看这本书的时候才刚毕业，大概也有快十年了，当时几乎是一口气读下来的，在他之前我还读过江户川乱步的，比如《双胞胎》《幽灵》《白日梦》等。"

"江户川乱步的我也看过不少，还有东野圭吾、岛田庄司，国内的看过雷米、周浩晖和蔡骏。"白小熙并未觉得周凯的话题无聊，而是颇为兴奋地继续说道，"国内有个推理作家叫王稼骏，这个作者可能很多人没听过，但他在推理圈很知名，作品都非常棒。"

"那本《我的名字叫黑》是他写的吧？有些记不清了，不过有印象。"谈到彼此喜欢的话题，周凯相对放松了不少，"没想到这么多年了，你的口味一直没变，还是钟爱这类小说。"

"这世上有些东西可以变，有些东西则是不会因为时间的改变而改变的。"白小熙放下手中的筷子，拿起杯子喝了口果汁，"就像我和你，虽然快二十年没有联系，可再次见面依旧不会尴尬，不会有任何的陌生感。"

"书屋初见时，我们儿时相处的画面就开始在我眼前播放，一切都历历在目，仿佛就发生在昨天。"周凯盯着白小熙深情地说，"希望你这次不要突然不辞而别。"

"刚才不是保证过了吗，这次绝对不会突然消失。"白小熙咧嘴笑了笑，"现在可不像小时候了，网络如此发达，无论走到哪里都能够联系上。不过……下周我真有可能失联几天，或许几个月。"

"哦？为什么？"周凯好奇地追问。

"听过 K 科技吧，他们最近在招募志愿者，我有报名参加，听说会有个前期培训，是不允许与外界有任何联系的。"白小熙直了直身子，用略带调侃的语气说，"大公司嘛，总是有些奇奇怪怪的规定。不过这个机会我等了好久，希望会有所收获。"

那晚，他们一直聊到餐厅关门才起身相互告别。之后白小熙去 K 科技参加志愿者活动之前又约周凯见过一次，那次见面临别时，周凯将白小熙送到她家楼下，她低头含羞地说："还记得小时候你搬家，我送你那本《沉默的羔羊》时，你回赠的一吻吗？当时我能感觉到，那个吻除了'吻别'外还有更深层次的含义，所以我一直在等你，等你亲口告诉我另一层含义是什么，直到亲戚接我离开之前，我都在期待着。"

"当然，当然有另一层含义。"周凯没想到白小熙会突然说起这件事，有些手足无措，"只是……只是你……还想亲口听我说吗？"

第六章

　　走出回忆，天已经大亮，周凯深吸几口气，平复自己的情绪。开始时，周凯并不懂白小熙说的那句"这个机会我等了好久，希望会有所收获"是什么意思，以为她只是个崇拜 K 科技的小粉丝，如今回想起来，这句话却有了完全不同的含义。

　　曲华说从去年开始白小熙就在试图调查 K 科技，所以没猜错的话，去年年底白小熙参加志愿者活动根本就是另有目的。K 科技守卫森严，外部人员根本没机会进入总部，想去调查他们内部是否跟振华医药有勾结就难上加难了。可如果 K 科技真如曲华说的那样会为达目的不择手段，那白小熙不可能不知道，她伪装成志愿者进去，一旦被发现会有怎样的后果。从这个角度去想，参加 K 科技志愿者活动之前，白小熙跟周凯最后说的那句"下次见"似乎也别有用意了。恐怕当时连白小熙自己也不知道，混进 K 科技以后她是否能够活着出来再次见到周凯，这也就不难理解白小熙为什么会突然提起儿时的那个记忆深刻的"吻"了。

　　周凯叹了口气，拿起放在身旁的手机看了眼。二〇一七年九月十日，星期日，六点二十分。小区楼下有些喧闹，一群早起的爷爷奶奶正在不远处的活动区跳广场舞。音乐节奏欢快，跟周凯此时沉重的心情形成了鲜明的对比，这让他有些烦乱，更没办法集中精神思考问题，所以他干脆下楼走出小区，在附近找了家早餐铺填饱肚子。吃完早餐后，他从兜里拿出在《诅咒》那本书里发现的纸条，打车去了初阳街。

初阳街分为好几条街段，周凯并没有直接打车到一百二十号，而是在一百号左右下了出租车。原因很简单，目前他只知道这个地址是白小熙留给他的很重要的信息，但不知道过去后应该干些什么，毕竟他还不知道对方跟白小熙的关系。如果是敌人，这样贸然进去询问势必会引起对方的警觉，还有可能给自己招来杀身之祸。或许可以先旁敲侧击搞清他们之间的关系，然后再见机行事，又或许可以先从其他地方了解下"老朱副食"。

这个办法似乎行得通，既不会打草惊蛇，又能在进去之前对里面的人有大概了解。初阳街一百二十号的老朱副食旁边是一家理发店，店面不大，透过玻璃门看进去，里面应该只有一位女老板兼理发师在，并没有其他顾客。女老板四十岁左右，头发卷卷的，穿着也不算时髦，而且有些发福。周凯走进去，女老板笑脸迎人："欢迎欢迎，要剪头？"

"嗯。"周凯随口应了句，脱掉外衣跟随老板娘去洗了头发，等洗完头坐到理发椅上，他才轻咳了一声询问，"老板娘，您这店开多少年啦？"

"家传的店，我妈妈就在这里干，快五十年了吧，来剪头的多数都是老邻居。"女老板一边剪发一边说，"你是新搬过来的？以前好像没见过。"

"在这边租的老房子，市里房价太高了，租不起。"周凯抿嘴笑了笑，继续将话题引向隔壁老朱副食，"既然是老住户，这左邻右舍的您应该都熟悉吧？您知道隔壁那家副食店是谁开的不？"

"你说老朱副食啊，当然熟悉了，那店就是老朱开的。"老板娘说完停下手里的活看了周凯一眼,似乎有些疑惑,"你打听这个干吗?"

"我……"周凯没想到老板娘会这样问,一时卡壳,过了几秒才尴尬地笑着说,"其实我是想在这附近租个店面开超市,这两天转悠了好几家,不是地点不合适就是租金太贵,我看隔壁副食店位置不错,就是不知道会不会对外转租。"

"那我劝你死了这条心吧,老朱这店不管你给多少钱,他都不会转租的。"老板娘叹了口气,"他得在这儿等他儿子回来。"

"他儿子怎么了?"周凯接着这个话题继续问道。

"哎,老朱有个儿子,好像叫朱礼仁,我没见过,只是听说他儿子有精神病,后来被送去了精神病院,再后来人就没了,一个好端端的人就这么人间蒸发再也没出现过。这都十多年前的事了,那时候我还在外地。"

"'没了'是什么意思?"周凯有些好奇。

"具体我也不清楚,反正就是没了,活不见人死不见尸。对了,听附近的人闲聊说,好像是当年他儿子被那个K科技选中帮忙试药,被拉走后就再也没回来过。后来老朱去找精神病院理论,那家精神病院一口咬定从来没收过老朱儿子。"

看来白小熙留下的这条信息并不是空穴来风,老朱副食果然牵扯上了K科技。周凯这样想着又继续问:"发生了这样的事,没报警?"

"有报警,不过医院内所有的监控都被人动过手脚,当初办理入院的手续也被人偷走了,就连老朱自己也拿不出任何证据证明当时他的确把儿子送进了那家精神病院,最后只能不了了之。那阵子老朱也试图找媒体曝光过,但无济于事,主要是没有证据。"老板娘又叹了口气,"后来老朱也不折腾了,但他始终觉得自己儿子总有一天能回来。这些年有不少大老板相中了这块地，不惜花几倍的价钱要买走副食店，但老朱从来不松口。"

"那店里就老朱自己？他媳妇呢？"

"不知道，他从来没提过，也没人见过他媳妇。老朱这人其实挺怪的，平时独来独往，也不爱说话，开了这么多年的副食店也没见他交什么朋友。"老板娘收起剪刀，拿起圆形刷子在周凯脖子上刷了刷，"完事，看看怎么样。"

周凯看了眼镜子里的自己，相比之前的披头散发，剪短后的确显得精神了许多，但那张脸依旧毫无血色，眼白布满了红血丝，还因为昨晚整夜未眠而眼圈发黑，看上去就像是个"瘾君子"。跟老板娘结了账，周凯走到店门时又回头若有所思地问："对了，老板娘，您知道老朱叫什么吗？"

"朱辛，辛苦的辛。"老板娘拿起笤帚一边扫地下的头发渣一边劝说，"小伙子你就别想买店铺的事儿了，没戏，真没戏。"

从理发店老板娘的口中，周凯得知了几条关键信息：一、老朱年龄应该不小了。二、店里就他自己。三、老朱有个在多年前就人间蒸发的儿子。四、老朱跟K科技是敌对关系。最后这点很重要，周凯推测，白小熙应该是从老朱身上查到了他儿子的事，也知晓他儿子的人间蒸发跟K科技有关联。以白小熙的性格，一旦得知这件事，她不可能袖手旁观，即便时隔多年早已死无对证，她也一定会追查到底。这样说来，白小熙跟老朱之间应该是"盟友"关系。

既然是盟友，周凯觉得就不需要掩饰什么了，直接进去表明身份就好。

走出理发店后，周凯在脑中将所有线索梳理清楚，然后直接走进了老朱副食。副食店结账的地方摆着一台电脑，此时有位胡子拉碴、身上穿着军装的男人坐在那里，见有人进来，他站起身礼貌地询问:"要买什么?"

"您好,我叫周凯,请问您认识一位姓白的法报记者吗?"周凯并没有旁敲侧击地套话,而是用最简单最直接的方式询问道,"全名叫白小熙。"

朱辛听了周凯的话后先是一惊,紧接着仔仔细细地打量了他一番,略显疑惑地问道:"你……你是她什么人?"

"男朋友。"周凯走到柜台前,"很抱歉,冒昧前来打扰,本来应该先打个电话的,但我怕电话里说不清楚,所以就直接过来了。您应该知道白小熙的事了吧?"

"白记者……她怎么了?"朱辛皱了皱眉头,表情更加疑惑了。

"您还不知道白小熙已经……"朱辛不像是装出来的,他似乎并不知道白小熙发生了什么,这倒让周凯有些惊讶,"一周前,小熙出了意外,已经离世了。"

朱辛倒吸一口凉气,张口结舌半天才说:"怪不得最近她没有联系我,给她打电话也是关机状态,我还以为她最终选择放弃,不打算帮我了。"

"正是她没有放弃才会发生意外。"周凯停顿了一下,凑近朱辛说,"或许她的意外跟打算帮您的事有直接的关系,所以我过来是想了解,她究竟想要帮您什么?"

"她承诺过帮我找回儿子,也承诺过会替我讨回公道。"朱辛走到收银台前,拿起茶杯喝了口茶,"我知道白记者是好心,我很感谢她为我做的一切,但这件事并非凭借她的一己之力就能够办到,她要面对的是一个庞大的利益集团,是一群从不把人命看在眼里的刽子手,所以这个结局是早就注定的。"

周凯猜测朱辛口中的"利益集团"和"刽子手"指的是K科技,可让他不解的是,理发店老板娘说朱辛的儿子已经失踪多年,而且生不见人死不见尸,白小熙又怎么会对朱辛做出那样的承诺呢?这似乎不太符合她的行事作风。于是,周凯继续问道:"小熙想怎么替您讨回公道?还有,她为什么会觉得您的儿子还活着、还能找回来?"

"看来白记者什么都没对你说过。"朱辛冷笑了下,紧接着放下茶杯重新走到周凯面前,"这么多年我只对白记者讲过我的故事,既然你是白记者的男朋友,我不介意再讲一次,你想听吗?"

"希望您的故事能解答我心里所有的疑惑。"

第七章

朱辛绕过柜台走到门前,将卷帘门拉了下来,然后领着周凯穿过一堆杂货走进里间的小屋。这屋子是平时朱辛睡觉的地儿,里面只有一张单人床,单人床旁边立着一张小桌子,桌子旁边有两把椅子。

朱辛让周凯在椅子上坐下,然后给他倒了一杯茶水,自己则坐在床上,盯着墙上挂着的几张相片,一边回忆一边说道:"一切都要从三十年前说起。那年我退伍回家,在亲戚的介绍下认识了闫文英,我们相处了几个月,相互觉得还不错,就在家人的张罗下结了婚。次年,闫文英就为我生了个大胖小子,取名叫朱礼仁,希望他长大成人后能够以礼待人,拥有一颗仁慈的心。起初的几年,闫文英辞掉工作专门负责在家带孩子,我则在附近的工厂上班,一家三口虽说过得不富裕,但也无病无灾,还算平淡。然而就在儿子五岁那年,我跟闫文英的感情突然出现了问题,她就好像变了个人,变得不可理喻,只要不顺心就拿我和儿子出气,任何一件小事都能让她大发雷霆,有几次甚至大打出手。那阵子我有意离婚,但在亲戚朋友的劝说下打消了念头,就这样又凑合了三年。儿子八岁的时候,有一天下了很大的雨,我下班回家发现屋子里像是遭了贼似的,桌椅板凳都倒了一地,卧室被翻得乱七八糟。我走进厨房,发现闫文英砍断了自己的一条胳膊,鲜血流得满地都是,因为失血过多,她当时已经昏迷不醒。我打了急救电话,把闫文英送去了医院,不过最后也没救活。"朱辛叹了口气,伸手对周凯说,"你喝水。"

周凯拿起水杯喝了口:"您继续讲,后来呢?后来发生了什么事?"

"闫文英死后没多久,我听见了一些传闻,说她家有精神病史,她的母亲就是因为突发精神病,不到三十岁就离开了人世。闫文英跟我处对象时,对我隐瞒了这件事,外人虽然知道可也不好说什么。渐渐地,这件事传到了我儿子所在的小学,他的同学都骂他是精神病的儿子,处处排挤他,为了不让他受到影响,我离开了老家,凑钱买下这间商铺开了副食店,让他在附近的学校上学。虽然逃离了原本的生活环境,这里没有人知道闫文英的事,但我心里始终还有个疙瘩。你知道吗,精神病是有很大概率遗传的,我担心我儿子有一天也会像闫文英那样突然发起疯来。可是不管我怎么担心,这一天还是来了,而且来得如此之快。礼仁在十六岁那年性格变得有些极端,动不动就动手打人,跟当年闫文英发病初期极为相似,于是我带他去了谷溪市精神病院检查,最后各项的测试结果均显示他有严重的暴力倾向和妄想症,医生建议入院治疗。入院一段时间后,礼仁的各项指标有了很大的改善,医生推断说他有恢复的可能。不过入院治疗那一年,前前后后花了将近二十万元的费用,外债就欠了十几万,实在是拿不出后续治疗的钱了。医生听了我的难处,起初建议我把儿子接回来,但那医生说,如果没有专业医师为他治疗,礼仁复发的概率在百分之九十以上。接下来的一周我彻夜难眠,正想办法筹钱时,那医生给我打来电话,说有好消息。"朱辛停顿了片刻又继续讲述,"他说K科技研制出一种专门针对精神类疾病的药物，因为是测试阶段，可以为患者免费治疗，他建议让礼仁试试，就算治不好却也治不坏。这个消息无疑给了我希望，于是我毫不犹豫地在风险书上签了字。半个月后，医生告诉我，礼仁被送去了K科技的实验基地。"

"从那天以后您就再也没见过朱礼仁？"周凯回想起先前老板娘说的话，"听说后来您报了警，也找过媒体吧？"

"嗯，礼仁被送去K科技后几个月我始终没见到他，那时候我心里已经隐隐察觉到事情有些不对了，于是要求那个医生安排我跟儿子见上一面，医生答应了下来。但是，一周后我再去医院就见不到当初经手的医生和护士了，医院方面也不承认接收过礼仁。我儿子就这样莫名其妙地从这世界上消失了，生不见人，死不见尸。那段时间我真的不知道该如何是好，只能每天跑去闹，后来有人出主意让我找媒体帮忙，我就想拿着当初签字的风险书去找媒体，然而那封风险书也不翼而飞了。找媒体、报警都没有任何用处。"朱辛无奈地摊了下手，"我们普通老百姓没权没势，加上手里没任何证据，更不会有人相信了，所以我用了最简单最直接的方法，每天都去精神病院门口拉条幅喊冤。或许是怕我把事情闹大，一段时间后，有位自称是K科技的人暗地里联系我，他给了我两个选择，一是这辈子都甭想见到儿子，二是他们把礼仁送回来，但要求他不准跟外界有任何接触。我想了一夜，最后想通了，只要儿子回来，别的什么都好说，所以选择了让他们把礼仁送回来。"

"那朱礼仁后来被送回来了？"周凯大为吃惊。

"我提前在几条街外的老楼里租了个房子，打算把儿子安置在那边。然后大概等了半个多月，K科技的人把礼仁送回来了。不过人是回来了，可他就好像丢了魂似的，表现得痴痴呆呆，既不说话，也不正眼看我，饿了就嚷嚷着要吃，排便也不去厕所。我怀疑是 K 科技的新药出了问题,不但没让他的病情好转,反而恶化了,这可能就是他们迟迟不敢把礼仁送回来的主要原因。就这样过了几年,在我的精心照料下,礼仁有了一些好转,偶尔会笑,也能说些简单的句子,对我十分依赖。每天早上我出门时,他都抱着我不让我走,但我不能关掉超市,这是我们爷儿俩唯一的收入来源。可我也不忍心看见他伤心的样子,所以后来我找人在超市的下面挖了一个地下室。"朱辛说着伸手拍了下单人床,"就是在这张床下面。"

地下室的入口应该是被单人床挡住了,从周凯的角度看,完全看不出有什么机关:"您把朱礼仁囚禁在下面了?"

"不是囚禁,是为了更好地照顾他。"朱辛有些激动地反驳完,又深吸几口气让自己冷静下来,"打算接礼仁过来的那天,我原本约好了中午跟房东见面退房,然而房东不到十点就过去了,当时我还在超市,是礼仁给他开的门。礼仁看见来的是陌生人,情绪马上就变得激动起来,撞倒房东后跑下了楼。这些年我一直履行着对 K 科技的承诺,不让礼仁见任何人,对外还是宣称他失踪了,可那次他跑到了街道上,更糟糕的是,有围观群众拿手机拍下了他。当天中午我回到家,得知礼仁逃跑后便开始在附近寻找,一直找到深夜,才在一条胡同的垃圾桶旁发现了他。"

"能说说小熙是怎么知道这件事的吗?"周凯询问。

"有爆料者拿着礼仁在大街上的视频找到了白记者,或许是出于职业敏感,她看过后就觉得视频里的男孩背后一定有故事,所以几经周折找来了这里。在她找来这里的前几天,有人半夜闯进副食店,打晕我后带走了礼仁,虽然我没看清对方是谁,但不用想也知道,肯定是 K 科技的人。如果不是礼仁被带走,我也不会接受白记者的帮助,也不会把这些事讲给她听。"朱辛起身走到小桌子前,给自己倒了杯水,一饮而尽,"这是去年年末发生的事,那段时间白记者得到内部消息，说 K 科技在招募志愿者，她打算借这个机会潜入他们总部调查，看能不能查出礼仁的下落。听了这个消息后，我也毫不犹豫地报了名。"

"当时您和小熙都参加了志愿者活动？"

"是的，整个北都市报名的人很多，有几十万，我自己也没想到最后能够通过。"朱辛重新坐回到床上，"当时被选中的志愿者有四个人，除了我和白记者，还有一男一女，我们被安排进一栋别墅，接受三天的封闭式训练，为参加接下来的测试做准备。"

"我记着白小熙是第三天回来的，她说要参加的项目临时取消了。"周凯回忆着，又急忙问道，"那几天在别墅里都发生了什么？你们最后有调查出朱礼仁的下落吗？"

"那三天的封闭式训练根本连门都没机会出去，有人专门守着，跟软禁没什么分别，更别提出去调查了。白天时，K 科技会派人过来给我们上课，内容大概是什么维度空间之类的，反正我是一点都没有听懂。后来还教我们使用武器以及提升个人的生存能力等，说是接下来的测试都能够用到。可是到了第三晚，负责管理我们的秘书突然说我们要参与的项目临时取消了，具体什么原因不得而知，反正那天晚上我们就离开别墅各自回家了。"

"也就是说你们从头到尾都没进过 K 科技总部？"

"进去过，我们被安排进别墅前是在 K 科技总部集合的，然后填写了一份试卷。填完后，有个叫崔子健，自称是研发部经理的男人领着我们参观了整个 K 科技总部。"朱辛似乎想起了什么，"对了，我记起来参观总部时白记者中途曾离开过四十多分钟，她跟崔子建说自己去洗手间回来时迷路了，后来我有问她那四十分钟到底去了哪里，她只说去见了个人，然后就有意把话题岔开了。"

"K 科技总部里有小熙认识的人？"

"这我就不清楚了,那次志愿者活动取消后,我们有几个月没联系,直到前阵子白记者又找到我,说事情有了新进展。她说,我儿子不是个例,当年那家精神病院还发生过十几起类似的事件,她正在努力寻找证据。她还说这件事很严重,如果真的能够证实K科技曾拿病患做人体试验的话,那这件事一旦被曝光出来,K科技将永无翻身之日,到时礼仁也会被送回来。她让我等着她的好消息,"朱辛拿过放在床边的小盒子,用烟叶给自己卷了根烟点燃,深吸一口,"没想到最后等来的却是她出事的消息。"

"其实有件事我没太想明白。"也许是昨晚整夜未睡的缘故,周凯感觉有些眩晕,他抬手按压了几下太阳穴,紧接着拿起茶杯,将茶杯里的水一饮而尽,才又继续说道,"我不明白当年K科技为什么会要求朱礼仁不能跟外界有任何接触,这个要求似乎有些荒诞。而且只要让朱礼仁乔装一下,就算出门也不可能被发现吧,K科技总不可能这么多年每天都派人监视着你们的一举一动吧?还有,作为朱礼仁的父亲,您竟然真能狠下心来把他关进地下室?"

朱辛没有马上做出回答,他从衣兜里拿出手机,眯着眼在屏上按了几下,然后把手机递给周凯:"白记者也曾提出过类似的疑问,她觉得我太胆小、太听话了,当时我给她看了这张照片。"

周凯接过手机看了眼里面的照片,顿时张口结舌,一时不知该说些什么。照片里是个男人,男人蹲坐在墙角,双腿被铁链锁着,那张脸十分丑陋,眼睛一大一小,额骨凸出鼻骨凹陷,两颗獠牙从嘴里支了出来,嘴唇四周长满了浓密的胡须,他的背部也高高隆起撑破了衣服。周凯注意到,男孩的旁边有个盆子,盆里放着几块血淋淋的生肉。

"照片里的人就是我儿子。他刚被K科技送回来时身体还没有变化,那时我偶尔会领他出去转转,大概过了一年,我发现他的体毛生长得有些快，而且很浓密，基本上刮掉后没几天就长了出来，但我当时并没太在意。直到三年后，他的脸部开始发生变化，饮食也偏向肉类了，而且他开始害怕见到阳光。我不知道他的身体为什么会发生这样的变化，后来我查了很多资料，最后得出一个推论，就是当初K科技研制的所谓能够治疗精神类疾病的药物有副作用，这才导致礼仁的身体发生了变化。我想K科技也一定知道药物出现了问题，所以才会提出不让礼仁与外界接触的要求，因为他们害怕这件事会被人发现。"朱辛又吸了几口烟叶，"你刚才说，这么多年K科技不可能每天都派人监视我们的一举一动，我倒觉得他们就是这样做的，否则不可能在礼仁跑到街上后没两天就有人半夜闯进来带走了他。这些年，外界一直不知道礼仁已经回来了，以为我守着副食店是在等他。至于礼仁跑到街上被围观群众拍下的视频也并不难处理，因为现在的礼仁跟当年的礼仁已经完全不同了，没有人会把他们联系到一起。所以，只要K科技带走礼仁并把他藏好，这件事就又跟当年一样，变得死无对证了。"

"是啊，只要把朱礼仁藏起来，一切就变得死无对证了。"周凯紧皱起眉头，他有些好奇，如今的朱礼仁跟当年的朱礼仁已经完全成了两个模样，白小熙又是怎么通过视频直接找到这里来的呢？难道说是提供给白小熙视频的爆料者知道些什么内幕？

"我很感激白记者这段时间所做的一切，也为她发生那样的意外感到可惜。"朱辛起身对周凯鞠了一躬，再次直起身子后说，"另外我还想劝劝你，这件事背后牵连的是K科技，你不要再继续深究下去了，否则难免会惹祸上身。至于礼仁，我不会放弃寻找，只是不知有生之年是否还能见到他。"

"朱大哥……"周凯根本没听清朱辛在说些什么，他从自己的思绪里走出来后，看向朱辛，请求道，"我想看一眼地下室。"

朱辛愣了几秒，无奈地摇了摇头，转身把单人床上的被褥拿下来，搬开单人床。床下面有块长宽约半米的厚木板，上面有个扳手，朱辛将其拉开，露出下面黑乎乎的洞。朱辛回头看了一眼周凯，随后拿出手机点开手电筒图标就跳了下去。等朱辛跳下去后，周凯也拿着手机走到洞口边缘照了照，洞不深，大约一人高，朱辛已经不见踪影。

犹豫了片刻，周凯也跳了下去。待他双脚落地，手机支向前方，发现前方有几节向下的台阶，顺着台阶走下去，空间瞬间大了许多。朱辛见周凯下来，在台阶旁找到开关按下，挂在棚顶的灯泡亮起，照明了整个空间。这个地下室大概有十几平方米的样子，高度在两米左右，墙壁用砖头砌着，虽然是地下室，但空气还算流畅，丝毫感觉不出有憋闷感。

地下室的角落有两条拇指粗的铁链，铁链一端镶嵌在了砖墙里，另一端原本应该是锁在朱礼仁的脚踝上，如今则堆在一起。铁链旁边有两个盆，一个盆里放着水，一个盆里放着几根骨头棒子，骨头棒子上面的肉已经腐烂，能闻到腐臭味儿。周凯注意到地面上有很多深深浅浅的抓痕，深的能有几厘米，就像是豺狼虎豹的爪子在泥土地上抓挠留下的痕迹，除此之外，地上还散落着很多毛发。周凯弯腰，从散落着的毛发中捡起一根针管。

第八章

离开老朱副食的时候已经是下午了,周凯在初阳街上找了家快餐店,进去后点了份炒饭,顺便跟服务员要了一张纸和一支铅笔,整理了一下目前已知的所有信息。

第一条线索是夹在《诅咒》里的纸条。周凯根据纸条上写的地址找到了老朱副食,并从朱辛的口中听到了一段离奇的往事,揭露了K科技多年前拿活人做药物试验的罪证。然而不巧的是,因为一个小意外,朱礼仁遭到曝光,没过多久就有人闯进老朱副食地下室带走了朱礼仁,随后白小熙也发生了意外。

如果单从这条线索来看,白小熙的意外十有八九是她得知了朱礼仁之事的真相,被K科技杀人灭口。可是时间点有些对不上,朱礼仁被带走后,白小熙和朱辛还参加了K科技举办的志愿者招募活动。志愿者招募是去年年底的事,如今已过了大半年,所以这半年内应该还发生了别的事,真正导致了白小熙的"意外"。

第二条线索是白小熙办公电脑里的那段监控视频。视频里的女人除了穿着风格外,跟白小熙长得一模一样,那个女人是谁?还有那个翻卧室衣柜以及多次进入白小熙家的人会是同一人吗?或许这条线索才跟白小熙的死有直接的联系,可暂时无从查起。

周凯没有任何头绪,所以目前只能沿着第一条线索继续调查下去。

周凯咬着笔头，盯着墙上的电子表发了一会儿呆，最后在那张纸上写下了第一条线索可继续调查的几个方向：一、在老朱副食店地下室发现的针管。二、去年年末K科技招募的志愿者一共四人，除了朱辛和白小熙外，另外两个人也许会知道些什么，提供一些有用的信息。三、爆料者，或许是第六感，周凯总感觉那个提供给白小熙视频的爆料者知道些什么。

"爆料者。"白小熙虽然在调查K科技，但一直是暗中调查，不可能有人知道这件事，爆料者自然也不会知道，更不会直接找到白小熙爆料给她。从这个逻辑上出发，爆料者很可能最先联系的是《北都法报》。

想到这儿，周凯伸手在衣兜里翻了翻，掏出了曲华的名片。他按照上面的号码打过去，接通后简单说明了情况，让曲华帮忙查一下这个所谓的爆料者。吃完饭后周凯离开初阳街，打了辆出租车前往华南商业楼，来到二十八层的《北都法报》找到曲华。此时离打电话已经过去了两个小时，曲华带着周凯再次来到休息区。

"周哥，是这样的，大概从半年前开始，白姐以我的名义在网上发布了寻找K科技爆料者的帖子。为了吸引更多爆料者前来爆料，她甚至自掏腰包拿出十万元作为酬金，凡是爆料内容真实可靠的爆料者，她都会从酬金中拿出一部分钱作为奖励。不过这半年里自称有料可爆的爆料者无数，真正有用的却微乎其微。"曲华打开笔记本电脑，一边用鼠标点开文件夹一边说，"虽然是这样，白姐生怕遗漏掉有用的信息，所以几乎所有爆料者她都会抽时间见一见。你在电话里说的那个视频的爆料者我有印象，好像是去年冬天的事儿，对方打电话过来说有一段视频，而且声称视频里的人跟K科技多年前拿活人试药有关，后来我把爆料者的电话给了白姐，至

53

于她什么时间跟爆料者接触的我就不得而知了。"

"把联系方式给我。"周凯拿出手机。

"就是这个电话,爆料者姓许。"曲华把电脑挪到周凯跟前。

周凯把文档上的号码和爆料者信息记到手机里,若有所思地问:"对了,小熙去年参加过K科技志愿者招募,这事儿你知道吧?"

"知道,白姐报名之前我们有谈过,当时她打算孤注一掷,如果不是遇见你的话……"曲华合上电脑,深吸一口气说,"我之前说是你拯救了白姐,就是这个意思,你恰巧在那个时间点出现,才让白姐的生活有了新的期待。"

"她原本的计划是打算怎样?"周凯好奇地问道。

"打算拿自己当诱饵引起K科技的注意,让K科技以为她手里掌握了很多人体试验的证据,而那些证据足以引起全社会的轰动,目的是逼迫K科技对白姐动手,一旦白姐在参加志愿者活动时发生意外,K科技就难逃干系。"曲华看向周凯,挤出一丝笑意,"听起来这不像是白姐的做事风格吧?不过站在她的角度想,要一个人面对背景如此强大的K科技,就如同一个孤军奋战的士兵面对战场上千军万马的敌人,内心很容易会崩溃。所以那阵子白姐走进了死胡同,既然找寻不到确切的证据,就打算用这种极端的方法打垮K科技,不管我怎么阻止她都坚持。直到去参加志愿者活动的前夜,白姐打电话给我,她说,她冷静下来了,不会再拿自己的生命开玩笑,因为她还想听你说关于那个吻的另一层含义。她说,从十几年前开始,她就在期盼着这件事。"

多年前,青春懵懂的少女一直幻想着少年能够走到她面前,亲口告诉她那个吻其实还有另外一层含义,然而命运的转变,让她错过了少年迟来的告白。

多年后，白小熙参加志愿者活动的前夜，路灯昏黄，秋风瑟瑟。面对久别重逢的少年，她说："我一直在等你，等你亲口告诉我关于那个吻的另一层含义是什么。"

那一刻，周凯胸口起伏不定，内心五味杂陈，就如同多年前的那个午后，他鼓起莫大勇气，怀着忐忑未知的心情敲响少女的家门打算表白时一样。时光已逝，周凯把这段感情埋藏在内心深处，如同被下了诅咒。自那以后漂泊多年，辗转走过不同城市，始终未曾找到栖身地，直到在书店再次见到白小熙，纠缠他多年的诅咒仿佛瞬间被解除。他突然间明白，自己苦苦寻找的栖身地跟城市无关，与人有关。

那夜跟白小熙分开，周凯走在空旷无人的街道上，脸上洋溢着幸福的微笑，内心的孤独感一扫而空，连天气也变得不再寒冷。次日，白小熙去参加了 K 科技的志愿者活动，周凯也开始在暗地里策划着等白小熙回来后该如何告白。订个高级餐厅，红酒、牛排配上小提琴？或许该去游乐场狂欢一天，当摩天轮升到最高点，他再告诉她关于那个吻的另一层含义？在家里撒上玫瑰花，吃一顿烛光晚餐也是个不错的选择。

周凯想了数十种方案，又都一个个否定，最终，他把告白地点定在了打工的溪海书屋。溪海书屋的店长是位年近四十岁的知识女性，听了周凯的想法后，她带动所有店员把书屋精心装扮了一番。那两天的时间对于周凯来说仿佛过了几个世纪般漫长，他时不时地翻看着微信，生怕错过白小熙的信息。直到第三天中午，他才收到白小熙的微信。白小熙说："原本需要志愿者参加的项目临时终止，我回来了。"

"这样啊，那你今晚八点左右能不能来一趟溪海书屋？"周凯努力抑制着内心紧张和激动的情绪，想让自己的声音正常些，但发过去的声音还是有些不自然,"我已经等不及要告诉你关于那个吻的另一层含义了。"

白小熙没回这条微信,这让周凯的内心更加焦急,他开始担忧白小熙是不是被自己吓到了?还是说自己误解了白小熙的意思?或许白小熙只是单纯地想知道少年时期的周凯为什么会做出那样的举动……整个下午周凯都在胡思乱想。晚上七点,其他店员下班纷纷离开,他还是按照计划点亮早已摆好的蜡烛,关掉所有灯,坐在一楼的楼梯口盯着店门的方向。时间在缓慢流逝,店门前人来人往,有好奇者站在门前透过玻璃朝里面张望一番,烛光下玻璃窗上映出一张张陌生的面孔,颇显诡异。

八点刚过,店门被推开,周凯清晰地看见了那张期待已久的面孔,心里的担忧才算放下。他急忙起身迎上去,失控地把白小熙紧紧搂进怀里,在她耳边激动地说:"我还以为你被吓到了,还以为你不会来了。"

"下午我去了一趟初阳街才回来。"白小熙没有推开周凯,烛光下她的脸有些绯红,"这些蜡烛是专门为我准备的?"

"喜欢吗?"周凯松开白小熙,顺势牵起她的手,边朝台阶上走边说,"我想了好多方式,但你都不会喜欢,所以把地点定在了这里。"

沿着楼梯走上去,二楼地板上摆着巨大的心形蜡烛,蜡烛后是一面墙,墙上贴着几行字,摘自《岛上书店》这本书:每个人的生命中,都有最艰难的那一年,将人生变得美好而辽阔。

"小熙,我喜欢你。"周凯转向白小熙,俩人面对面站着,"这句话多年前我就想告诉你了,只是老天跟我们开了个不小的玩笑,或许一切都是命运使然,如今再次遇见,我心未变。"

"其实当初被亲戚接到谷溪市后,我曾回过青宛市找你,那是我上大学第一年放暑假的时候。我不知道当时为什么要这样做，只是想见见你，想跟你说说话，然而当我过去时，你已经不在了。你的父亲告诉我，你高二便退学外出打工，一直毫无音讯。"白小熙的眼神里多了几分柔情，她握着周凯的手，"从青宛市回来后，想起以后可能都见不到你了，我的心里便有种无法言说的痛。"

"以后我们永远不会再分开，无论遇到什么事我都会陪伴着你。"周凯动情地说。

"真想时间永远定格在这一刻。"白小熙轻轻靠在周凯肩膀上，两人不再有任何对话，在心形烛光的包围下，共同感受着当下的幸福时刻。

第九章

周凯离开华南商业楼后给那位许先生打了电话,说明缘由后,对方发给他一个地址。按照地址找过去,是一栋破旧的老楼,周凯来到三〇一室门前敲了敲门,一位看上去年龄不大的小姑娘开门探出头来询问:"有事吗?"

"我来找一位姓许的先生,是他给我的这个地址。"周凯表明来意。

"你等等。"小姑娘关上房门,过了将近一分钟,房门再次被打开,"进来吧,许哥在里屋呢。"

周凯跟着小姑娘走进屋子,才发现这里是一家小型麻将馆,客厅、卧室、厨房里摆着四五台麻将桌,玩家加上站在旁边观战的差不多有三四十人,男的各个带着大金链子、体型壮硕,女的头发染成五颜六色、坦胸露乳,给人一种走进色情场所的错觉。穿过人群,小姑娘指了指站在阳台上嘴里叼着未点燃的烟、打眼看上去能有五十几岁的男子说道:"他就是许哥。"

男子正在专注地看着别人打麻将,并未察觉有人过来,周凯见状拍了下他的肩膀,然后礼貌地说:"许先生,您好,我是刚才给您打电话要询问关于那个视频的人。"

"是周先生吧?你好你好。"许先生热情地跟周凯握了握手,然后上下打量一番,咧嘴笑着说,"这里太吵了,我们出去谈,出去谈。"说完,他对旁边同样观战的几个人说:"你们先在这看着,这是我大财主,我们出去谈点业务。"

许先生拉着周凯走出麻将馆,来到楼道后,他将嘴里叼着的烟点燃,紧接着伸出一根手指:"这个数,怎么样?"

"什……什么意思?"周凯有些茫然。

"装糊涂了是不是?"许先生吸了口烟,咧嘴笑着说,"刚才电话里你不是说想要问关于那个白记者还有视频的事吗?这个数,是从我这里拿走你想要的答案的费用。还不明白?哥们儿,现在都什么年代了,索取是要收费的,你去微博上找人提个问题,想得到答案都是要花钱的。是,一万元这个价格是有点贵,不过你得换个角度想,你的这两个问题全世界可只有我能回答,所以贵点是贵点,物有所值啦!"

"问两个问题就要一万元,许先生还真是有生意头脑。"周凯苦笑一下,紧接着问,"我想知道白记者从你这里拿走消息花了多少钱?"

"一口价三万,当时这可是第一手消息,自然值钱。我跟白记者合作得还是很愉快的,后来她又找过我一次,让我牵线联系一个人,那次是两万。"许先生咧嘴一笑,紧接着将手指间抽剩的半根烟蒂弹到墙上,"周先生,我能说的只有这些了,你要想继续问下去,先把钱打过来。"

周凯听了许先生的话转身面对墙壁思考了片刻,最后拿出手机用支付宝把钱转了过去:"我想看那段视频,想一字不漏地知道你跟白记者见面时都聊过什么,还有,白记者让你牵线联系的人是谁。"

"放心,做生意诚信最重要,既然你给了钱,我一定把我知道的全都告诉你。"许先生说着摸了摸肚子,"这里不是聊天的地儿,去别的地方吧!我知道附近有家不错的餐厅,边吃边聊,边吃边聊。"

两人走出老楼穿过街道,来到一家烤肉店,许先生点完餐,又叫了一打啤酒。等啤酒上来后,他自顾自地打开一瓶喝了口,这才开始讲述。

"大概是去年十一月吧,具体日子我不记得了,那天麻将馆里有人闲聊,说过来的路上看见一个奇怪的人,而且录了视频,出于好奇我过去看了看。这不看不要紧,一看,我马上就认出了视频里的人。没错,那个人我很久以前见过。"说完,许先生又喝了口酒,接着拿出手机在相册里翻了翻递给周凯,"就是这段视频。"

周凯接过手机看了看视频,这段视频的内容是一群人在围观一个男人。视频画面里,男人似乎很恐惧,正惊恐地四下张望,他的脸极为丑陋,眼睛一大一小,额骨突出,鼻梁凹陷,嘴唇四周长满了浓密的胡须。视频里的人,正是朱礼仁。周凯深吸口气,接着将手机递还给许先生,示意他继续说下去。

"大概几年前,当时我在谷溪市精神病院当保安,有一天院里收了个患有重度精神病的男孩。男孩被分到了A区,就是我所管辖的那个区域。因为他是A区里最小的孩子,我看着可怜,所以在生活上尽量地多照顾他一些,偶尔也会在病房外跟他聊天,虽然他从来都是一言不发。"许先生说完喝了口酒看向周凯,他似乎感觉到了周凯眼中的怀疑,于是解释道,"你别看我长得五大三粗像个流氓,其实我还是很有同情心的,特别是对小孩。那个男孩过来一年多后的某晚,我接到了院里批准他出院的证明。当时我很好奇,虽然经过了一年的治疗,但男孩的病情并没有好转,怎么会突然就出院了呢?这个问题没人回答我。大概又过了几个月,男孩的父亲突然出现在精神病院，要求院里安排他跟儿子见面，可院里用各种理由打发掉了。那段时期，男孩的父亲每周都会来，在院里大吵大闹，但始终没见到自己的儿子。这件事持续了半年，半年后，院里领导突然找到我，给了我一张银行卡，暗示我说，A区病房里从来没收过什么男孩。我知道这是个谎言，还是个弥天大谎，但那张银行卡里有三十万，所以最终我违背了自己的良心。我相信当时不只是我，凡是经手过这件事的医护人员应该都收到了银行卡，而且无一例外都被收买成功了。直到看见这个视频，我第一眼就认出了视频里的人就是当年那个患有重度精神病、后来凭空消失的男孩。虽然跟多年前相比，他的脸部特征已经完全变了，可是我记得那颗黑痣，男孩的额头靠近眼眉的位置有一颗黑痣，因为我母亲在同样的位置也有一颗这样的痣，所以印象特别深刻。"

周凯能够想象到，当白小熙看过视频又听了许先生的讲述后会作何反应。他问："所以你就联系了《北都法报》？"

"这个是偶然，我是偶然在网上看见有人在找K科技的内幕，这也算内幕，而且当时那个男孩就是被K科技的人带走去做试验的。其实，当年除了那个男孩外，还有十几例病患也被批准出院过，只不过那些病患都是属于家里不管或者从街上捡来的，所以没人会管他们的死活。"许先生晃了晃酒瓶，将里面剩下的酒一口饮尽，又重新打开一瓶，"当初那个男孩被关起来的时候，有一次他说他想父亲了，然后念出一串电话号码，希望我能帮忙给他父亲打电话。那个号码我还留着，见到白记者时交给了她。"

原来白小熙是通过许先生给的号码直接找到朱辛。周凯想了想，又问道："你怎么那么肯定那个男孩跟K科技有关？"

"我曾经有个同事，当年就是他送男孩离开精神病院的。我们当初关系很好，大概是两年前，我们偶然遇见，喝酒聊天时他说他现在就职 K 科技，是保安队的队长。那天他喝多了，说 K 科技一直以来都是拿活人当'小白鼠'做试验的。"

周凯猛然想起朱辛说白小熙参加志愿者活动时，在进入 K 科技总部后曾离队了将近一个小时："之前你在楼道里说，白记者后来又找过你，让你帮忙牵线联系个人，这个人……就是你口中的这个 K 科技保安队队长吧？"

"没错，白记者第二次找到我时，说她过两天有可能要去 K 科技总部，希望我帮忙牵线联系下这个哥们儿。"许先生一边吃喝一边抽着烟说，"我把他的联系方式给了白记者，然后跟他打好了招呼，告诉他有个姓白的记者会联系他问些问题，还给他打了五千块钱请他帮帮忙。"

"后来他们私下里联系的事儿，你这个哥们儿跟你聊过吗？"周凯端起水壶，给自己倒了一杯温水润了润嗓子。

"有聊过，是在白记者找过他之后，他曾打电话给我。"许先生已经起开第四瓶啤酒了，看神态已经有些醉意，"他在电话里说，白记者问他有没有见过视频里的那个人，还询问了 K 科技有没有专门做试验用的秘密实验室。既然是秘密实验室，当然不是谁都能知道啦，况且我那哥们儿只是负责 K 科技总部的安保工作，他能知道什么。"

白小熙参加志愿者活动进入总部时离队了将近一个小时，可以确定，当时她是去找了许先生牵线的那个保安队长，然而她并没有从保安队长口中得知什么有用的信息。周凯紧皱起眉头，看着坐在对面的许先生，想了片刻又问道："你还在谷溪市精神病院工作？"

"辞职了，两年前就辞职了。那工作是我托关系找的，本来觉得挺好，也不用干啥，每个月拿三五千的工资，后来发现那根本不是人干的活儿，正常人在那里面待的时间长了都会变得不正常。"

许先生将瓶中的酒一饮而尽后，拍了拍肚子，"这顿饭吃得高兴，不过我得走了。"说完，许先生起身咧嘴笑着，对周凯说了句"谢谢款待"后便转身离开。

许先生离开后，周凯看着眼前被吃得差不多的烤肉和桌子上摆放着的几个空啤酒瓶，突然觉得这一万块钱似乎是白花了，他并没有得到什么有用的信息，不过总算知道了白小熙在K科技总部的线人是谁，也了解到白小熙是怎么单凭视频就找到了朱辛。

他起身结账走出烤肉店，发现天已经彻底黑了下来，周凯一天一夜未睡，此时也已疲惫不堪，他在路边拦下一辆出租车回了出租房。

出租房里凌乱不堪，客厅堆放着各种外卖盒，地上横七竖八地摆满了空的啤酒瓶，空气里掺杂着一股难闻的味道。周凯简单收拾了一下，然后躺在沙发上盯着挂在墙上的照片。那张照片是他跟白小熙在过年前一晚拍摄的，那天他们去电影院看了《罗曼蒂克消亡史》，那张巨幅海报的最上端写着"战争之下，繁华落尽"。白小熙说她很喜欢这句话，于是周凯帮她拍了这张照片。照片里的白小熙嘴角上扬，露出淡淡的微笑，从沙发这个角度看过去，照片里的白小熙似乎也在看着周凯，两人就这样对视了很久。突然，周凯发现照片里的白小熙突然动了，她从相片里走出来，来到沙发前用手抚摸着周凯的脸颊，然后凑到周凯的耳边用极温柔的声音说："亲爱的，我回来了……"

63

第十章

二〇一七年九月十一日,星期一,上午九点整。

周凯拿着从老朱副食店地下室发现的针管来到北都市第一人民医院,找到了血液内科的孙明玉主任。两个小时前,周凯曾给曲华打过电话,说明原因后询问她在医院有没有熟人,曲华便推荐了她表亲家的姐姐——孙明玉主任。

见面表明来意后,周凯拿出针管递给孙主任。孙主任拆卸下针头放到鼻尖闻了闻,说:"硫喷妥钠,静脉全麻类药物,作用时效短,但起效快。不过据我所知,现在这类药物在大医院已经基本被淘汰了。"

"也就是说针管里装的是麻药?"看来闯入老朱副食店的人是有备而来,而且目的明确,他们应该是先给朱礼仁注射了麻药,待其昏迷后才将他带走的。

"对了,我突然想起来,去年初冬有个法报记者来找过我,好像姓白,也是曲华介绍过来的。"孙主任把针管放在桌子上,回到椅子前坐下回忆,"她当时是拿着一块染有血迹的碎布,想让我帮忙分析下血型。"

朱礼仁被带走后白小熙就循着线索找到了老朱副食店,所以她肯定是进过地下室的,而且第一时间发现并带走了有用的线索。至于这根藏在毛发中的针管，白小熙肯定也发现了，或许她只是觉得用处不大，所以忽略掉了。还好这根针管被白小熙忽略掉了，否则周凯也不会请求曲华帮忙来找孙主任，更不会知道白小熙也曾来过这里，而且拿着一块染有血迹的碎布。

"孙主任，您还能回忆起当时的情况吗？"周凯急忙询问。

"当然，印象深刻的原因是那块碎布上留下的血型非常特殊，是孟买型，你听说过孟买型吧？"孙主任搓了搓手，没等周凯回话便又自顾自地解释道，"所谓的孟买型其实就是ABO血型系统中的一种特殊血型，是一九五二年在印度孟买被发现的，但即使在孟买，这类血型的出现概率也才约为一万分之一，华人出现孟买型的概率更少。"

"那块碎布上的血迹是这种特殊血型？"周凯不知道朱礼仁是什么血型，不过朱辛肯定知道，确认一下就能知道碎布上的血迹到底属于朱礼仁还是属于那个闯入者，"孙主任，那位白记者得知这件事后有没有说过什么？"

"她当时托我查了北都市拥有这种血型的人。"孙主任拿起水杯喝了口水，继续说道，"因为血型的特殊性，每家医院发现这种拥有特殊血型的人都会作特别登记，以备不时之需。通常这些资料只有医院内部人员能够看到，我们是不会把资料泄露给外人的。"

"我猜孙主任还是把资料给了白记者，她总是能找到让人难以拒绝的理由。"周凯半开玩笑地说完，深吸了一口气，下一秒表情变得严肃起来，"一周前白记者出了意外，警方说那场意外很可能是有人精心策划蓄意为之的，所以我需要知道她生前都干过些什么，跟什么人有过接触，任何一条线索都有可能还原出她死亡的真相。孙主任，我希望您能够帮帮我。当然，我知道这个请求违背了您的职业操守，但我相信您更不愿意看见真相被蒙蔽，而凶手依然逍遥法外。"

"白记者请求我帮忙时讲了发生在朱礼仁身上的事，最后也说了跟你一样的话。"孙主任淡淡一笑，戴上眼镜握起鼠标盯着电脑屏幕看了一会儿，最后拿出纸笔写下几行字递给周凯，"北都市一共只有三个人登记过孟买型，姓名和联系方式都在这上面，希望能够对你有所帮助。"

纸张上写了三个陌生的名字：关连海、古驰、于忆凡。这里面没有朱礼仁，基本确定了碎布上的血迹是闯入者留下的，而闯入者很有可能是这三个人中的某一人。

周凯收好纸条，跟孙主任道谢后离开医院，在医院附近的公园找了张长椅坐下，然后拿出手机。他本想直接给这三个人一一打电话确认，但转念一想，如果这三个人中的某人就是闯入老朱副食店带走朱礼仁的人，那在电话里肯定也问不出什么，对方也绝不会说实话。最关键的是，周凯不知道白小熙当时有没有查出闯入者是谁，更无法确定白小熙的意外是否跟闯入者有关，所以贸然打电话过去并不明智。想来想去，周凯把电话打给了朱辛，将纸张上的人名念给朱辛听，让朱辛仔细回忆下当初有没有听白小熙提起过其中一个名字。

"白记者倒是没提起过这些人，不过……不过这里面有个人我认识，白记者也认识。"电话里朱辛停顿了一下，说，"要不是重名的话，于忆凡应该是跟我们一起参加过 K 科技志愿者活动的那个快递员。"

"什么？你是说这个于忆凡是跟你们一起参加活动的志愿者？"周凯感觉头脑有些发涨，原本的思路被完全打乱。

"当时一共就四个人，所以我不可能记错名字的，这个于忆凡是三毛快递的快递员，个头高高瘦瘦的，有些呆头呆脑。而且参加培训的那两天我跟他住在一个房间里,这个人平时不怎么爱说话,跟我们几乎没什么互动。"朱辛十分确信地说,"除了于忆凡,当时还有个女孩叫戴萌,她自我介绍说以前在《伴我成长》真人秀节目里当编导。"

"怎么会有这么巧的事儿?"周凯感觉自己的脑子有些不够用了,有很多问题都想不通,"白小熙应该是参加志愿者活动之前就认识于忆凡,她真的没有特别跟你提起过这个人?或者说参加志愿者活动期间,白小熙跟于忆凡之间私下是否有过接触?"

"不对吧,好像除了我跟白记者是之前就认识以外,其他人都是参加活动时才第一次见面,由始至终白记者也没有说过或者表现出认识于忆凡,于忆凡在那之前肯定也不认识白记者。那两天里,我们四个人除了睡觉外几乎都在一起,也没见白记者私下跟于忆凡接触过,所有的培训都是一起完成的。"

假设不是重名,白小熙拿到孙主任给的资料后一定会去调查于忆凡,这点可以确认,所以白小熙在去参加志愿者之前就认识于忆凡也是肯定的,可为什么参加志愿者活动时她要表现得像是初次见面?有两种可能性,一是白小熙已经完全排除了于忆凡带走朱礼仁的嫌疑,二是白小熙通过调查确认了于忆凡就是闯入者,所以才故意装作初识,避免于忆凡起疑,打草惊蛇。两个可能性各占百分之五十。

不过让周凯更为不解的倒不是白小熙的举动,而是于忆凡,他为什么也如此巧合地参与了志愿者活动呢?

午后,天气有些阴沉,公园里除了周凯外看不见任何人,树丛后方的街道上传来杂乱的鸣笛声。周凯挂断朱辛的电话后,将脑海里杂乱的信息按照时间顺序重新整理了一番——朱辛在副食店楼下挖了一个地下室,本想把儿子朱礼仁关在下面,不料因为房东提前过去退房，导致朱礼仁失控，独自跑上街道并被路人拍下视频，没多久有人闯入副食店带走了朱礼仁。与此同时，白小熙通过许先生提供的信息找到老朱副食店，而且在地下室发现了染有血迹的碎布，并调查得知血迹的血型为孟买型。而整个北都市只有三人拥有这种血型，于忆凡就在这三人之中。然后便是白小熙和朱辛去参加志愿者活动时，于忆凡也在场……

单从时间线上看，这个于忆凡是在白小熙拿到孙主任的资料时才出现的，可是他也莫名其妙地参与进了志愿者活动。周凯感觉这一切巧合得有些诡异，就好像经过精心安排似的。

"不管怎样，现在应该确认下去参加志愿者活动的于忆凡和拥有孟买血型的于忆凡是否是同一人。也有可能两人只是重名，这种概率也是有的。"周凯决定好下一步的调查方向后，起身沿着树丛间的石头路来到正街，随手拦下一辆出租车。

上车后，周凯用手机搜索了"三毛快递"总部的具体位置。到地方后，周凯发现这个时间点快递公司的快递员都在外面取货送货，公司里只有几个内勤正坐在电脑前处理线上业务。周凯走到离门最近的内勤跟前，问道："不好意思，我想打听一下，你们公司有没有一位叫于忆凡的员工？"

"于忆凡？"内勤暂停打字，想了十几秒，最后摇头，说，"没有这个人。"

"你们在北都市每个区都有分部吧？他跟我说他是在三毛快递上班，不会有错，但我不知道他具体在哪个区，能耽搁你一会儿时间帮我好好查查吗？"周凯恳求道，"我找他有很急的事。"

"那你等一下。"内勤打开员工登记文档，在上面搜索了关键字"于"，盯着屏幕看了半天才说，"于忆凡是吧？还真有这个人，他在城南的分部，不过这上面显示二〇一三年他就离职了。"

"四年前就离职了？"

既然于忆凡四年前就已经辞去了"三毛快递"的工作，去年参加K科技组织的志愿者活动时却还说自己在这边工作，那他明显是说了谎。

这个人越来越可疑了，周凯这样想着又问："这上面有没有他的联系方式？"

"有个手机号，只是不知道还用不用了，你可以打个电话试试，我记下来给你。"内勤说着从抽屉里拿出纸笔，将号码写在上面递给周凯。

离开"三毛快递"总部，周凯没急着给那个手机号码打电话，而是又打车去了城南分部。刚才内勤说于忆凡是在城南分部工作，虽然已经过去了四年，但应该有老员工还记得他，所以周凯打算先过去打探打探。

到达城南分部时已经快下午五点了，大部分外出收发快递的快递员都已经回到公司，周凯走进去，地上一片拥挤，大大小小的快递堆成一座小山，四五个快递员正在对其分拣。周凯绕过快件，走到其中一位业务员跟前询问："请问，你们这里谁是工作四年以上的老员工？我有事想问。"

"好几位呢，老马，马哥，你找他，他是这儿的业务经理，已经工作八年了。"业务员指了下正站在柜台前打电话的男人说道。

周凯走过去，等眼前的男人打完电话才上前询问："您好，我想打听个人，他叫于忆凡，之前也是这儿的员工，应该是四年前离职的，您认识吗？"

似乎是时间太过久远，老马皱眉回忆了良久，最后一拍手说："你说的是小于吧，认识认识，他入职时是我带的他，这孩子挺能吃苦的，就是有些内向不善言辞，出去跑业务什么的对他来说就好像是渡劫，所以干了大概一年多他就辞职了。"

应该就是这个人。周凯这样想着又问："小于他辞职后你们就再也没见过吗？对了，你知道他是什么血型吗？"

老马突然警觉了起来，上下打量着周凯："你是他什么人？"

"我们不认识。"周凯的大脑飞速运转，想了几秒才说道，"我也就不瞒你了，其实是这样的，我妹妹出了场车祸正在中心医院抢救呢，可是因为她的血型实在特殊，血库里没有相同血型的储备，迟迟无法输血。医生的资料库里有于忆凡的登记记录，他的血型跟我妹妹的相同，不过我怎么都联系不上他。人命关天，我这才过来，想着碰碰运气，他以前在这里上过班，你们应该有联系方式什么的。"

"是这样啊，他的血型的确特殊，我听他说过，好像比 O 型血还稀有。"周凯的一番话马上引起了老马的同情心，他上前拍了拍周凯的肩膀，安慰道，"希望你妹妹能够早日脱离危险。至于小于，自从他辞职后我们就断了联系，不过你也别急，他在这儿工作时跟小梁走得比较近，当时他们一起租的房子，没准他还跟小于有联系。"老马说完转头对着里屋喊道，"小梁！小梁，你过来一下。"

几秒后从里屋跑出来一个小伙子，看起来年龄跟周凯差不多。老马简单跟小梁说明了情况，小梁挠了挠头回答："辞职后忆凡就搬走了，后来的确是碰过面，去年夏天的时候，我送快递在街上碰到过他一次。"

去年夏天，也就是 K 科技招募志愿者之前，周凯又问："他有没有说现在在哪里工作？"

"我倒是问了，他说不方便透露，搞得神神秘秘，就好像在中央情报局工作似的。不过他似乎是赚到一些钱，开了一辆哈弗H6。"小梁呵呵笑了两下，接着说，"我有他的联系方式，只是不知道他还用不用了，存下来后也从来都没联系过。"

"那麻烦你把他联系方式给我一下吧。"周凯拿出手机记下号码，接着询问小梁，"听说于忆凡在这儿工作时你们一起租过房子，你应该对他比较了解吧，他到底是什么样的人？我想尽可能地多了解一些信息。"

小梁听见有人要问于忆凡的隐私就犹豫了下，扭头看向旁边的经理。老马眉头一皱："瞅我干啥，问什么就说什么，等着救命呢。"

听经理这样说，小梁才放下心来，对周凯说道："听忆凡说，他是个孤儿，刚出生两个月就被亲生父母抛弃在了苞米地，还好当时有一对夫妇路过抱走了他，这才活下来。不过那对夫妇对忆凡并不好，到了上学的年纪也没让他去上学，八九岁就跟着去地里种庄稼。他的养父脾气暴躁，有时候憋了气不能跟媳妇动手，又不忍心打自己的亲生骨肉，所以就把气全撒在了他身上。他说他小时候的日子就是地狱，在十几岁的时候终于忍受不了，偷了家里的一些钱独自逃了出来，辗转来到北都，自此就开始在北都找工作。忆凡骨子里有些自卑，而且有洁癖，我跟他租房子时，他的东西是不让别人碰的，什么东西放在哪儿他都记得清清楚楚，稍微有一点挪动他都会察觉，然后大发雷霆。对了，我突然想起一件事，忆凡辞职时说自己要去K科技工作，好像是去做保安。"

"你真的记得他当时是这样说的？说自己要去K科技当保安？"周凯倒吸一口气，难道于忆凡真的是K科技的人？如果这样，闯入老朱副食店带走朱礼仁的肯定就是他。

"是，他说过。"小梁用肯定的语气说，"我才想起来，不过不确定是不是去做保安，但肯定是去K科技不会有错。忆凡不是莽撞的人，要不是K科技那边的工作已经板上钉钉了，他也不可能贸然辞掉快递的工作。"

"K科技可是好地方。"老马莫名升起一丝骄傲感,"没想到我带出来的人能去这么大的公司工作。"

"我还有最后一个问题。"周凯询问道,"大概去年年末的时候,有没有人跟我一样来询问过于忆凡的事?"

经理老马和小梁想了想后,同时摇了摇头,回复道:"没有。"

第十一章

四年前于忆凡从快递公司辞职后就去了K科技任职，二〇一六年年末他又伪装身份参加自己公司举办的志愿者活动，而且在活动里他隐瞒了自己的真实身份。

小梁说于忆凡有洁癖，那是不是可以推断出，于忆凡带走朱礼仁后发现自己受了伤，担心会有血迹留在现场，结果发现白小熙拿走了血液样本，因为怕被曝光，所以一直在暗地里跟踪白小熙，甚至偷偷闯进白小熙家里试图偷出证据，在此过程中他得知白小熙要去参加K科技的志愿者活动，于是索性也报名参加，借机故意接近白小熙，或是找机会对白小熙下手？毕竟白小熙一死就不会有人怀疑他了，可他没想到志愿者活动临时被取消了。

虽然这个推论看上去还蛮顺理成章的，但还是有不合理的地方。假如白小熙的意外是于忆凡策划的，而他的动机是怕自己带走朱礼仁的事情败露，怕因为自己的疏忽让K科技的罪行遭到曝光的话，于忆凡不可能等这么久才重新动手，将近十个月的时间，任何事情都可能出现变故。

还有白小熙，她似乎并没有沿着孙主任提供的资料来"三毛快递"调查，是不是说明她当时拿到资料后并没有马上对其展开调查？但这似乎不太符合白小熙的性格，除非是她还没来得及调查，甚至还没来得及看孙主任提供的资料就被别的事情分散了注意。这倒解释了为什么参加活动时白小熙没有特别注意到于忆凡,而且好像是第一次见面似的,那可能原本就是她第一次见到于忆凡。

离开"三毛快递"南城分部时天已经黑了,周凯在回家路上核对了一下小梁提供的号码,这个号码和从总部查到的号码不同。随后,他又打电话给许先生,请许先生帮忙询问那个在K科技就职的保安队队长,是否有个叫于忆凡的人在K科技当过保安。过了半个小时,许先生回电说:"我帮你问了,没有这个人。"紧接着他不耐烦地挂断了电话。

乌云散尽,月光皎洁,周凯回到出租房时,在楼下碰见了正在等着他的欧阳宇之。欧阳宇之穿着警服,手里拿着电脑包,见到周凯后长舒了口气:"我在这儿等了你半个多小时,再不回来我都打算走了。"

"来找我?怎么不提前打个电话……"周凯说着走进单元楼。

"下午在这边办案,结束后想起你也住在这儿,所以临时打算过来坐坐,顺便聊聊白小熙的案子。"欧阳宇之跟在周凯后面,两人进屋后,欧阳宇之四处走了走才回到沙发前坐下,"这房子你租了多久了?"

"去年租的,才一年多。"周凯从厨房拿出水壶给欧阳宇之倒了杯水,"白小熙的案子又有了新进展?"

"算不上什么新进展,我今天上午去了你工作的溪海书屋,那儿的员工说你是在书屋里跟白小熙表白的吧?你还挺浪漫。"欧阳宇之端起水杯,但是没喝,说完这句话后又把水杯放在茶几上,扭头看向周凯,"我还听他们说你喜欢看悬疑小说?"

"喜欢,这是我跟小熙的共同爱好,从小学开始就读这方面的书籍。"周凯给自己倒了杯水,咕咚咕咚喝完又说,"要是没有这个共同的爱好，我们再次见面怕是也不能走到一起。欧阳警官，你找我不是为了来聊家常吧？"

"有时候聊家常也能聊出线索来。"欧阳宇之咳嗽两声，"对了，你跟白小熙谈恋爱时有没有闹过什么矛盾？"

"从来没有过。"周凯看向欧阳宇之，发现他表情严肃，或许是因为穿着警服的原因，给人一种威慑感，"有时候会意见不合，但绝没上升到矛盾的层面。"

"也对，你们再次相遇到她发生意外也还不到一年的时间，这时候正是热恋期，就算有也不会有什么大的矛盾。"欧阳宇之摊了下手，拿起放在旁边的电脑包，从里面拿出笔记本电脑放在茶几上掀开，"我这里有一段监控视频，你先看下，看看有没有印象。"

欧阳宇之问话的方式让周凯有些不舒服，他又给自己倒了杯水喝了口，紧接着看向摆在茶几上的电脑。欧阳宇之找了会儿，最后在某个文档里调出视频点开。这段视频应该是道路监控拍摄下来的，拍摄的是一条路的路口，视频里有很多人，南来北往，周凯注意到左上角的时间：二〇一七年八月二十日，星期日，十三点二十五分。

"我该对这段视频有什么印象？"周凯看了一遍后有些茫然。

"可能过了太久，你有些记不清了。我提醒你一下，"欧阳宇之把视频暂停，用一种仿佛能洞察一切的眼神盯着周凯，"这条路叫汉华路，有印象没？"

周凯皱起眉头僵硬地摇了摇头："欧阳警官，你到底想让我看什么？"

"好吧，我们再重新看一下视频。"欧阳宇之把视频倒回去，播放了三分钟左右，他将视频暂停，然后在视频中圈出一个人放大，"这回看清了吧？"

第一遍看时，因为街上的人太多，周凯并没有注意到，此时被欧阳宇之圈出来放大，他才发现白小熙也在人群中。"你再继续往后看。"欧阳宇之又重新播放视频，过了大概三十秒再次暂停，这次他又圈出了一个人。

周凯死死盯着视频，当欧阳宇之把圈出来的人放大后，他满脸惊讶地倒吸一口凉气。这次被放大的人，是他自己。视频里，他在跟踪白小熙，两人相差了不到一百米，先后走出了监控范围。

"这……这……"周凯不知道该说什么，他努力搜索着记忆，试图记起八月二十日那天他在干吗，然而怎么想也想不起来了。

"我去溪海书屋查过，八月二十日这天没有你打卡上班的记录，奇怪的是却有你打卡下班的记录。"欧阳宇之直了直身子，双手环抱在胸前，"解释解释吧，既然你跟白小熙之间没有过矛盾，没相互猜疑过什么，你为什么要跟踪她？"

周凯没理会欧阳宇之的问话，又自顾自地点开视频看了几遍，最后他把画面定格在了被圈出的白小熙身上，盯着看了良久。周凯的瞳孔不断放缩，呼吸也变得越来越急促——视频里出现的不是白小熙，而是那个跟白小熙长得一模一样的女人。从白小熙的办公电脑里存着的监控视频里可以了解到，这女人穿着夸张，因为白小熙从没穿过那种风格的衣服，所以一眼就认了出来。而眼前这段视频里，这女人的穿衣风格跟白小熙极为相似，就好像是在特意模仿白小熙似的，但她的头发比白小熙长，而且烫了卷发。

"想起什么了？"周凯的变化被欧阳宇之看在了眼里。

"欧……欧阳警官，我实在记不起那天到底为什么跟踪小熙，但我可以保证，我对她绝对没有过任何怀疑，就像我刚才说的，我们之间也没有过任何矛盾。"周凯感觉自己思绪很乱，他拿起杯子将剩下的水一饮而尽，"能不能给我些时间，让我好好回忆回忆，我一定会给你个合理的解释。"

"那你好好想，想明白了来公安局找我。"欧阳宇之并没有继续逼问下去。

"我想把这段视频拷贝过来，可以吗？"周凯见欧阳宇之想要收起电脑，急忙恳求道，"多看几遍或许能想起些什么。"

"可以。"欧阳宇之将电脑递给周凯，等周凯用手机将视频录下来后，他才将电脑收好站起身，临出门前，他又若有所思地回头说道，"离白小熙出意外不远的地方有个小木屋，应该是附近村民夏天上山摘牛毛广（薇菜）时临时搭建用来休息的。警方在那小木屋里发现了绳索，地面也有挣扎过的痕迹。我怀疑有人曾被囚禁在那儿。"

"你的意思是，小熙曾被囚禁在那个木屋里？"周凯不解。

"这件事还无法确认，不过我们在木屋里发现了些东西，已经拿去鉴定了，相信很快就会有结果的。"欧阳宇之说完伸手握住周凯的左手，看了眼手表上的时间，紧接着转身打开门，"已经八点了，你早点休息。"

周凯满脸疑惑地站在门前目送欧阳宇之下楼，直到脚步声彻底消失才转身回屋。他再次拿出手机，表情凝重地播放刚才录下的视频，到了被圈出放大的位置，他将视频暂停，盯着视频里的白小熙。

已经是第二次了，这个女人已经第二次通过监控出现在周凯面前了，她和白小熙简直就像一个模子刻出来的。这世界上真的有两个长相完全一样的女人？

白小熙办公电脑里储存的监控视频的时间是八月二十四日，而欧阳宇之拿过来的这段视频的时间是八月二十日，前后差了四天。八月二十四日，这女人出现在小区监控里时，周凯正跟白小熙吃

77

饭，因为当时发的朋友圈帮助他恢复了记忆。可八月二十日他在干吗？为什么溪海书屋里只有他下班打卡的记录，却没有上班的？

周凯无论如何都回忆不起那天他到底因为什么事没有上班，不过他可以确认的是，那天他绝对没有跟踪视频里的女人。这样的话问题就出现了，既然自己没有跟踪她，那视频里被拍到的跟在女人后面的又是谁？

周凯感觉头脑发涨，他又将视频快进到自己被圈出放大的地方暂停，仔细盯着视频里的"自己"。视频里的"他"戴着一顶遮阳帽，穿着黑色羽绒服、牛仔裤、白色旅游鞋。这身衣服是他的没错，特别是那双旅游鞋。那双旅游鞋是他今年三月过生日时白小熙送给他的，鞋面上有个黑色 X 的标记，是熙的拼音首字母。周凯从来没穿过那双旅游鞋，他清清楚楚地记得，白小熙把这双鞋送给他后，他就把鞋收藏在衣柜里舍不得拿出来穿。想到这儿，周凯来到卧室打开衣柜，鞋盒还在，然而，在他弯腰伸手拿起鞋盒的瞬间，他的脑袋就嗡的一下——鞋盒明显轻了许多，将其打开一看，果然里面放着的旅游鞋不翼而飞了。周凯面露惊恐地蹲在原地，良久他才起身打开另外一个衣柜，寻找视频里"他"穿着的羽绒服和牛仔裤，不出意料，这两样也莫名其妙地消失了。

周凯跌坐在地上，再次拿出手机看着视频里的"自己"。不，视频里的不是他，视频里的男人拥有跟他完全一样的脸，身上穿着从他这里拿走的衣服，但"他"的脖颈靠近耳朵的地方有一条疤痕。周凯摸了摸自己的右耳，他的右耳附近根本没有任何伤疤。这世界上不仅有一个跟白小熙一模一样的人，还有一个跟周凯一模一样的人存在……

第十二章

周凯感觉耳边轰鸣,大脑像是被无数虫子啃咬般疼痛不已。他关掉视频,将手机扔在一旁,双手抱头蜷缩在地板上低声呻吟。过了将近半个小时,当头痛减轻再次坐起身时,周凯脑海里突然有了一个大胆的猜测——当视频里的女人穿上跟白小熙风格类似的衣服后,女人就成了白小熙,就连辨人无数、拥有丰富断案经验的欧阳宇之也没看出任何问题。其实如果周凯没看过白小熙办公电脑里的监控视频,事先并不知道这个女人的存在,他也绝对会把女人误认成白小熙。那么从这个角度出发,把整件事反转过来,躺在停尸间里的白小熙,周凯接到北都公安局通知赶去停尸间时看见的那具女尸,真的是白小熙吗?当时周凯并不知道有一个跟白小熙一模一样的女人存在,所以他理所当然地认为那具尸体就是白小熙,可那具在水里泡了两天已经臃肿不堪的躯体也有可能并不是白小熙,而是跟她长相一样的另外那个女人。

这个可能性从各个角度来分析都极低,但并不是全无可能。周凯仿佛看到了一丝希望,他闭上双眼,尽可能地把整件事情理顺:八月二十日,一个跟周凯长相一样的男人偷了周凯的衣物去跟踪一个跟白小熙长相一样的女人;八月二十四日,白小熙发现有人潜入自己家中,于是去小区保卫处查看监控,监控里她看见了那个跟自

79

己长相一样的女人；七天后，八月三十一日，周凯跟白小熙吃过一顿饭，饭桌上白小熙除了有些心不在焉外，并没有表现出异样，紧接着九月一日白小熙失联，她的责任编辑跟报社领导沟通后选择了去附近的派出所报警；九月三日，白小熙失足滑落谷海；九月五日，海浪把白小熙的尸体冲到岸边，被晨跑的女大学生苏某发现。八月二十四日到九月一日之间，从白小熙发现那个跟自己长相完全相同的女人潜入过自己家中开始算起，整整一周的时间，她完全可能已经摸清了对方的底细，或许就是白小熙主动引诱那个女人去的荒山，目的是想从那个女人那里找到答案，然而她们两个其中一个不慎掉入了谷海，或者是其中一个把另外那个推了下去。

　　两个长相一样的女人，一个已经死了，一个还活着。活着的会是谁呢？周凯希望是白小熙，事实上她的确有百分之五十的机会活着。可如果白小熙还活着的话，为什么不跟自己联系呢？为什么自从那场意外发生后，她就把自己隐藏了起来？

　　那个背影……周凯猛然记起，九月九日那天，他从公安局回来恰巧在初阳街中段碰上凶杀案现场，当时他曾看见一个疑似白小熙的背影。起初他以为是因思念过度所产生的幻觉，可现在回头去想，或许那个背影真的就是白小熙，她没有死，只是因为某些事她必须要把自己隐藏起来。这样一来，就能够解释得通了。

　　周凯用臆想让原本漏洞百出的推测变得合情合理，并因此而兴奋不已，想到白小熙可能还活着，他还能再次见到她，先前大脑的疼痛感一扫而空，不过随之蹦出的另外一个问题，又让他陷入了沉思。

　　周凯来到洗手间，对着水池上方的镜子照了照。镜子里映出的那张脸依旧消瘦，不过气色比前几天稍好些，因为剪了头发，也没了那种颓废的凌乱感。周凯稍微侧脸看向自己的右耳，又拿出手机调出视频，把视频里那个跟踪者和镜子里的自己做了下对比，除了伤疤外，脸型、轮廓，包括神情都完全相同。这个跟自己长相一样的男人又是谁呢？他在整个事件里又扮演着怎样的角色？

"看来要找出那场意外背后隐藏着的真相，还有许多问题需要搞清楚。"周凯对着镜子里的自己自言自语地说道。

时间已近凌晨，窗外漆黑一片，周凯收起手机做了个深呼吸，暂时把所有疑问抛到了脑后，先给自己冲了个热水澡。既然白小熙还有活着的可能，就肯定会再见，他可不想到时候自己以邋遢的形象见白小熙，所以从此刻开始，需要时刻做好准备。

原本已经死去的人，突然间剧情反转，又给了活着的人一丝希望，老天还真是爱开玩笑。洗完澡后周凯回到卧室关灯躺在床上，脑海里幻想着各种跟白小熙再次见面时的情节，想着想着便潜进了梦乡。

梦里，世界是黑白的，周凯正坐在溪海书屋二楼的长凳上，手里托着一本名为《没有凶手的杀人夜》的短篇集看得入迷。突然，他感觉有什么东西碰触了一下他的左肩，回头看去，白小熙正站在他身后，她眯着眼露出淡淡的微笑。周凯放下书起身一把将白小熙搂进怀里，激动地说："我就知道，我就知道你还活着。"

这时身后有个幽怨的声音响起："她不是白小熙，我才是……"

周凯一惊，急忙推开怀里的白小熙扭头看去，不远处还站着一个白小熙，她的眼神里充满了怨恨，身上的衣服湿漉漉的，皮肤被水泡得有些臃肿。

一阵天旋地转，场景变成了荒山，两个白小熙一前一后地追逐着，直到谷海边，跑在前面的白小熙已无路可逃，追赶上来的白小熙毫不犹豫地将她推下去。看着另一个白小熙在海水里挣扎，最后被淹没，她缓缓回头看向周凯，嘴角上扬，露出一个阴沉的微笑，轻声说:"现在这世界上就只剩下一个白小熙了。"

二〇一七年九月十二日,星期二。

周凯满头大汗地从梦中惊醒。

阳光透过窗帘照进室内,有些刺眼。周凯翻身坐在床边,等双眼适应了光线才起身走出卧室。洗漱完毕后,他从衣柜里翻出一身干净的衣服换上,拿出手机计划着今天的行程。

首先,于忆凡的线索还要继续调查下去,现在周凯只能寄希望于快递员小梁提供的电话号码,寄希望于忆凡没有换号。其次,周凯需要去寻找记忆,搞清楚八月二十日这天他究竟为什么请假,究竟去做了什么。此外,他该如何给欧阳宇之一个交代呢?他知道那段视频里的"他"不是自己,白小熙也不是真正的白小熙,可如果真的这样说,欧阳宇之真的会相信吗?周凯摇了摇头,如今没有确切的证据能够证明这座城市的某个角落还有两个跟白小熙和他长相、言行举止都相像的人,欧阳宇之肯定会认为自己疯了,所以只能撒谎。可要编造个怎样的谎言才能让欧阳宇之信服呢?

除了这些问题外,他还需要找到那个背影像白小熙的女人,只有见到那个女人,才能知道那具躺在停尸间里的死尸到底是不是白小熙。可是茫茫人海,要去哪里找呢?或许不需要特意纠结该如何去找寻那个女人。周凯皱起眉头,他看过很多悬疑推理类的小说,里面有个一成不变的定论,就是只要沿着对的线索一步一步寻找,总是能找到想要的答案。只要那个女人跟白小熙的意外有关联,真相早晚都会浮出水面。

想到这儿,周凯深吸口气,找到快递员小梁提供的手机号码拨了过去。"嘟……嘟……嘟……"地响了数十声后,电话被接了起来,对方没有马上说话,周凯也没马上说话,时间就这样凝固了五六秒。终于,电话里传来了一个男性低沉的声音:"请问,找谁？"

"是……"周凯又深吸两口气让自己保持镇静，"是于忆凡先生吗？"

"你……哪位？"对方说话似乎很吃力。

"是这样的，我手里有一份您的快递，是从宁波发过来的，这上面收件人的地址有些模糊，所以打电话给您求证一下。"周凯按照事先编好的谎言说着，"能把您的地址重新说下吗？我好安排人给您派送。"

"什么……东……西？"对方继续吃力地询问道。

"一个小包裹。"电话那边的人似乎已经默认了自己的身份，周凯继续试探，"上面写着K科技的字样，您是在K科技工作吗？要不我给你送到公司去？"

"不。送……铭奥……十……十七号楼……三单元……四……〇……一……"对方断断续续地说出一个地址后，没等周凯再说什么便挂断了电话。

铭奥十七号楼三单元四〇一，周凯立即记下这个地址，紧接着用手机地图搜索了"铭奥"。北都市叫铭奥的有三个地方，分别为"铭奥国际""铭奥汽修""铭奥百货"，其中只有"铭奥国际"是小区。

找到具体地址后，周凯在客厅里找了一圈，找到一个空的快递盒，他将快递单上原有的地址蹭掉，又用记号笔在单子上写上"K科技"几个字，然后往盒子里面塞了些旧报纸，最后拿胶带封好。搞定这些后，他拿着快递盒直接前往铭奥国际。

到地方后，周凯才发现铭奥国际是个高档小区，进门需要门卡，没有门卡的话需要登记身份证明，像他这样随便拿个盒子就说自己是快递员想要进入小区的话，很容易就会被拆穿。难道要在门外守株待兔？万一于忆凡不出来怎么办？最关键的是，他根本不知道于忆凡的长相，仅凭快递员小梁和朱辛的描述根本不可能认出来。

正在周凯发愁时，他看见了不远处停着的一辆写着"ST快递"的电瓶三轮车。他走过去，站在电瓶车旁等待，等了大概五六分钟，一位穿着工作服的快递员走了过来。周凯上前挡住快递员，说自己是法报的一名记者，正在暗地里调查一位不良企业的高管，那位高管就住在铭奥国际，他需要进去。一听是名伸张正义的记者，快递员爽快地答应了帮忙，他将后车厢门打开，让周凯钻进去。十分钟后，当车厢门再次被打开，周凯已经在小区里了。

"不良企业太害人了，一定要找到证据曝光他们。"快递员这样说完，便骑上电动车离开了。

周凯找到十七号楼三单元，在楼道门前按下四〇一室的门铃。约莫等了半分钟，只听"咔"的一声响，周凯拉开单元门走了进去。

四楼，靠左边的门敞开了一条缝隙，周凯跑上去时，门后有个声音询问道："快……快递？"

"嗯，之前我们通过电话。"周凯站在门前，透过门缝朝里看去，发现里面黑漆漆的，只能看见一个模糊的身影靠在墙边。

"放……放地……上……"那个模糊的黑影说道。

为了不让屋里的人起疑，周凯只能照做。他将快递盒贴墙放在靠近楼梯的地方，因为放在这个位置，屋里的人就不得不打开门走出来才能拿到。放好快递盒后，周凯朝楼下走去，等下到二楼，他又蹑手蹑脚地上到三楼，蹲在三楼上四楼的拐角处，静静等着屋里的人出来拿快递。大概过了五分钟，房门慢悠悠地被推开，那个黑影从里面走了出来。黑影穿着带帽的黑色长风衣，帽子将他的脸遮挡得严严实实，但能看出他很瘦，身高大概一米八。在家里为什么要把自己包裹得如此严实？周凯好奇之际，黑影缓缓弯腰拿起快递盒，就在要起身时，黑影似乎察觉到了什么，猛地抬头看向楼梯。

周凯看见了遮挡在帽子下的那张脸，那张脸好像正在蜕皮，有些死皮还挂在上面，左边脸好像是被火烧过似的整个变了形。黑影也看见了周凯，两人目光接触的瞬间，周凯转身跑下楼，一口气跑出单元门。来到外面后，周凯深吸几口新鲜空气，怦怦乱跳的心脏才算平复。

刚才那个人就是于忆凡？他怎么变成现在这个样子了？周凯回想刚才一瞬间看见的那张令人毛骨悚然的脸，不自觉地打了几个激灵。他若有所思地抬头看了眼楼上，刚想离开，一个声音突然从身后传来："今晚……"

周凯猛然回头看去，单元门锁着，声音是从门铃上的扩音筒里传出来的。

"今晚……十一点……鸿、鸿霖……公……园……北边的……凉、凉亭下……不……见……不散……"

"为什么……"周凯刚想问"为什么约我见面"，然而还没等他说完，扩音筒另一端的于忆凡便挂断了，只留下一脸茫然的周凯对着单元门上的门铃发呆。几秒后，周凯反应过来，他又按下了四〇一室的门铃，然而这次无论他怎么按，对方都没了反应。

第十三章

"今晚十一点，鸿霖公园北边的凉亭下，不见不散。"

周凯将于忆凡断断续续说出来的话整理成句，然后转身离开。鸿霖公园离铭奥国际不远，周凯来时正好路过，所以走出小区后，他径直前往公园，找到了于忆凡所说的凉亭。凉亭位于树林中间，四面都是用石头铺成的小路。到晚上十一点的时候，公园里本来就已经没什么人了，树林的位置更是偏僻，周围又没有任何监控，很容易让自己陷入危险中，可是他必须赴约，周凯得搞清楚于忆凡跟白小熙的意外到底有没有关系。

周凯觉得自己需要找个同伴，一旦发生什么意外也好有个人报警。不过应该找谁呢？他来北都市才不过一年多的时间，根本不认识什么朋友，总不能找欧阳宇之吧？更不能去找曲华，毕竟她是个弱女子。想来想去，周凯想起一个人来——江浩晨。

江浩晨是周凯高中同学，辍学后俩人一起在谷溪市打过工。前阵子江浩晨正好被调来北都工作，周凯特意请假去机场接他，他们还一起去吃了饭。没错，周凯突然记起来，接江浩晨的那天就是八月二十日。当监控里另一个跟自己长相相同的男人跟踪那个跟白小熙长相一样的女人时，周凯正在江浩晨新租的房子里喝酒，因为许久未见聊得尽兴，周凯那天喝了很多酒，甚至喝到断了片，连怎么回的家都不记得了,更不记得自己是怎么回到书店打的卡。如果没记错时间,周凯确定自己那天跟江浩晨在一起,如果需要跟欧阳宇之解释,那么江浩晨将是替自己作证的人。

走出凉亭,周凯给江浩晨发了条微信,让他下班后在家里等着,心想等见到江浩晨就知道八月二十日究竟发生了什么。

离开鸿霖公园时已经是中午时分,周凯找个地方填饱了肚子,下午直接去公安局找欧阳宇之。见到周凯,欧阳宇之略显惊讶地说:"还以为你不会来找我了。"

"我说过会过来给你个解释。"周凯轻咳了两声,坐在沙发上说,"八月二十号那天,跟踪白小熙的人不是我。"

"继续。"欧阳宇之坐在办公桌后,一只手托着下巴,眼睛一眨不眨地盯着周凯。

"那天我没有上班是因为我请假去接一个朋友,这点我那个朋友可以作证,所以我不可能出现在别的地方。"周凯本来是打算编造一个谎言,但在公安局见到欧阳宇之后他改变了主意,决定实话实说,让警方出面去调查那个跟自己长相一样的男人,"我知道这样说的话肯定让人觉得难以置信,你大概会想,既然不是我,那视频里的人是谁呢?"

听了周凯的辩解,欧阳宇之的脸上没有露出任何惊讶的表情,他的脸依旧严峻冰冷:"你是说,有人扮成了你的样子去跟踪白小熙?"

"是的,我昨晚仔仔细细地研究过那段视频,那个人除了耳朵上有道疤痕外,跟我长得几乎一模一样,而且他穿着的鞋子,包括那身衣服都是从我衣柜里偷走的。"周凯并没有撒谎,所以没有任何心虚,直视着欧阳宇之的眼睛说,"我怀疑,白小熙的死跟这个装扮成我的人有着莫大的联系。"

周凯的话音刚落,办公室的门被推开,一名警员拿着一沓资料低头走了进来,边走边说道:"队长,我去罗宾尼专柜查了,周凯戴的那款机械手表……"

"喀喀!"欧阳宇之咳嗽了两声打断了警员的话。

那名警员抬头朝周凯看了眼后略显尴尬,急忙将手里拿着的资料合上,说了句"那我一会儿再过来"便转身离开了。警员离开后,周凯看向自己的手腕,他的手腕上戴着一只机械手表,表盘上写着几个字母"LOBINNI(罗宾尼)"。

"你们……在……查我?"周凯一脸不解地看向欧阳宇之。

"警方在做的事不需要向你解释。"欧阳宇之没打算对周凯解释什么,他起身绕过办公桌,拿着纸笔来到周凯身边,说,"把你那个朋友的地址和电话写下来,你就可以离开了,剩下的事警方会调查。"

周凯把江浩晨的联系方式写在纸上递给欧阳宇之,紧接着起身离开。走出朝谷分局,周凯回想起昨晚跟欧阳宇之见面时的情景,当时欧阳宇之说在附近办案顺路来找他,临走时欧阳宇之还故意抓起他手腕看了眼手表,现在想来昨晚欧阳宇之根本就不是"顺路",而是专门来找他的。因为那段跟踪视频的出现,欧阳宇之开始怀疑白小熙的死跟他有关?周凯皱眉,抬起手臂看了眼手腕上戴着的手表,这块手表是他初到北都市时自己买给自己的礼物,为什么它会引起欧阳宇之的注意?周凯有些费解。

下午三点,距离跟于忆凡见面还剩下八个小时,周凯打算去银行取些钱。然而用提款机取款时,他发现卡里的存款莫名其妙少了两万。在柜台查了明细,最后发现这笔钱是在八月十七日中午十二点左右,通过横江路的自动取款机分五次被取走的。

周凯租的房子就在横江路上,那条路上的确有个二十四小时自助取款机，因为离租的房子近，以前他也经常在那个取款机取钱，可是最近他根本就没取过这笔钱。况且这张银行卡跟手机绑定，可周凯并没有收到过任何余额变动的短信提醒。

这张银行卡一直放在钱包里，钱包一直在他身上，那些钱怎么可能不翼而飞呢？周凯本想要求银行调出当天横江路自动取款机的监控录像，然而调取录像需要先去派出所报案，由民警出面或出示相关证明才可以。在一切还没搞明白前，周凯不想报案，于是他打车去了溪海书屋。

周凯上个月请过一次假，就是八月二十日那天去接好友江浩晨，所以八月十七日这天他应该在上班。十二点左右正是午休时间，通常午休吃完饭后，周凯会找本书来读，或是趴在桌子上眯一会儿，如果没有什么特别着急的事，他是不会离开溪海书屋的。溪海书屋每层都有监控，所以只要调出监控就能知道那天中午到底发生了什么。

到达溪海书屋后，周凯直接去了监控室，让同事调出八月十七日上午十点半到下午一点这段时间三楼阅读区的录像。周凯很快就在视频里找到了自己。根据监控记录，上午十点四十分到十一点十分，周凯在吃饭，吃完饭后他离开阅读区将近五分钟，再次回来时手里拿着一本《必须犯规的游戏》，看了四十分钟左右，快到中午十二点时他将书放在一边，趴在了桌子上。当时离他不远的地方还有一对情侣在看书，情侣对面还有一个戴着口罩和遮阳帽的男人。中午十二点零五分，戴口罩的男人起身，绕过桌子来到周凯身边坐下，准确地从周凯的衣兜里拿出钱包放进了自己兜里，他没马上离开，又等了将近十分钟才起身，起身时他的视线若有所思地看向了记录他这一犯罪过程的摄像头。

四目相对，正在看视频的周凯倒吸一口凉气，虽然视频里的男

89

人带着口罩帽子，但周凯还是认出了他。没错，这个男人正是那个跟自己长相一样的男人，他耳朵旁的疤痕在视频里清晰可见。周凯猛然想起，八月二十日这个男人曾穿着自己的衣服跟踪白小熙，如果没猜错的话，那身衣服应该就是八月十七日他偷走钱包后偷走的。周凯习惯把家里的钥匙放在钱包里，这个男人又选择去横江路那个取款机取钱，其目的就是因为离周凯租的房子近，可以顺手把衣服和鞋偷走，以便更好地伪装成他。

视频里，男人离开后周凯一直趴在桌子上睡觉，直到快下午一点时，男人再次出现在监控里。他将偷走的钱包重新放回周凯的衣兜里，然后拿起放在桌上的《必须犯规的游戏》翻开，用笔在上面写了些什么。写完后他将书合上起身离开，又过了几分钟，趴在桌子上睡觉的周凯坐起了身。

男人在那本书里写了什么？周凯走出监控室，在三楼悬疑推理专区找到《必须犯规的游戏》，然后一页一页地翻看，翻到第一百页时，页面最上端的空白处有两行用圆珠笔写下的小字：我知道你再看着我！

这行小字的下面写着：白景俞112。

周凯盯着字看了良久，猛然瞪大眼，冷汗顺着额头流淌下来。十分钟后，他像是受到什么惊吓似的，将书扔在地上快步跑下楼离开了溪海书屋。他跑了许久，直到体内所有力气都用光了，才停下脚步，气喘吁吁地靠在路灯下。

此时天已经黑了，离跟于忆凡见面还剩四个小时。周凯看了眼时间，擦掉额头上的汗水，起身来到路边打了一辆出租车去找江浩晨，然后两人一起去了鸿霖公园。

周凯和江浩晨来到跟于忆凡约定见面的凉亭，周凯才问道："哥们儿，你是上个月二十号来的北都吧？"

"对呀,这一个月发生了太多事。"江浩晨侧躺在长椅上伸了个懒腰说,"最近我一直很担心你,担心你会做傻事,今天看见你状态还不错我就放心了。"

"前阵子状态的确很糟糕。"周凯坐在江浩晨身边,望着不远处一对小情侣说道,"况且,我总该为小熙做些什么,为了她,我也要振作起来。对了,二十号那天下午,我有回溪海书屋吗?喝太多,断片了。"

"还说呢,都喝成那样了还非要回去上班,怎么拦都拦不住,后来我陪你去打了个卡,然后我们又在附近的大排档喝了一顿。那天我也喝了不少,主要是见到你高兴。"江浩晨翻了个身继续说,"那顿酒喝完头疼了好几天,现在真是老了,你还记得十几岁的时候不?我们整宿整宿地喝,睡一觉起来就没事了。"

"大排档还喝了一顿?真是没有印象了。"周凯从江浩晨兜里拿出一根烟点燃,抽了一口,猛地咳嗽两声,"后来是你送我回家的吗?"

"当然是我送你回去的。你还记得不?那天你喝多了,在路边见到个女的,非说是白小熙,吓得那姑娘差点报警,赶紧跑掉了。不过话说回来,后来你给我看相片,发现那姑娘的确跟白小熙长得很像。"江浩晨起身从周凯手里抢过点燃的香烟,自己吸了两口,"不会抽烟就别抽了,伤身。"

"真有这事儿?"周凯张口结舌,难道那天他喝多了曾见过那个跟白小熙长相一样的女人?

"骗你干啥。"江浩晨吐了个烟圈,若有所思地说,"这世界上还真有两个陌生人长得如此相像,也难怪你会认错。她俩站一起堪称真假美猴王。"

"你还记得我们是在哪个位置见到那个姑娘的吗?"周凯询问。

91

"第五大道上，那里有家KTV，叫什么帝豪KTV，就是在那儿碰到的。"江浩晨看了眼手机，接着说，"我是不是得提前藏起来，万一对方来早了怎么办。"

周凯看了下时间，离跟于忆凡见面的时间还差不到一个小时："你躲起来吧，躲进树林就行，如果发现什么异样见机行事。"

"放心，哥们儿以前练过武术，一般人不是我对手，况且……"江浩晨一边说着，一边从怀里掏出一根短棒，"为了以防万一，我准备了电棍。"

凉亭四周黑漆漆的，江浩晨刚走进树林便不见了踪影。等江浩晨藏好后，周凯独自坐在凉亭内静静等待。今夜无风，天空星星点点，月亮挂在树梢，时间静悄悄地流逝。十点五十分，周凯有些坐不住了，他站起身，紧张地四下观望，又过了五六分钟，石头路的尽头出现了一个人影。那人不是于忆凡，比于忆凡矮，而且是长头发，貌似是个女孩，因为离得有些远，周凯看得不是很清楚。那女孩似乎也没有看清凉亭里站着的是谁，她走近了些，走到距离凉亭大概五六米的地方才看清站在凉亭里的人是谁。

站在凉亭里的人也看清了女孩，月光下，女孩那张脸让周凯为之一惊。双方都愣住了，似乎谁也没想到两人会以这种方式见面。时间仿佛静止了，过了十几秒，女孩突然转身朝相反方向跑去，周凯见状喊了句"小熙"，紧追了上去。两人你追我赶，就在周凯快要追上女孩时，一个庞大的身躯突然从树林里冲出来，挡在了他面前。

第十四章

　　于忆凡出现了，他还是穿着那身黑色的长风衣，帽子遮住了整张脸。周凯试图绕过忆凡，却被于忆凡抓住肩膀一推，便被轻而易举地推倒在地。周凯不甘心，想要起身，但于忆凡见状，将他压制在身下，无论他怎么挣扎都无济于事，只能眼睁睁地看着女孩跑出树林消失在夜色里。

　　女孩跑远后，于忆凡松开周凯，摘掉帽子，让那张如野兽般的脸裸露出来："告诉……我……你……是……怎么……做到的？"

　　"什么怎么做到的？"周凯坐起身拍打掉身上的泥土，回头朝凉亭那边看了看，江浩晨根本没有冲出来，不会是睡着了吧？

　　"有……意……思……"说着，于忆凡如野狗一样在周凯脸上嗅了嗅，然后咧嘴露出两排泛黄的牙齿，"我、我会……再……找你……的……"说完，于忆凡起身离开，只留下一脸茫然的周凯坐在原地发呆。

　　几分钟后周凯才反应过来，急忙从地上起身跑回凉亭，对着刚才江浩晨隐藏的方向喊："浩晨，回家啦。"话音落下，江浩晨却迟迟没有从树林里走出来。不会真睡着了吧？周凯拿出手机调出手电照亮走进树林，最后在一棵树后找到了昏迷的江浩晨。江浩晨的额头似乎被重物击打过，鲜血顺着脸庞流淌下来。周凯急忙蹲下身检查，见他身上没其他伤口才将其背起跑出树林，在路边拦下一辆出租车直接去了医院。

经过半个多小时的抢救，江浩晨总算是醒了过来，这才让周凯松了口气。等医生护士包扎完伤口离开后，周凯坐在病床旁边询问江浩晨："当时到底发生了什么事？"

"我也不是很清楚。"江浩晨一只手扶着头，回忆道，"我刚躲到树林里没多久，就听见身后有声音，一回头就发现不远的地方站着一个人。天太黑了，我看不清对方的长相，刚想问是谁，结果还没等开口，那个人就到了我跟前。能有将近五六米的距离，他只用了一秒就跑了过来，还没等我反应过来，就感觉脑袋一痛。我第一反应是想喊你，可是那个人堵住了我的嘴，我挣扎了一会儿就失去了意识。"

"对方是不是穿着风衣，戴着帽子，个头在一米八以上？"周凯询问。

"应该是吧，我根本什么都没有看清。"江浩晨摇了摇头，吃力地支起身子靠在床头，"那个人就是你要见的人？你们都聊什么了？他没对你怎么样吧？"

"没对我怎样，只是说了两句不着边际的话。"从于忆凡袭击江浩晨的时间点来看，他应该是提前到了。可既然是他约周凯来见面的，又为什么不现身，而是躲在暗处观察呢？他又为什么要阻挡周凯追上那个女人？还有，那个女人为什么今晚也会去凉亭？难道这一切都是于忆凡布的局？他跟那个和白小熙长相一样的女人认识？是他约那个女人来的凉亭？可目的是什么呢？就是为了试探周凯见到女人后的反应？还是他在试探那个女人见到周凯后的反应？那句不着边际的话"你是怎么做到的"到底是什么意思？

"今天真是惭愧，没帮上你什么。"江浩晨见周凯有些心不在焉,便说道,"时间也不早了,你赶紧回去休息吧,我没事,住一晚明早就能出院了。"

"回家也是自己一个人,今晚我在这儿陪你。"周凯暂时把脑海里的众多疑问放在一边,有些愧疚地对江浩晨说。

"这样也好,正好我也有件事跟你说。"江浩晨从病床上下来,在衣兜里翻出烟拿在手里,"扶着我去抽根烟,憋死了。"

周凯扶着江浩晨走出病房,来到楼梯口,江浩晨点燃一根烟,吸了两口说:"凯凯,今天你来之前,有警察给我打电话了。"

"哦?"周凯坐在台阶上一脸惊讶。

"就问了些上个月二十号的事,问我们是不是在一起什么的,我如实回答的。"江浩晨转头看向周凯,"你被警察盯上了,今天你到我家接我去鸿霖公园时,后面一直有辆车跟着我们。"

"你怎么知道那是警察?"周凯疑惑。

"我躲进树林后见还有些时间,就跑出去看了一眼,那辆车就停在公园外,有两个男人在车外面。虽然那两个男人穿着便装,但言行举止还是能看得出来是受过训练的,我敢肯定他们是刑警。"江浩晨吸了口烟,若有所思地说,"我怀疑他们现在就在楼下监视你。"

周凯闻言走出楼道,回到病房站在窗帘后朝楼下看去。此时已经将近凌晨两点,楼下不见半个人影,周凯又换了个角度看,这才发现有个男人站在路灯下抽烟,还时不时地抬头朝楼上看一眼。周凯认识这个男人,虽然不知道男人叫什么,但他去公安局找欧阳宇之时曾跟这个男人打过照面,是警察没错。可是,欧阳宇之为什么要找人跟踪他呢?

"我说得没错吧,"江浩晨抽完烟开门走了进来,站在周凯身后说,"看样子他们是怀疑白小熙的死跟你有关。凯凯,你肯定有事没跟警察说，所以最近的言行举止引起了他们的怀疑。"

"是时候把所有事都告诉欧阳宇之了。"周凯感觉自己有些力不从心，如果不依靠警察的力量，自己也许根本无法找出真相，更别提完成白小熙的遗愿，找出证据曝光K科技了，"浩晨，折腾了一整晚，你先休息吧，我下趟楼。"

周凯没等江浩晨回答便心事重重地走出了病房，下楼后又站在大厅里犹豫了几分钟，最后他还是走出住院部，径直走到站在路灯下的男人面前，深吸一口气，说："我想跟欧阳宇之谈谈。"

男人愣了几秒，接着走到一辆私家车前敲了敲车窗，对坐在车里的人私语了几句。等了几分钟，男人再次回来时对周凯说："今晚我们两名警员在跟踪你时遭到了袭击，欧阳宇之正在楼上询问情况，一会儿就下来。"

"什么？"周凯干巴巴地眨了两下眼，"他也在这儿？"

男人点了点头没说话，转身回到私家车那边，靠在车上点了根烟。十几分钟后，欧阳宇之从住院部走了出来，对男人摆了下手，然后对周凯说："本来我打算天亮之后再去找你，没想到你先来找我了。"

"为什么找人跟踪我？"周凯没有拐弯抹角，直接问道，"难道你怀疑白小熙发生的那场意外是我干的？"

"既然你问了，我也就不瞒着你了。"欧阳宇之双手插兜，皱眉盯着周凯说，"还记得我跟你提过的小木屋吧？我们在那里面找到了一块跟你手腕上戴着的手表一样的手表，而且，那上面有你的指纹。"

"怪不得你要查这块手表。"周凯不自觉地摸了下手腕上的手表，"可是我从来没去过什么木屋，甚至都不知道那个木屋在哪里。"

"我相信你没去过,站在个人的立场,我也没对你产生过怀疑,但警方办案是不能有个人情绪的,还是要看证据,既然证据显示你曾去过木屋,也曾暗地里跟踪过白小熙,我们就要把你列为怀疑对象。"

"我不知道为什么在木屋里发现的手表上会有我的指纹,至于暗地里跟踪过白小熙的事,我已经跟你解释过了,那天我跟江浩晨在一起,你们警方也应该打电话确认过了。"周凯仰头直视着欧阳宇之,"跟踪白小熙的那个男人不是我。"

"证据有时候也会说谎,从最开始我就没觉得这是个简单的案子。"欧阳宇之轻咳了一声,"你好像一直对警方有所隐瞒,这样你很难摆脱嫌疑。记住,我们的目的是一样的,警方不是你的对立面,所以你没必要对我们隐瞒什么。"

"我之所以没说实话,是担心警方会打草惊蛇,因为白小熙在出事前一直在暗地里搜集关于 K 科技的证据。"周凯将外衣裹紧,视线看向远方,"当你告诉我白小熙的死可能另有真相后,我去找白小熙的责任编辑曲华谈过,她说如果警方明目张胆地去 K 科技调查白小熙的事,一定会让 K 科技有所防备,那白小熙的死就失去了意义。"

"那为什么现在又想说了?"

"因为我发现凭借我一人之力根本无法查清真相,那个跟我长相一样的男人是谁?还有今天……对了,这件事我还没说,其实那段视频里的白小熙也不是白小熙,而是另外一个跟白小熙长相一样的女人,我之所以没说这个,就是怕你把我当成神经病。"周凯尴尬地笑了笑,然后收起笑容认真地说,"今天我见到了那个女人,但她跑掉了。"

"这番话如果是在今晚之前听到,我一定会把你当成神经病。"

欧阳宇之深吸一口气，回头看了眼住院部大楼，说，"我刚询问过那两个受伤的同事，他俩今晚跟你去了鸿霖公园，也看见了那个女人。死人怎么可能复活？他俩以为看走眼了打算下车追上前去查看，就在这时有个黑影袭击了他们。"

"于忆凡，肯定是于忆凡，我朋友也是被他袭击的。"周凯耐心地解释了自己怎么找到朱辛，又是怎么查到于忆凡的，解释完后又说，"今晚就是他约我去鸿霖公园见面，可是来的却是那个女人。"

"我那两个同事没看清对方是谁，不过行车记录仪拍下了当时的画面，我确认过，对方只是一瞬间就击倒了他们，速度非常快。你听过最近发生在北都的几起碎尸案吧？死者身体都被撕碎了，无法辨认身份。这个案子是另一组同事在查，据他们目前掌握的证据来看，凶手身高在一米八以上，行动非常敏捷，甚至超出了人类极限。两者描述非常相像，我怀疑这个于忆凡就是碎尸案的元凶。"

周凯想起几天前从公安局出来途中看见的凶案现场，不自觉地打了个冷战："我知道于忆凡住哪儿……"

"说。"

"铭奥国际，十七号楼三单元四〇一。"

"你今天上午躲进快递车里进入的小区？"欧阳宇之恍然大悟，"当时你就是去找他？"

"嗯。"周凯将整个经过完完整整地叙述了一遍，说完后顿感后怕，如果当初他知道于忆凡是个杀人不眨眼的凶徒，肯定不敢贸然前去，更不会让江浩晨也身陷危险之中。

欧阳宇之听完周凯的话后，拿出手机躲到一边打了个电话，再次回来时说道："我通知负责碎尸案的警察了，他们应该马上会实施抓捕行动。"

"他说过，他会再来找我的。"周凯回想起几个小时前于忆凡在自己耳边说过的话,"我跟于忆凡从没见过,但他表现得好像之前就认识我似的,我怀疑他可能把我认成了视频里那个跟踪白小熙的男人,所以才会说一些莫名其妙的话。他应该也认识今晚前去赴约的跟白小熙长相一样的那个女人。对了,那个女人应该住在第五大道附近,八月二十号那天,我跟江浩晨喝醉酒时曾见过她。"

"放心吧,这些事我会派人调查的,看来白小熙的案子马上就能水落石出了,只要抓住于忆凡,找出那个女人,或许真相就会浮出水面。"欧阳宇之转身拍了拍周凯的肩膀,"另外,在案件彻底侦破之前,我那两个同事还会继续跟着你,他们会保护你的安全,所以希望你能够配合。"

"我会配合的。"于忆凡是K科技的员工,如果这件事背后的主谋真的是K科技,即使于忆凡被抓,K科技也会派第二个第三个于忆凡出来,所以有两名警察保护自己,周凯也会感觉安全些,"对了,北都市有一个叫白景俞的地方吗?"

"白景俞?"欧阳宇之想了想,最后摇头说道,"没听说有这么个地儿。"

刚才江浩晨昏迷时,周凯也用百度地图查了查,原本他以为"白景俞112"会是某个街道或小区,然而查找后发现北都市根本没有一个叫白景俞的地方。既然如此,那这句话到底是什么意思呢?

"我知道你再看着我!白景俞112。"周凯默念了一遍这句话,回想着书里的字迹,再次感觉恐惧感蔓延至全身。

让周凯感到恐惧的并不是这行字本身,而在于其中的错字"再"。上小学时,周凯曾因为经常在语句中用错"再"和"在",而被当时的语文老师当着全班同学的面指着鼻子骂"脑袋缺根弦""比猪还笨",这让正在反叛期的周凯极为愤慨。此后为了报复那个老师,每次造句时他总是把"在"和"再"调换,故意弄错,久而久之就成了习惯,后来到社会上他也会无意识地将这两个字用错。

那个男人不仅跟自己长得一样,而且连书写习惯都完全相同,这才是让周凯毛骨悚然的地方。

第十五章

　　清晨三点,跟欧阳宇之聊完后,周凯回到病房,趴在江浩晨床边睡了会儿。再次醒来天已大亮,他陪着江浩晨做了脑部 CT,确定江浩晨没任何问题才安心。

　　现在于忆凡已经引起了警方的高度重视,欧阳宇之也开始着手调查视频里那个跟白小熙长相一样的女人,周凯只要静等消息就好。目前他唯一要做的,就是要找到被白小熙藏起来的有关 K 科技的罪证。

　　白小熙到底会把罪证藏在哪儿呢?周凯想起欧阳宇之说的那个位于荒山上的小木屋,如果白小熙真的曾被囚禁在那里,她会不会情急之下将罪证藏在木屋的某处?

　　离开医院后,周凯给欧阳宇之打了个电话,接通后询问道:"你们在小木屋里除了发现那块有我指纹的手表外,还有没有发现别的?"

　　"木屋里有麻绳,泥土地上还有一些凌乱的脚印。"电话那边欧阳宇之声音略显疲惫地说,"你有什么发现?"

　　"白小熙调查到的关于 K 科技的罪证我始终没有找到,她很有可能情急之下将其藏在了小木屋里。欧阳警官,你能说下小木屋的具体位置吗?我想亲自去找找。"

"等会儿我微信推给你。"欧阳宇之停顿了一下又说道,"对了,告诉你一个坏消息,昨晚的抓捕行动失败了,于忆凡没有回家,所以我多派了几名同事保护你,不过你自己也要小心点儿。"

收到欧阳宇之发来的小木屋地址,周凯打车去了城外白小熙出意外的地方。在路上,他通过后视镜看到有两辆车始终跟在出租车后面,那应该就是暗中保护他的警察。到地方后已是中午,周凯多给了司机一些钱让他在路边等待,自己则沿着山路爬上去,过了一个多小时才找到小木屋。

小木屋大门紧闭,门上挂着锁头,锁头上方有警方贴的封条。周凯撕下封条摘下锁头走进去,就见木屋里没有任何家具,泥土地上有很多凌乱的脚印,角落有面包皮、鸡蛋壳、饮料瓶等垃圾。周凯深吸一口气,蹲下身开始寻找,可是他翻遍了每一寸土地,找遍了所有能够藏U盘的角落,结果什么都没发现。没在小木屋里,那还能在哪里呢?周凯毫无头绪,他实在想不到白小熙会把如此重要的证据藏在哪里。他失望地起身,刚打算要离开,却在脚下发现了一块指甲,为了防止破坏DNA,他跑出小木屋,对藏在不远处保护自己的警察挥了挥手。

一名警察很快从树后面走了出来,跑到周凯跟前问道:"出什么事了?"

"我发现了一块指甲,很可能是凶手留下来的。"周凯领着这名警察进入木屋。警察戴上手套小心翼翼地拨开泥土,拿出指甲放进证物袋。走出小木屋后,警察重新躲进了暗处,周凯则按原路下山,坐出租车回了市里。

小木屋之行虽然没有找到白小熙隐藏起来的罪证,却也不算毫无收获,可接下来要去哪里找呢?回市里的途中,周凯思考着下一步该去哪里寻找,这时出租车的广播里突然传出一名男性低沉的声音:"我知道你在看着我!"坐在副驾驶席的周凯马上被这句话吸引,结果广播里紧接着传来:"超刺激感官体验,挑战心理承受极限,探索死亡之谜。全市唯一的'恐怖体验馆'现已正式开业,地址:谷海北路一百一十二号。"

"现在的年轻人真会玩,死亡有什么好体验的。"出租车司机听了广播后说道,"哥们儿你说这种店能赚钱吗?"

"不清楚。"周凯将视线转向窗外紧皱起眉头,他突然想起了一件事。

今年年初白小熙生日的时候,周凯请她去了万达乐园,两人玩了所有以前未曾尝试过的游乐项目。晚上吃饭时,周凯问她:"你还有什么想玩的吗?"当时白小熙说:"北都市要开一家以恐怖为主题的体验馆,估计年末就能完工了,明年生日你陪我去……"

"我知道你再看着我!白景俞112。"难道那个男人留下的这句话,是想指引他去"恐怖体验馆"?周凯这样猜测着,对司机说道:"麻烦送我去谷海北路一百一十二号。"

下午四点,周凯走进了"恐怖体验馆"。其实所谓的"恐怖体验馆"就是鬼屋的升级版,里面闪着幽暗的灯光,有各种长相恐怖的鬼怪突然间钻出来发出怪异的声响。周凯沿着路标的指引向前,拐了几个弯后,他发现墙上挂着一具巨大的鲸鱼骸骨。很逼真的鲸鱼骸骨,在幽暗灯光的照射下骨架惨白,鲸鱼的眼睛黝黑空洞,在它旁边有一句滴血的红字:我知道你在看着我。

"白景俞。"周凯恍然大悟,"或许白景俞只是谐音,其实说的是白鲸鱼。"

周凯急忙拿出手机打开手电筒,顺着台阶爬上墙壁,靠近鲸鱼骸骨仔细查看。最终,他在骸骨尾端的墙壁上发现了一块可以活动的砖,于是他将砖移开伸手进去摸了摸,摸出来一个塑料袋,塑料袋里有一张地图以及一个 U 盘。周凯将地图和 U 盘揣进兜里按原路返回，离开"恐怖体验馆"后打车去了白小熙家。

周凯用白小熙的办公电脑插上 U 盘查看，却发现这个 U 盘有加密程序，需要输入密码才能进入。周凯试了几次，密码错误后上面提示"连续十次错误后，程序将自动删除盘内所有信息"。周凯不敢继续尝试，只能将 U 盘拔出，转而研究那张地图。这是一张北都市的地图，地图上用红笔圈出了一个名为"凌远木材加工厂"的地方，红圈旁边还写着一行字：所有的秘密都在这里。

这时放在茶几上的手机突然响起，屏幕上闪动着"欧阳宇之"的名字，周凯按下接听键的同时，房间里的灯灭了，他被困在了黑暗里。电话里欧阳宇之的声音十分焦急："谢天谢地你没事。周凯，赶紧离开白小熙家，一分钟前保护你的警察遇袭，应该是于忆凡去找你了。"

伸手不见五指的黑暗中，房门那边有些响动。"他来了。"周凯屏住呼吸将手机举起照亮前方，一张极其丑陋的脸在手机微弱的光亮下显露出来。周凯一惊，不禁后退两步，手机掉落在地板上。还没等他做出更多反应，他的嘴已经被捂住，同时感觉脖颈处如被蜜蜂蛰了一下般疼痛，几秒后他便失去了知觉。

第十六章

周凯回到了少年时代,他跟白小熙走在荒凉的田地间。远方是山丘白云,近些的地方有条小溪,他们来到小溪前脱掉鞋子,光着脚丫在溪水里嬉戏。溪水很凉,他们玩了会儿就跑回岸边,坐在绿油油的草坪上。

"我遇到了一个姐姐,她说她是长大后的我。她告诉我,我身上很快会发生一些事,一些让我生活变得很糟糕的事,她希望我坚强,不要因此而堕落。"白小熙抬起手遮住阳光,转身笑着看向周凯,"你说,她真的是长大后的我吗?"

"怎么可能?"周凯呵呵傻笑两声,"一定是个骗子。"

"我也觉得,可是她的脖颈上有一块跟我一样的胎记。"白小熙伸着脖子指了指锁骨向下的位置,那里有个拇指大小的浅红色胎记,形状有点像梅花,"所以我觉得应该听她的,以后无论遇到什么事都不该自甘堕落。"

周凯想伸手去摸一摸那块胎记,忽然天不再蓝,溪水不再清澈,身旁坐着的白小熙也越来越模糊,直到黑暗将整个世界吞噬。

再次恢复知觉,四周依旧漆黑!

周凯想动,却发现双手双脚被绑着。地面冰凉,他挣扎了几下,这时灯亮了,刺痛了他的双眼。他闭眼缓和了几秒,逐渐适应突如其来的强光后缓缓睁开眼。眼前看上去像是一个库房，角落里堆着一些纸壳，泥地上渗着一大片深红色的血液，看起来十分瘆人。于忆凡走了进来，他蹲在周凯跟前上下打量了一番，然后拽着周凯走出了库房。库房外是个小房间，里面有一张桌子，房间的中央有一把椅子，椅子上坐着一个人，手脚同样被捆着，头被黑色的布罩住了，但从穿着打扮上看，应该是女人。

于忆凡松开周凯，来到椅子前，把女人头上的黑布慢慢摘了下来。是那个女人！那个跟白小熙长相一样的女人！不，她就是白小熙。她坐在椅子上，头低垂着，应该还在昏迷中，她的衬衫被解开了几颗纽扣，周凯一眼便看见了那块浅红色的胎记。

"小……小熙。"周凯吃力地爬向椅子。

于忆凡一脚踹向周凯，把周凯踹回到墙角，紧接着走到椅子旁，伸出脏兮兮的指甲轻轻在白小熙的脸上划了一下："告、告诉……我……你……是……怎……么……做……到……的？否……则……她……性命……不、不……"

"不要！不要伤害小熙。"周凯扭动着身体靠在墙壁上，视线死死盯着于忆凡，"你到底想知道什么？"

"我……啊……啊……啊……"于忆凡已经无法完整地说出自己想要表达的意思了，虽然他在努力尝试，吐出来的字却含糊不清。他有些抓狂地挠了挠脖子，一块死皮被抓了下来。相比前一日，他的那张脸更加恐怖了，鼻子周围布满了浓密的毛发，喉结凸起，两颗獠牙裸露在嘴外。一阵抓狂后，他重新说道："你……是、是……啊……活……的？我……想……知……啊……秘……秘密……"

周凯认认真真地倾听着于忆凡说的每个字，试图整理出他想表达的意思，可最终只辨认出了几个字："秘密？你想知道秘密？"

"嗯。"于忆凡僵硬地点了点头,将指甲嵌进白小熙的皮肤里,鲜红的血液顺着伤口流淌出来,"快、说!否……啊……会……杀……了……她!"

"秘密,所有的秘密都在一个叫'凌远木材加工厂'的地方,白小熙家的茶几上有张地图,地图上标注了具体的位置。"周凯见于忆凡已经有些不耐烦了,便谎称道,"你要找的秘密,应、应该就在那儿。"

"地……啊啊……图……"于忆凡听懂了周凯的话,他将嵌进白小熙肉里的指甲拿出来,用舌尖将残留在指甲上的鲜血舔干净,接着转身朝房门走去。走近房门时,他伸手关掉了电灯,再次把房间里的两个人困在黑暗中。

周凯没有马上做出反抗,他待在原地沉重地呼吸着。等了大概三分钟,确定于忆凡已经走远,他才挪动身体,凭借记忆朝墙角的桌子移动。那个桌子上摆着几个玻璃杯和水果罐头。吃力地爬了将近两分钟,他的头终于碰触到了桌角,紧接着周凯原地掉转身,用捆绑在一起的两只脚使劲儿踹向桌子。桌子被踹动后,摆放在桌子上的杯罐掉落到地上,发出一阵脆响。周凯在附近摸索了半天,才找到一块碎掉的玻璃,连忙将其抓起。在这期间,坐在椅子上的白小熙始终没有发出任何声音。

花了大概十几分钟,周凯用碎玻璃片割断了绳子,被捆绑着的双手终于解放了出来。他兴奋地喊了两声"Yes",接着擦掉满头大汗,又解开了捆绑在脚腕上的绳子,然后扶着墙壁站起身,摸索着朝房门的方向走去。他在房门边的墙上摸到电灯开关,房间再次恢复光明。

周凯两步跑到椅子前跪下身,拍了拍白小熙的脸轻声喊道:"小熙,醒醒,小熙!"

白小熙的那张脸冰凉冰凉的，没有一丝温度，之前被于忆凡划伤的地方流淌的鲜血已经凝固。"不能有事，你不能有事！"周凯慌张地解开捆绑白小熙的绳子。当她手腕上的绳子被解开后，白小熙整个人向周凯倾倒而来。周凯接住白小熙，紧紧地将她搂在怀里。然而就在此时，周凯发现白小熙的背部有黏糊糊的液体，他看过去，只见白小熙的背部一片血肉模糊，靠近肩膀的位置被挖出了一个拳头般大小的洞。

"不！！！"周凯嘶吼道。

再次失去心爱女人的痛苦让周凯几近崩溃，他的身体瑟瑟发抖，眼泪从眼眶里溢出，大脑霎时间变得一片空白。悲伤的情绪不知持续了多久，他小心翼翼地将白小熙放在地上，擦掉眼角的泪水，起身走出房门。

今夜没有月光，星星也躲到了乌云后。走出库房，眼前是一个大院，远处有几栋平房。周凯走出大院左右看了看，发现还有人家亮着灯，于是他径直跑过去使劲儿敲着铁门。很快，一个看上去四十岁左右的男人披着衣服从里屋走了出来，他穿过院子来到门前，一脸疑惑地问："有事儿吗？"

周凯深吸一口气，努力使自己平静下来，对男人大概说了情况："这里离北都市远吗？"

"不算远，这里是曲平村，开车的话四十分钟左右就能到北都。"男人起初还有些防备，听周凯解释完后便彻底放下戒备，上前打开铁门，"进屋吧，进屋说。"

两人进屋后，男人给周凯倒了杯水。周凯咕咚咕咚将杯里的水一饮而尽，又借来男人的手机给朝谷分局打了个电话，告诉他们于忆凡正在去白小熙家的路上。交代完情况后，周凯向男人借了辆摩托车——刚才他看见院里停着一辆摩托车，离开时他交代男人去当地派出所报警。

周凯沿着唯一的公路开了将近两个小时,终于回到了北都市,此时天已经蒙蒙亮了。白小熙家楼下不远的地方停着五六辆警车,大批的警察和围观群众堵在那边。周凯趁人不注意溜上楼,找到手机,拿回地图。

所有的秘密都在这里!

凌远木材加工厂在南郊,北都市大多数厂房都集中在那边。周凯按照地图上标记出的地址找过去,天大亮时他已经站在了凌远木材加工厂门前。这是一家已经废弃的木材加工厂,厂门大开,里面堆放着成堆的木材,成堆的木材后方有个玻璃厂房,厂房的门关着,但是没有锁,周凯很轻易地就将其推开了。

玻璃厂房门口是一个类似机场安检处的电子门,门内是大厅。大厅有些空旷,旁边有楼梯可以上二楼。二楼有很多房间,周凯随手打开了几个房间,里面除了办公桌外几乎空空如也。他在二楼绕了一圈,发现有一扇门上写着"T基地壹"的字样。他将门推开,这个房间里有一台电脑。

周凯走上前按了几下开机键,电脑没有任何反应。应该是断了电?这样想着他跑出房间,在大厅后方找到电闸总开关打开,再次跑回来按下开机键,这次电脑成功启动。这台电脑跟周凯用的电脑有所不同,开机后并没有进入桌面,而是直接弹出一个布满绿格子的界面,绿格子上有几个红点在移动。这个页面上面写着"热能探测"几个字。周凯在电影里看到过热能探测器,大概就是利用机器能够探测出活着的有体温的人。难道这里还有其他人?周凯仔细打量整个房间,发现角落有个用来放文件夹的大柜子,柜子旁边有扇门,门上写着"实验室,生人勿进"的字样。周凯走过去,刚要推开那扇门,兜里的手机突然响了,来电者是欧阳宇之。

"你在哪儿呢?"电话接通后欧阳宇之询问。

"南郊,一个厂房里。"周凯说完反问道,"抓到于忆凡了吗?"

"牺牲了五六名同事,最后当场击毙了。"欧阳宇之停顿了一下,又说,"周凯,我刚收到技术部门的鉴定报告,你在小木屋找到的指甲DNA比对结果显示,跟你的DNA完全吻合。"

"这,这怎么可能?"

"刚才上级已经正式对你下达了抓捕文件。不管怎样你先回来吧,如果这件事不是你做的,我向你发誓一定会继续调查下去,直到查出真相为止。"

"我相信你能查出真相。"周凯伸手推开那扇门,边往里走边说道,"对了,我发现了一个加密的U盘,放在白小熙家,我没有密码打不开,你拿回去把密码破译了吧,里面应该有很重要的文件。"

那扇门里四面都是镜子,周凯走进去后,身后的门突然自动关上了,与此同时从头顶射下来一道刺眼的白光,接着周凯感觉大脑有些恍惚,仿佛坐在过山车里一般,整个房间都开始剧烈晃动。

电话里发出刺啦刺啦的电流声,他已经听不清欧阳宇之在讲些什么。房间晃动了大概十几秒,停止晃动后白光也跟着散去,周凯感觉有些眩晕,他右手支着镜子弯腰干呕了几下,这才重新直起身来打量整个房间。这房间很小,大概只有十几平方米,里面什么都没有,墙壁、天花板和地板都是镜子,照出了无数个自己。

被这样一照,周凯更加眩晕了。他走到门前,伸手握紧门把手打开那扇门走出去,却发现这扇门的外面不是刚才有电脑的那个房间了。他的眼前是一堵墙,一堵高达十几米的墙,墙面是白色的,棚顶是白色的,在墙和身后的那扇门之间有大概四米的距离,左右两边各是一条幽长的走廊。这到底是怎么回事?周凯感觉呼吸有些困难,胃里也翻江倒海般难受,他再次弯腰,双手支膝干呕起来。

就在这时,一个熟悉的声音在耳旁响起。

"你是谁?"

周凯扭头看过去,他看见了白小熙。

B

迷宫

我们用上半生找寻入口，用下半生寻找出口。

第十七章

眼前的白小熙穿着牛仔破洞裤、白色运动鞋，上身是一件印有"The Best Choice"字样的黑色T恤，头发染成蓝紫色扎成马尾，耳朵上戴着一排夸张的耳环，整体装束看上去像是二十世纪八十年代小太妹的造型。

"你不认识我？"周凯感觉像是进入了一场梦，不同的是眼前这场正在经历的梦境比以往经历过的都要真实。

"我们应该是第一次见吧？我还以为进入这座迷宫的都是先前进行过培训的人。""白小熙"上下打量了周凯一番，"先自我介绍一下，我叫白小熙，你可以叫我小熙，也可以叫我熙姐，看样子我们年龄差不多。"

眼前这个女人，除了长相跟白小熙完全一样外，言行举止完全不同，说话时带着一股痞气，可她介绍自己为白小熙。周凯顿时感觉一阵眩晕，他靠在墙壁上伸手揉了揉太阳穴，问道："能告诉我究竟发生了什么事吗？"

"你刚醒吧？难怪，我刚才醒过来时跟你一样，记忆出现了短暂的断档，过会儿就好了。""白小熙"扭动了两下脖子，走过来靠在周凯旁边说，"如果没猜错的话，这里应该是K科技T项目的最终试验场地。虽然我还没搞懂T项目是什么，不过这里貌似挺大的，有很多纵横交错的走廊，糟糕的是每条走廊似乎都长得一样，我已经完全绕晕了。"

"T项目？"周凯想起自己来这里前最后进入的那个房间，门上面写着"T基地壹"，所指的应该就是"白小熙"所说的T项目，只不过他没想到T基地是K科技旗下的。

"一周前我报名参加了K科技的志愿者招募活动，随后被安排进行了三天的封闭式训练，昨晚工作人员给我注射了药物，接着我就昏迷了过去，再次醒来时我就在这里了。当时参加培训的有四个人，不知道他们是不是也来了这里。""白小熙"摸了摸裤兜，狠狠地说了句，"该死，他们收走了我身上所有的东西，连根烟也没给我留。对了，你叫什么？为什么没有参加培训就被送来这里了？"

除了那张脸，周凯在"白小熙"身上找不到一点熟悉的影子，不过转念一想，这样也好，如果眼前的"白小熙"跟他所熟悉的白小熙完全一样，周凯恐怕很难控制住自己的情感，更难保持冷静。

"我叫周凯，至于为什么会来到这里……"周凯欲言又止，抬手指了指脑袋。

"哦，忘了你刚醒，记忆还没全恢复。你说你叫周凯？""白小熙"似乎被这个名字吸引了，她的目光再次聚焦在周凯身上，像是看外星人似的再次打量了他一番，最后撇嘴一笑，"不会这么巧吧？我有个邻居……"

"白小熙"的话还没说完就被不远处的呼唤声打断了。

"这里还有其他人吗？"周凯问道。声音是名男性发出来的，两人一同循声望去，却没看见任何人，幽长的走廊空空如也。

"跟我来。""白小熙"朝左侧走廊走去，周凯紧跟其上。两人走了大概十几米，走廊出现了分岔口，"白小熙"毫不犹豫地朝右边走去。又走了十几米，当他们再次拐向另一条走廊时，眼前出现了一个人，一个男人。

男人坐在地上背靠墙壁，左腿好像受了伤，他的脸上胡子拉碴，身上穿着军装，看样子五十多岁。朱辛？周凯一眼就认出了男人，他停住脚步，站在原地满脸茫然。"白小熙"跑过去，蹲在朱辛身边，有些兴奋地说："朱哥你真的在这儿，腿怎么了？"

"扭了下，没大碍。"朱辛在"白小熙"的搀扶下站起身，这才发现站在不远处的周凯，然后一脸迷茫地问，"他是？"

"他叫周凯，也是来参加项目测试的。我怀疑这座迷宫里可能还有别的受训者进来，朱哥你记不记得，当时培训是分了两组，你，我，于忆凡，戴萌，咱们是一组，他可能是另外那组的，不过他才刚醒，记忆没完全恢复。""白小熙"扶起朱辛后左右看了看，"你还能走吧？我觉得我们应该尽快找到其他人。"

眼前这个男人明明就是朱辛，却说不认识自己，还有刚才"白小熙"说于忆凡也在迷宫里，周凯感觉大脑要爆炸了，他实在不知该如何解释眼前所发生的这一切。

"喂，哥们儿，别发愣呀。""白小熙"对周凯摆了摆手，示意他跟紧，接着一边搀扶着朱辛，一边继续往前走。

周凯跟在两人身后，打量着这座迷宫，发现这里的确如"白小熙"所说，有很多纵横交错的走廊。每条走廊都长得一样，走廊上每隔一段就会有个房间，房间规模跟周凯出来的那间一样，十几平方米，里面空空的，六面镶嵌着镜子。

一路上，每路过一个这样的房间，"白小熙"就会推开房门伸头进去查看，确定里面没人后再继续向前。三人走了四十分钟左右，最终在一间同样六面镶嵌着镜子的房间里找到了还在昏睡的于忆凡和戴萌。这个房间跟刚才经过的房间有些许不同，其他房间都是空的，这个房间里有一张小桌子，桌子上零散地放着几张旧报纸。"白小熙"和朱辛分别去叫醒于忆凡和戴萌时，周凯来到桌子前拿起这些报纸看了看，发现报纸的出版日期大多是二〇一六年年末，其中有一张报纸上的报道提到了T基地，标题为"T项目曝光，K科技将着手虚拟现实技术？"。

"K科技二〇一五年宣布收购凌远木材加工厂，有意将其打造成T项目实验基地，然而一直对T项目内容闭口不谈，一年多以来外界猜测不断。近日有知情人士爆料，所谓的T项目其实是虚拟现实技术的开发与提升。目前K科技并未对该爆料做出任何回应。"

周凯正看着这篇报道，突然手中的报纸被拽走，侧头看去，抢走报纸的是"白小熙"，她指了指报纸上的标题说道："我猜得没错，刚才就在纳闷，虽然K科技资金雄厚，可是要建造这么大一座迷宫根本不可能。从醒来到现在，我已经在这里面绕了将近四个钟头，但还是没走到尽头。现在看了这篇报道，我终于明白了，这座迷宫根本不是现实中存在的，而是由VR创造出来的。"

"你的意思是说，这里的一切都是假的？"刚刚醒过来的戴萌坐在角落，她伸手摸了摸身旁的镜子，"可是触感很真实啊。"

周凯看了眼戴萌，然后将视线停在了于忆凡身上。眼前的于忆凡穿着印有"三毛快递"字样的T恤，身高在一米八以上，身材瘦弱，眉毛浓重，眼睛很大，但空洞而无神，跟他所见的那个"怪物"于忆凡除了身高相似外，根本就是两个人。

"我曾看过报道，说T项目其实是折叠虚拟现实技术的再升级，K科技有意把VR设备扩展到游戏行业，如果真是这样的话，眼前这座迷宫应该就是第一代产品，他们招募志愿者的目的，就是通过志愿者测试产品的稳定性、安全性，是否存在系统漏洞等。通常这种新产品都需要反反复复测试，确认没有任何问题才能上市。"于忆凡并没有注意到周凯惊讶的眼神，他站起身说道，"大学时我学的专业是计算机，所以经常会关注科技新闻。"

"你们说的我都听不明白。"朱辛挠了挠头询问道，"那我们现在该怎么办？"

"迷宫里肯定会有一些提示，会交代一些任务让我们去完成，而我们只要根据提示完成任务应该就会通关。""白小熙"又翻了翻其他报纸，没在上面找到有用的信息，"对了，你们都在自己身上找找，看看身上的东西还在不在。"听了"白小熙"的话后，戴萌、于忆凡、朱辛三人在自己身上仔细摸了摸，紧接着三人都摆了摆手。

"我身上的手机、钱包全都被收走了。"戴萌说完这句话后看向周凯，似乎才发现四人中有个陌生人，"他是？"

"白小熙"又解释了一遍，然后拍了拍周凯肩膀说："如果我的猜测没有错的话，你那组的人应该也都在这里面，要不要我们一起去找找？毕竟人多的话，闯关也容易些。对了，你所在的组都有谁呀？"

"我……完全没有印象。"周凯无奈地摆了摆手。

"据我所知，另一组要参与的项目临时出现了变故已经解散了，所以他不可能是另一组的成员。这座迷宫里除了我们几个外，也不可能再有其他人了。"于忆凡有些怀疑地上下打量周凯，"你到底是谁？为什么会出现在迷宫里？"

"你没听他说完全记不起来了嘛。""白小熙"上前一步挡在周凯跟于忆凡中间，做出一副要保护周凯的样子，"当务之急我们要做的是找到接下来要执行的任务，再说你是怎么知道另一组要参与的项目取消了？"

"我有个朋友在另一组，是他告诉我的。"于忆凡解释。

"培训是封闭式的，那几天我们都在一起，就没走出过公寓，

117

而且任何通信设备都被没收了，根本无法与外界联系。"戴萌察觉到了于忆凡解释中的漏洞，也参与进来质问道，"你的那个朋友又是怎么告诉你的？"

"好啦，我们现在需要的是团结，而不是相互猜疑。"朱辛出面阻止道，他说完后走到周凯跟前询问，"你身上的东西也都被收走了？"

周凯在自己身上摸了摸，这才发现手机和那张北都市地图都还在。此时，另外四人的视线都落在周凯身上，他犹豫了下，最后只能硬着头皮将手机和地图一一拿出来："我身上只有这两样。"

"为什么你的手机没被收走？""白小熙"拿过手机看了看，又将其交还给周凯，"你快打开看看，没准里面提示了我们下一步要做的任务。"

几个人纷纷围了上来，周凯在八双眼睛的注视下打开了手机，简单地在里面翻了翻，又试着拨打欧阳宇之的电话，发现无法打通，最后只能摇摇头说道："没有任何提示。"

四人失望地散开，又把地图展开研究了一番，结果发现上面只用红笔标注了一个圈和一句莫名其妙的话，其他没有任何提示。最后"白小熙"把地图还给周凯说道："看样子这房间里没有我们需要的东西了，咱们应该走出去找。还有，这座迷宫很大，每条走廊都差不多，很容易转向，也许我们走了半天，发现还是在原地徘徊，所以我建议用周凯手机里的指南针来辨别方向，这样我们可以节省时间和体力。"

"赞同。"朱辛、于忆凡、戴萌异口同声地说道。

周凯只能无奈地贡献出手机。他把手机交给"白小熙"，然后跟着众人走出房间，按照指南针给出的方向一路向南并检查中途路过的每个房间。四人寻找所谓的"任务"时，周凯一直默默跟在他们身后观察着每一个人。眼前这四个人中,除了戴萌外,周凯在进入迷宫前全都见过,但奇怪的是这四个人完全不认识周凯,而且于忆凡本该是青面獠牙就快失去语言能力的怪物,现在却说话流利,完全是一个正常人。好像在这座迷宫里,所有人都被重新设定了似的。周凯仰头看着雪白色的天花板,紧皱起眉头,这里真的如"白小熙"所说,是虚拟的存在吗?

第十八章

偌大的迷宫！

几人利用手机上的指南针走了三个小时，依旧没有走到迷宫的边界，中途路过了四十几个房间也没找到下一步的"任务"是什么。渐渐地，于忆凡开始变得有些烦躁，他抬脚狠狠地踹在雪白的墙壁上大吼道："他妈的，累死老子了。"

墙壁被于忆凡这样一踹，留下了一个脚印。戴萌走过去盯着脚印看了会儿，然后叫停走在前面的"白小熙"和朱辛，说："我们现在虽然有指南针指路，但是遇到分岔口就完全没辙了，很有可能看上去是在朝南走，其实是在绕圈。不如我们在每个查看过的房间门前做个记号吧？这样避免重复。"

"这个方法不错，可是用什么做记号呢？"掉头回来的朱辛问道。

戴萌将自己戴的眼镜拿下来，掰掉镜框两边托耳的地方："用这个，每路过一个房间我们就在旁边的墙壁上划一道。"

接下来"白小熙"负责指引方向，朱辛负责查看房间，戴萌则负责做记号，于忆凡跟在他们后面，找到机会就在地上坐一会儿。周凯发现于忆凡时不时地回头看他一眼，眼神里充满了疑虑，似乎心里还没完全对周凯放下防备。

"有情况，有情况。"进房间查看的朱辛打开房门探出头来喊道，"这房间里有很多食物。"

听了朱辛的话，几人纷纷进入房间。这个房间也是六面镜子，不同的是正对房门的那面镜子前有个货柜，货柜上摆放着各种食物，薯条、泡面、肠、鸡爪等，货架旁边还摆着两箱罐装啤酒。

于忆凡进屋后撕开箱子，从里面拿出一罐啤酒打开，咕咚咕咚喝了一大口："我早就渴了，嗓子都要冒烟了。"

"不如咱们先在这里休息休息吧？"戴萌走到货架前拿过一袋薯片凑到鼻子前闻了闻，又从里面拿出一片放进嘴里，吃完后看向"白小熙"说道，"刚才你说这里是虚拟迷宫，那按道理不应该会有饥饿感呀，而且这薯片也跟真的似的，放在嘴里能品尝出味道。"

"这只是一种很普通的心理暗示，有人曾经做过这样的实验，通过一台VR设备把人送去冰天雪地的场景，但是其实房间里的温度很高，可测试者却感觉手脚冰凉，冻得瑟瑟发抖。"于忆凡在"白小熙"回答这个问题前抢先回答道，"最好玩的是，测试者明明知道这是假的，却还是抵御不了这种暗示。对了，还有个比较著名的例子，就是把两个测试者分别关在不同的房间并且切断他们的食物来源，每个房间都有一块表，但是其中一块表是正常的，另一块的指针则被动过手脚，跳动速度比正常的表快两倍。在测试者不知情的情况下，那个待在表被动过手脚的房间里的人不到十个小时就已经饿得饥肠辘辘，变得焦躁不安，因为他认为自己已经超过四十八小时没吃任何东西了。"

"对于一个快递员来说，你懂得还真多。""白小熙"语气平淡，不知是讽刺还是夸奖，说完后她在货架上翻了翻，然后有些失望地瘫坐在地上，"我还以为这里能准备烟呢。朱哥，也给我递一罐啤酒。"

"你们还真别瞧不起快递员这个职业。"一瞬间的工夫,于忆凡已经喝光了一罐啤酒,他又打开一罐说道,"对了,你是叫周凯吧?我们四个在培训的时候都已经相互介绍过了,趁现在休息,你是不是也应该做个自我介绍?"

"我有个提议,大家都重新介绍下自己吧,深入地介绍下,比如因为什么来参加这次K科技招募的志愿者活动,家乡在哪,从小到大都有过什么特别难忘的经历等。"戴萌盘腿坐在地上,一边吃着薯片一边说,"我先来。我叫戴萌,已婚,今年二十八岁。大家听过一个叫《伴我成长》的直播节目吧?我是那个节目的编导,之前一直在超级大楼里工作,自从叶子失踪后我就失业了。前段时间我一直在找工作,始终没找到合适的,正好这时电视台有个同事告诉我K科技在招募志愿者,所以我就试着在网上报了名。我人生中最难忘的经历是二〇〇八年五月十二日的汶川地震,当时我被埋在废墟中整整十二个小时……"戴萌说到这里有些哽咽。

"白小熙"走过去心疼地抚摸着戴萌的头发,紧接着坐在她旁边喝了口啤酒说:"我叫白小熙,以前在帝豪KTV当服务员,之所以报名参加志愿者是因为前阵子我认识了一个男人。他说自己是K科技高层领导,喝醉后跟我说,K科技最近要为新项目招一批志愿者,虽然是志愿者,但其实是有报酬的,最后通过测试者会有二十万的奖金。我是为钱报名的,所以我一定会通过测试。"

"你人生中最难忘的经历呢?"刚才的某一刻,"白小熙"的眼神以及表情让周凯有些恍惚,他顺势问道。

"上高中的时候,我的母亲因为一场医疗事故变成了植物人,那之后我的人生发生了天翻地覆的变化。父亲因为要照顾母亲,把我托付给了亲戚,然而那个亲戚并没有像当初对父亲承诺的那样好好照顾我,反而经常辱骂我,还不给我饭吃。在亲戚家待了半年后,我实在无法忍受当时的生活,所以偷了些钱逃跑了。""白小熙"说这些时云淡风轻,脸上没有痛苦的表情,"后来我被两个男人骗去了另外一个城市,他们把我囚禁起来,逼我接客,我誓死不从,绝望下用碎玻璃割破了动脉。"

"白小熙"伸出手把手腕上那个触目惊心的疤痕裸露出来,继续说道:"囚禁我的人吓坏了,把我扔到了医院门口,那之后我就开始一个人打拼。一个女人在一个陌生城市想要生存下去,是件很难的事,经过种种被拒后我开始出入酒吧迪厅,跟一些小混混、小太妹厮混在一起,我们喝酒抽烟、打架斗殴、收保护费、抢劫,反正能干的坏事我们都干过。再后来因为一次抢劫未果,我被警察抓住了,在牢房里待了两年。还记得出狱那天,下着淅淅沥沥的小雨,因为没地方可去我只能回到亲戚家,进屋后亲戚嗤之以鼻地告诉我,我的父亲因为长时间照顾瘫痪的母亲精神崩溃,亲手杀死母亲后自己上吊自杀了。那天我站在镜子前,看着被雨淋湿的自己,第一次有被老天遗弃的感觉。"

眼前的"白小熙"的某些经历跟周凯认识的白小熙如出一辙,比如母亲出医疗事故,比如父亲精神崩溃杀死母亲后自杀。不同的是,一个白小熙心中始终有信仰,即使生活多不尽如人意,也忍辱负重,最后成了一名锄强扶弱的记者;一个则被生活折磨得千疮百孔,选择了妥协,过起了自甘堕落的日子。

这世界上的大多数人,光是活着就已经用尽了所有力气。周凯内心泛起些波澜,他开始同情眼前这个"白小熙",他自我介绍道:"我叫周凯。跟你们不同的是,我没参加过任何培训,也没报名参加过志愿者活动。现在我也记不起自己为什么会被送来这里跟你们一起参加项目测试。至于最难忘的经历,可能就是我能够再次遇见自己喜欢了很久的女孩吧。"周凯看向"白小熙",他发现"白

123

小熙"也在看着他，她的眼神里有些异样，继续说道："我跟那女孩小时候是邻居，后来她出了些事，悄无声息地离开了，直到二〇一六年我们又再次相遇……"

"情情爱爱的事我可没兴趣听。"于忆凡打断了周凯的话，此时他已经喝了四罐啤酒，坐在地上身体有些摇晃，"轮到我了。我叫于忆凡，是三毛快递公司的快递员。跟你们相比，我的人生简直平淡如水，没什么值得难忘的。"

"那你为什么报名参加志愿者？"戴萌擦了擦眼角的泪水询问。

"好奇。虽然我的职业是快递员，但平时喜欢一些高科技产品。K科技经常被媒体评为'通向未来的虫洞'，所以我想来看看'未来'到底是什么样子，所以就报了名。"于忆凡摸了摸肚子，接着又打开一罐啤酒，"本来报名只是碰碰运气，没想到真的被选上了。就这么简单。"

"白小熙"从戴萌身边站起来，走过去一把抢过于忆凡手里的啤酒："别喝了，我们不是来野餐的，一会还要继续寻找任务呢。"

"懒得理你。"于忆凡被抢走了啤酒有些不悦，他起身晃悠悠朝门外走去，边走边说，"去撒个尿。"

"你呢，朱哥，你为什么要来参加志愿者？培训的时候也没听你说。"戴萌看向一直沉默的朱辛，问道，"像你这个年纪还来参加年轻人的游戏，应该有什么苦衷吧？"

"我是来找儿子的。前阵子他被人抓走了，我怀疑是K科技的人干的，就跑去要人，他们说来参加志愿者就能见到我儿子。"朱辛简短介绍完停顿了下，又攥紧拳头说道，"我劝你们别太放松，千万不要把这次测试当成简单的游戏，K科技可是拿人命不当人命的，他们什么事都能做出来。"

"参加个项目测试总不至于出人命吧，朱哥，是你神经太紧张

124

了。""白小熙"把手中的啤酒罐捏扁朝对面的镜子扔去,发出"啪"的一声响,她继续说,"况且我们所在的是一个虚拟空间,即使死了,顶多就是退出游戏而已,在现实中还是活生生的人。"

"介绍我来参加志愿者的那个电视台同事,她去年也参加过K科技别的项目测试,当时她说类似这种找志愿者对新产品进行测试的公司有很多,这就跟新电影上映前也会有个点映会,找媒体和普通观众来观影并给出评价一样,已经不是什么稀奇事了。"戴萌站起身,拍了拍衣服后若有所思地看向朱辛,"不过我也有听过一些K科技的黑料,当然都只是谣传,说他们刚起步时拿活人做试验什么的。朱哥,K科技为什么要抓走你的儿子?"

"故事很长,不是三言两语能说明白的,等有时间我再慢慢讲。"朱辛说着转身打开房门,"于忆凡怎么尿了这么久?"

周凯看着走出去的朱辛,脑海里突然浮现出老朱副食店地下那囚禁朱礼仁的房间。假设眼前的迷宫真的如"白小熙"所说是虚拟空间,那在虚拟空间里的朱辛的儿子也是被于忆凡带走的吗?还有那个于忆凡,在虚拟迷宫里,他的设定究竟是好还是坏?

"你这上面的时间日期也不准啊。""白小熙"用密码打开手机看了眼说道,"智能机不都是自动调整日期时间的吗?你这上面怎么显示的是二〇一七年九月十五号十七点十二分?"

周凯是二〇一七年九月十四日清晨从曲平镇骑摩托车到北都市的,回家拿走地图后他就去了凌远木材加工厂,紧接着就进入了这座虚拟迷宫。从自己进入虚拟迷宫到现在应该也已经过去五六个小时了,所以按照这个时间推算,手机上显示的时间是准确的,可是"白小熙"为什么说不准呢?周凯伸手摸了摸手腕,手腕上的那块罗宾尼手表也还在,现实的时间也是下午十七点十二分。"时间怎么不对了?"周凯问道。

"看来你的脑子是真的坏掉了。""白小熙"撇嘴无奈地冷笑了一声。

"封闭培训的最后一晚，我们一起被注射了药物，接着便各自回房间睡觉了，再次醒来时就在这座迷宫里。先去掉我们昏迷的时间，我猜昏迷时间最多也不会超过二十四个小时，所以今天应该是二〇一六年十二月八号，现在的时间大概是中午十二点。"戴萌一脸认真地分析完后摇了摇头，"不过我觉得现在咱们没必要纠结这个时间，找到任务，通关才是当务之急。"

第十九章

二〇一六年十二月八日,周凯听见戴萌推测出这个日期后,整个人倒吸了一口凉气。这个日期,无论是对周凯还是对白小熙,都是一个值得纪念的日子,因为正是这天晚上,周凯在自己打工的溪海书屋跟白小熙表白了,两人正式走到了一起。中午十二点左右,这个时间周凯应该刚吃过午饭,正跟同事研究怎么布置表白现场呢,可现在自己被困在一个巨大的迷宫里,跟一群似敌非友的人玩着闯关游戏。这到底是怎么回事?自己怎么可能从二〇一七年九月十五日突然间回到了二〇一六年十二月八日?难道是穿越了不成?可就算穿越,也应该是穿越回溪海书屋布置表白现场呀,况且这种科幻情节怕是只有在科幻电影里才能看见,现实生活中又怎么可能发生。

周凯感觉大脑就要炸裂了,几种记忆在脑海里打架,哪些是真实的,哪些是虚幻的,已经让他无法分辨。他痛苦地抬起双手紧紧捂住头,汗水顺着额头不断向下淌,很快就将T恤浸湿了大片。

就这样过了几分钟,大脑的疼痛感才有些缓解。他重新抬头看向房间时,发现"白小熙"等人不知什么时候已经走出了房间。

开门出去,房间外的走廊空空如也,已经完全看不到其他人的身影了。周凯不知道他们走向了哪边,只能沿着戴萌在门旁留下的划痕印记一路寻找。找着找着，门前的印记突然消失了，这就证明上一个房间还有人检查过，而这个房间却没人进去过，可是这中间并没有分岔路。周凯好奇地推开房门，这个房间里有一个木箱，是那种很古老的木箱，周凯小时候家里就有一个，据说是他爷爷留下来的。他疑惑地走进去检查，木箱没有上锁，将其打开，里面工整地叠放着几件男士的衣服。

周凯身上的T恤已经浸湿，贴着皮肤感觉很不爽，于是他在木箱里拿出了一件T恤和外套换上。大小正合适，款式虽然老土，但也能接受。箱子的最下面压着一张破旧的名片，名片上写着：量子学博士生导师傅生。除此之外，箱子里还有几本书，看上去都是专业图书，《量子物理史话》《黑洞与量子论》《果壳中的宇宙》等，其中有本《量子宇宙》，封面上写着"一切可能发生的正在发生"。

"啊……"一声惨叫从门外传来。

周凯放下书跑出房间来到走廊，他看见"白小熙"等人站在不远的地方，其中戴萌坐在地上神情紧张。

"发生什么事了？"周凯跑到他们跟前询问。

"我刚刚走出房间后看见了于忆凡，就上前拍了他一下，没想到他一脸惊慌地把我推倒了。"戴萌似乎还未从惊吓中缓和过来，"他的手里拿着一把血淋淋的刀，衣服上也都是血迹。朱哥出来后，他就朝那边跑了。"戴萌伸手指了指前方。

周凯发现，于忆凡的确不在他们中间。"我没看见脸，只看见一个背影逃走了，不过从身高和穿着上看，应该是于忆凡没错。"朱辛双手交叉抱在胸前，眉头紧皱着说道，"于忆凡的手里为什么会有一把血淋淋的刀？"

"你们还记得不，刚才路过的那个房间里有一个礼品盒，礼品盒是空的，里面的东西可能就是一把短刀，被于忆凡拿走了，不过为什么会有血迹呢？还有，于忆凡见到戴萌为什么会那么惊慌？""白小熙"不解地摇了摇头，紧接着看向周凯问道，"刚才不是让你在有食物的房间等着我们吗，为什么出来了？"

"刚才脑袋疼得要命，没听见你们说什么。"周凯解释。

"看样子我们得饿肚子了。""白小熙"朝前走了几步，来到一个房间前，推门走了进去。

周凯紧随其后跟了进去。这个房间里有张书桌，书桌倒在角落，地面上散落着很多白色纸张，可以清楚地看见有些纸张上沾有血迹。"白小熙"蹲下身，随便捡起几张纸拿在手里看了看，然后对身后的周凯说道："你小时候是住在青宛市吧？"

"你怎么知道？"周凯一惊。

"我小时候也住在青宛市。你应该认不出我了，小时候我跟你住一栋楼里，那时我们还经常一起上学放学呢。""白小熙"说这话时一直没有回头，周凯看不见她的表情，"你搬家的那天，我还送过你一本小说。"

"托马斯·哈里斯的《沉默的羔羊》。"周凯感觉有些呼吸困难，他用手抓了抓衣领，"愿我们都不要成为那只沉默的待宰羔羊。"

"没想到你还记得那句话。""白小熙"回头看了周凯一眼，然后接着捡地上的纸张，"我曾经努力过，让自己不要成为沉默的待宰羔羊，后来发现能做到这点真是太难了，有时候我们不得不对生活低头，不得不对强势者低头。"

周凯后退两步靠在镜子上，眼睛一眨不眨地盯着蹲在地上的"白小熙"。与此同时，他的脑海里不断回想起之前她讲述的经历，一时间不知该说些什么。

"你来到这里是有目的的吧？""白小熙"把倒下的书桌立起来，将收拾好的纸张放在上面，回过头，身子倚着书桌，从兜里拿出周

129

凯先前放在她那儿的手机晃了晃,"我翻了相册,这里面有很多我的照片,还有我们的合影,可我完全不记得有跟你合过影,是PS的吗?你一直在跟踪我?"

"也许……"周凯脑海里乱成了一团,他自己都没搞清到底发生了什么事,可当"白小熙"刚才说出两人共同的儿时经历后,他不想再编造谎言了,于是他深吸口气,上前两步说道,"也许你不相信,但,那些合影不是PS的。相片里的女人是我女朋友,她也叫白小熙,你不仅跟她长得像,而且拥有完全相同的童年,可是……可是你们后来的人生轨迹完全不同,虽然我现在也没搞懂到底是什么原因造成的,不过你得相信我,我没有任何的恶意,也没想过要隐瞒什么。"

"好像跟我是有些不同,比如穿衣的风格,我是完全不会穿这种衣服。""白小熙"听了周凯的话后又仔细看了看手机上的相片,紧接着把手机还给周凯,"你说我和她拥有完全相同的童年是怎么回事?"

"你们都曾住在青宛市,都曾是我的邻居,母亲都因为一场医疗事故而瘫痪,都是后来父亲精神崩溃导致了那场悲剧。不过……不过……"周凯感觉自己要崩溃了,他抬起手使劲儿在头发上抓了抓,"我也不知道到底发生了什么,这该死的地方让我的记忆也开始混乱了,现在我都开始怀疑照片里的白小熙是否真的存在过……"

"看样子你病得不轻,建议你从这里出去后找个心理医生咨询咨询。""白小熙"开玩笑地说完,再次拿起刚才从地上整理出来的纸张,翻看纸张上的文字,"我相信你没有恶意,不过我相信你可不是因为刚才你说的那些不着边际的话,而是因为多年前的那个吻。"

多年前，少年周凯接过白小熙送他的那本《沉默的羔羊》后，曾鼓起莫大的勇气上前吻了白小熙的额头；多年后的二〇一六年十二月八日，周凯在溪海书屋精心布置了一番并告白成功。当时手腕上的表显示的时间是晚上八点零二分。八点刚过，白小熙如约推开了溪海书屋的门。

同一日期，在这偌大的迷宫里，"白小熙"提起了多年前的那个吻，那个吻，无论是对白小熙，还是"白小熙"，都留下了深刻的印象。或许她们根本就是同一个人，可是怎么解释她们不同的人生经历呢？

周凯再次头脑发涨，他感觉再这样下去，马上就要分不清什么是现实什么是虚拟了。他使劲儿掐了一下自己胳膊，使自己保持清醒，然后紧锁眉头，绞尽脑汁，试图想出合理的解释，让自己不至于沦陷在这座迷宫里。周凯回忆着自从进入迷宫后每个人所说的话，最后他想起了先前"白小熙"的理论。"白小熙"说，这里是由VR制造出来的虚拟空间，于忆凡也曾把这座虚拟迷宫比作游戏，所以按照他们两人的说法，把眼前这座迷宫当成一个虚拟逃生游戏，那人物是不是虚拟的呢？如果是虚拟的，那不管是戴萌、于忆凡、朱辛，还是"白小熙"其实都不过是NPC（非玩家角色）而已，他们的经历，包括要说的话、要做的事以及时间点的设置，应该都是由系统默认的剧本来决定的，或者是由游戏主持者操控的？

这座虚拟迷宫里只有周凯一个误闯进来的玩家，其余人都是NPC，并不是真实存在的人，他们说的每一句话、每个动作，都是预先设定好用以引导玩家的。

目前，这是周凯能够想到的最合理的解释了。周凯走到书桌前，看着"白小熙"的侧脸，她的脸上露出了淡淡的微笑。虽然眼前的一切都是虚拟的，但从某种角度上说，这场生存逃亡游戏，能让他再次见到"白小熙"也不是件坏事。现实中,白小熙已经死了,这是事实,无法改变的事实,所以何不珍惜在迷宫里的这段时间呢?

第二十章

"这些纸张应该是迷宫的设计图纸。""白小熙"没有察觉到周凯的情绪变化,她将部分纸张铺在书桌上说,"可是顺序已经被完全打乱了,上面没有标前后顺序,想要把这些图纸还原几乎不可能了。"

周凯也从一摞纸张中拿起几张看了看,上面都是用铅笔绘制成的线条,单看一张看不出是迷宫的设计图纸,但像"白小熙"那样,将两三张纸铺到一起,便能够很明显地看出走廊和房间的布局。"不如全铺开吧,虽然不知道顺序,不过迷宫里的走廊长度,以及房间的分布、规格都是完全一样的,所以可能也不需要知道顺序。"周凯提议道。

"也对,先摊开看看整体,没准上面有标注出口呢。""白小熙"将其中一摞纸张递给周凯,自己拿起另外一摞蹲下身,开始把纸张依次排开。

刚才进入这个房间时,朱辛担心戴萌会有危险,所以一直在外面陪着她,等戴萌从惊恐中缓和过来后,两人才走进房间。三十几张图纸,正好铺满了地面。完事后,四人开始仔细研究铺好的图纸。

"你们看,这张纸的左上角标着 A,而这张纸上面标着 B,我全部看了一遍,只有这两张纸上有标字母。"戴萌把两张标有字母的纸拿起来重新换了位置,一个放在上面,一个放在下面,"这是不是说明迷宫里其实是分了A区和B区?"

"有可能,有这个可能性。""白小熙"打了个响指夸赞道,"还是你聪明。"

"可是我们现在所在的地方是A区还是B区呢?"戴萌盘腿坐在图纸上一脸惆怅,"A区和B区该如何区分呢?应该有分别的,否则设计者把迷宫分为两个部分就多此一举了。"

"不知道这个有没有用。"朱辛也拿起一张图纸,指了指上面的线条说,"我发现这些图纸中有一部分走廊墙壁的设计多了个小框框,不知道代表着什么。"

"是啊,我们一路走来墙壁上什么都没有,而这部分图纸上却多了小框框,这是不是说明A区或者B区,设计者在墙壁上挂了些东西用来区分?"戴萌有些兴奋,又找了几张有框框的放在一起开始推测,"我们假设走廊墙壁上没装饰的是A区,就是我们现在所在的这个区域,那墙壁上有装饰的就是B区。看,看这张图纸。"

周凯、朱辛,还有"白小熙"围上前看着戴萌手里拿着的图纸,这张图纸上面写着英文:EXIT( )。

"EXIT是出口的意思,但是它后面有个( ),在C语言里,EXIT( )是一个函数,代表的是结束一个进程,所以这张图纸上绘制的房间就是出口,也可以说是退出程序回到现实中。"戴萌说完后又开始寻找铺在地上的图纸,找了良久,最后用肯定的语气说,"出口在B区,这两张图纸是相连的,走廊墙壁上有装饰。"

"可是我们要怎么去B区呢?从在迷宫里苏醒到现在,我们已经连续找了十多个小时了。"朱辛拍了拍自己身上的军装,"而且我觉得现在最重要的是搞明白于忆凡为什么身上会有刀,现在他手里

134

拿着一把刀，我们几个人的性命就受到了威胁。说真的，我对于忆凡一直有些怀疑。封闭式训练的时候我跟他住一个房间，有一晚他被K科技的人带出了别墅，直到凌晨三点多才回来。"

"封闭式培训不是说都不可以出别墅吗？""白小熙"有些惊讶，"K科技的人带他去哪儿了？"

"我试探性地问过他，但是他支支吾吾什么都没说。不过那晚他回来时满身酒气，躺床上就睡过去了。我趁着他睡着，翻看了他脱下来的衣服，发现了一部手机。我们的手机在进入别墅前都被收走了，可他的没有，而且通话记录显示，在封闭式培训之前，他跟许思思联系过。"朱辛特意强调了"许思思"的名字，一脸严肃地说，"这说明，在K科技招募志愿者之前，他们就是认识的。"

"许思思是领咱们去别墅，负责日常生活的那个长腿秘书吗？"戴萌深吸口气，略显惊讶地说，"朱哥，你怀疑于忆凡是K科技的人？"

"我不知道，但如果于忆凡真的是K科技安插在咱们中间的人，那这场游戏肯定不是只要找到出口就能通关那么简单，他一定有别的目的。"朱辛活动了几下手腕，似乎做好了随时战斗的准备，"所以我们应该……"

朱辛的话还没说完，门外走廊突然响起了脚步声。四个人你看看我，我看看你，同时屏住呼吸，眼睛看向房门。脚步声越来越近，最后停在了门前，这时朱辛两步走到门旁身体紧贴着墙壁。门被缓缓推开，于忆凡看见屋里站着的几人刚想要说什么，躲在门旁的朱辛就突然冲出去使劲儿撞倒他，紧接着将他的手腕拧到身后按压到地上。于忆凡疼得"啊啊"叫了两声，接着说道："是我啊，老朱，是我是我。"

"我知道是你。"朱辛右手抓着于忆凡的手腕，左膝盖压在他的脖颈上，左手一边在他身上搜一边问道，"说，你的刀呢？"

"刀？什么刀啊？你轻点。"于忆凡被压得有些透不过气，吃力地解释，"我刚才去尿尿，完事之后迷路了，一直在找你们。"

"朱哥，他身上没有血迹。"站在角落的戴萌提醒道。

"我现在松开你，不过你千万别打什么歪主意。"朱辛搜遍于忆凡全身，没有找到戴萌所说的那把刀，便将他放开翻身查看，这才发现于忆凡的胸口并没有血迹。

"你们干吗呀，疯了吗?!"重新获得自由的于忆凡站起身，气急败坏地指责道。

"之前戴萌见过你，说你拿着一把刀，身上也沾满了血迹，所以刚才朱哥才会……""白小熙"对于忆凡解释道，"才会以为你有危险。"

"我一直在找你们，根本没见过戴萌。"于忆凡一脸委屈，"这到底是怎么回事？戴萌，你确认见到的是我吗？"

戴萌点了点头，接着又摇了摇头，有些不太确定地说："我也有些不敢确认了，因为他回头把我推倒后就跑掉了，不过他的身高，包括穿的衣服跟你是一样的，也是三毛快递的工作服，我没看清脸。可是迷宫里就只有我们几个人啊，当时我跟朱哥、小熙在一起，那个人不是你，还能是谁？难道这里除了我们还有别人不成。"戴萌说完最后一句话后，包括于忆凡在内的四人纷纷将视线投向了周凯。

"我是听见戴萌的叫喊声才找过来的，在那之前我进了个房间，那房间里有个箱子，箱子里有几件衣服和书，所以我换了身衣服。"周凯原本在听几个 NPC 相互猜疑争辩，没打算参与进来，却没想戴萌突然把话题引到他这儿来，所以说话时有些语无伦次。

"那个人不是你，虽然我没看清脸，但身高和穿着这两点都不匹配。不过……"戴萌皱起眉头,"不过你一直没解释清楚自己为什么会出现在这里,最重要的是,既然迷宫里不止我们四个,那是不是除了你,还有其他人存在?"

"我们四个都是参加志愿者招募,经过培训进来的,只有你,既没参与过培训,也说不清自己为什么会在这里。从你出现的那刻起,我就对你表示怀疑,现在依然怀疑。"于忆凡成功岔开了自己的问题,把疑点转移到了周凯身上。

"周凯跟我小时候就认识,能在迷宫里碰到他我也很意外,不过我信任他。""白小熙"上前一步挡在周凯身前,做出一副要与众人为敌的架势,"之前朱哥说过,于忆凡很可能是K科技安插进来的卧底,没准他的目的就是在故意挑拨我们。戴萌,你的立场太不坚定了,手里拿着刀推倒你的人到底是不是于忆凡,你心里应该清楚。"

"我们在这里相互猜疑也无济于事,不过我不信周凯,所以我建议,接下来我们分组吧,各自找各自的。"于忆凡向旁边挪了两步,抬手说道,"有人愿意跟我一组吗?"

没有一人上前,气氛突然变得有些尴尬。这时戴萌走向朱辛说道:"目前我只信任朱哥。"

"既然这样,我跟周凯一组,戴萌跟朱哥一组,至于你……""白小熙"看向于忆凡摆了摆手,表示爱莫能助。

"好,我自己一组。"于忆凡不屑地冷笑一声,"祝你们好运。"

"大家一起行动的确很浪费时间,像这样分开三组大大提高了效率,建议我们检查过的房间还是要做好记号。就用数字好了,1代表于忆凡,2代表朱哥和戴萌,我和周凯用3,这样其他组遇到门前刻有不同数字的房间就会知道走重复了。""白小熙"想了想又说,"还有就是,我觉得不管我们谁找到了关键性线索,或者是通往B区的路，最好都要告诉另外两组。不管我们怎样相互猜疑，但最终目的是一样的。"

"我同意白小熙说的。可是有个问题，一会儿分开后找到关键线索怎么通知别人？所以，我们是不是应该每隔一段时间集合到一起分享线索。"朱辛抿了抿嘴说，"之前找到的那个有食物的房间是最好的集合点，不过现在不一定能够找到了，所以我建议把集合点定在这里。刚才我在其他房间里发现了几支圆珠笔，正好现在这里又有图纸，我们可以在图纸上标记出行走的路线，这样就可以按照原路返回找到这个房间。"

"那就以三个小时为定，三个小时后回到这个房间。""白小熙"说完走过去从朱辛手里拿过圆珠笔，自己留一支，另外一支递给了于忆凡。

周凯用手机拍下图纸方便之后查看，戴萌和于忆凡则分别从地上拿起几张图纸走出房间，随后"白小熙"跟周凯也从房间出来，三组人分别去往不同方向。以这个房间为起点，每拐过一条走廊，周凯就负责在图纸上画出路线，"白小熙"则负责在门旁写上记号"3"，并进入房间查看。

迷宫里大多数房间都是空空如也，就这样连续拐了几条走廊后，"白小熙"有些疲惫地靠在墙壁上看向周凯："我是头一次这么久没抽一根烟，感觉就像嗓子里有无数只虫子在爬，好难受。"

"你什么时候学会抽烟的？"周凯在来到北都市之前也吸烟，是遇到白小熙后，她讨厌烟味儿，他才戒掉的。

"小时候从亲戚家逃走之后就染上了烟瘾，抽了十多年了。""白小熙"抬起两根手指，假装吸了口烟，做出吐烟的动作，"其实当初被亲戚接到谷溪市后，我曾回去找过你，当时特别想见见你，跟你说说话，然而当我过去时你已经走了，你的父亲告诉我，你高二便退学外出打工,一直毫无音讯。或许是这件事给了我灵感,回来后我也做了决定,要离开亲戚独自生活。"

周凯抬手偷偷看了下时间:二十点零六分。二〇一六年十二月八日晚上八点六分,溪海书屋二楼,当他对面前的白小熙说出"我喜欢你"时,白小熙也说了跟"白小熙"一样的话。周凯感觉心怦怦乱跳,他深吸几口气平复一下情绪,然后说:"每个人的生命中,都有最艰难的那一年,将人生变得美好而辽阔。"

"《岛上书店》里的一句话,不过我的人生从未因艰难而变得美好辽阔,只有艰难和更加艰难。""白小熙"摆手无奈地笑了笑,"这世上有些人是没有办法做出选择的,只有被选择的份儿,不过我已经习惯了。知道整天跟我混迹在一起的那些姐妹背地里怎么评价我吗?她们骂我心机婊,说我这辈子都不可能攀上枝头,甚至有人诅咒我这辈子就只能在歌厅里当个舞小姐。之前我说自己是帝豪KTV的服务员吧,其实已经把自己美化了,我只是那里的一个三陪,陪喝陪唱陪睡,只要客人给钱。"

"你有没有后悔自己走过的路?"周凯有些心疼眼前的"白小熙"。

"没有时间后悔呀,每天醒来就要担心房租,担心接下来的一日三餐,担心丢了饭碗,我们这行吃的是青春饭,干到四十岁根本一单生意都接不到,所以当然得拼命攒点钱养老了。事实上,跟那些九零后、零零后比,我现在已经是帝豪里面最老的三陪了,每月接不到几单客人。因为没有优势,价钱也便宜,根本赚不到什么,基本上算是坐吃山空的状态。""白小熙"闭上双眼,语气中略显无奈,"这就是我要参加K科技的志愿者的原因,成了有二十万奖金,失败了就回帝豪继续干我的三陪。"

周凯不知该说什么,他伸手拍了拍"白小熙",朝走廊对面的那扇门走去,边走边说:"我先把这条走廊上的几个房间查了,你休息会儿。"

"白小熙"没有睁开眼睛,只是轻声道了声"谢谢"。周凯来到门前,先在门旁用圆珠笔写上"3",然后推开房门探头进去看了眼,见房间里什么都没有,于是关上房门直接走向下个房间。

迷宫里的每个走廊长度都在一百米左右,走廊两边各有三个房间,从刚才跟朱辛他们分开起,他和"白小熙"已经走了三条走廊,进了十九个房间,其中只有一个房间里的地上躺着几个喝空的矿泉水瓶,剩下的全部是空的。周凯走到下一个房间门前停住脚步,朝不远处的"白小熙"看了眼,"白小熙"也在看着他。四目相对,周凯有些难为情地躲开她的视线,推门朝房间里看去。

第二十一章

这个房间里有个木箱,很古老的木箱。周凯走进去,发现眼前的木箱跟他之前在另一个房间里看到的木箱一样,同样没有锁。周凯小心翼翼地走上前,满脸疑惑地打开木箱。木箱里有一件周凯先前脱换下来的T恤和几本专业图书。这就是他之前进去过的房间,可他明明走的是相反的方向,如今怎么又绕了回来?

周凯跑出房间叫"白小熙"过来,然后如实说道:"我想我们可能是在迷宫里绕圈,这房间我先前进去过,里面有个木箱,木箱里有我脱掉的T恤。"

"白小熙"没有发表任何看法,她推开门若有所思地走进去,走到木箱前蹲下,拿出里面的那几本书翻了翻,这才说道:"我们不可能是在绕圈,跟另外两组分开后,我们每走一条走廊,都在图纸上标注了。要是绕圈的话,图纸上的线也应该是个圈才对,而且如果是绕圈的话,我们怎么没碰到另外两组?"

"可这箱子里有我的T恤,这T恤是在戴萌被于忆凡推倒前我换下来的。"周凯拿起自己脱掉的T恤摸了摸,还是湿的,"如果我们不是绕圈又回到了这个房间,那该怎么解释呢?"

"先别急,你看看这几本书都是讲宇宙、黑洞、量子论的,这让我突然想起一部外国电影,叫《异次元杀阵》,不知道你看过没？那电影里的主人公也是一觉醒来，发现独处在高度精密、结构复杂的迷宫中，没有食物和水，心乱如麻四处试探逃出升天。虽然这是部惊悚电影，不过里面四维迷宫的设置却让人眼前一亮。你说我们所在的这座虚拟迷宫，会不会时间和空间是交错的？就好像是自己看两面相对的镜子一样，能看到无限多的自己。""白小熙"说着看向镜子，"巧的是，这座迷宫里的所有房间都有六面镜子，不管看向哪个角度都能看见无数个自己。"

"你说的那是科幻电影里的情节，怎么会出现在现实里？"周凯摇了摇头反驳道。

"这里也不是现实啊，也是由设备创造出来的虚拟空间。况且那部电影上映的时间我记得是一九九七年，如今已经过去了二十年，K科技本身就被媒体称为'通向未来的虫洞'，所以很有可能T项目就是这项技术，只不过他们把这项技术运用在了虚拟现实里。""白小熙"想到这儿突然站起身询问旁边的周凯，"之前你是在这里换完衣服后听见了戴萌的叫声，所以跑了出去？当时戴萌是在这条走廊里？"

"嗯。"周凯不明白"白小熙"为什么要这样问，僵硬地点了点头。

"我们马上就可以验证我的猜测对不对了。""白小熙"对周凯做了个嘘声的手势，然后轻手轻脚地走到门边，将房门拉开一条缝隙伸头看出去。"白小熙"只看了一眼，便关上房门，回头一脸吃惊地对身后的周凯说："我看见了。"

"看见什么了？"周凯询问，然而"白小熙"整个人愣在了原地。周凯只能自己走过去，打开房门探头出去，当他看见不远处跌坐在地上的戴萌和站在戴萌身旁的朱辛时，瞳孔瞬间收缩，整个人僵在原地，甚至忘记了呼吸。

"白小熙"抓住周凯的外套，一把将他拉了进来，然后用手捂住他的嘴，压低声音说道："千万不要被他们发现了。"

"这……他们……"周凯被"白小熙"这样一拉回过神来，却不知该说什么。

"没错，你看见的是两个小时前的朱哥和戴萌，那个时间我正跟你在另外一个房间里整理那些图纸。""白小熙"盘腿坐在周凯身边，"一会儿戴萌和朱哥也会进去，然后于忆凡会出现并被朱哥制伏，迷宫里的一切都在重复。"白小熙拿起那本《量子宇宙》，把封面上的字读了出来："一切可能发生的正在发生。"

"不对不对，刚刚我们进屋前一直在走廊里，根本没看见朱辛他们，是进入房间当你说出自己的猜测后，他们才突然冒出来的。"周凯摇了摇头反驳道。

"常识告诉我们那只猫非死即活，两者必居其一。""白小熙"将《量子宇宙》翻开，读着上面的文字，"在量子的世界里，当盒子处于关闭状态，盒内整个系统一直保持不确定性的波态，即两种态的叠加之中，一态中有活猫，另一态中有死猫。但是有谁在现实生活中见过一只又活又死的猫呢？猫应该知道自己是活还是死，然而量子理论告诉我们，这只不幸的动物处于一种悬而未决的死活状态中，直到某人窥视盒内看个究竟为止。此时，它要么变得生机勃勃，要么立刻死亡。如果把猫换成一个人……""白小熙"读到这里后将书合上，低头想了想轻声说道："我们进入到这个房间，我猜测眼前这座迷宫就如同《异次元杀阵》里的迷宫一样，这就等于我们打开了盒子，所以盒子里的'猫'就呈现在我们面前了。"

"就是说，你推测出了这个结果，迷宫里就出现了无数个我们在无限重复我们所做的事？"周凯听得似懂非懂。

"这里只有我们是被K科技送进来的玩家，其余的我们不过都是障眼法而已。我怀疑他们只是机械性地重复我们做过的事,目的是用来加大游戏难度,让玩家自乱阵脚。""白小熙"说完表情变得严肃了起来,"看来真正的游戏才刚刚开始。"

周凯若有所思地看向"白小熙",他发现"白小熙"始终认定自己是游戏的参与者,并对此深信不疑。那此时突然出现在走廊外面,重复着他们行为的人会不会也这样觉得?或者此时此刻,他和"白小熙"也只是在机械性地重复着别人做过的事?想到这儿,周凯顿时感觉一股寒意蹿上脊背,身体不自觉地打了个激灵。先前他还认定这座迷宫里除了他自己外全部是NPC,可现在他开始怀疑,自己是不是也是剧情NPC?他脑海里的那些记忆,包括曾经的经历也都是被设计者设计好的?

这是一个足以把一个人推到绝望边缘的猜测,周凯已经丧失了所有理性,他猛地站起身,在身旁"白小熙"惊讶的眼神中打开房门冲出房间。他想要去亲眼看看,看看另外那个房间是否真的还有一个自己。走廊里已经没有了朱辛和戴萌,周凯径直朝那个有书桌图纸的房间走去。这时"白小熙"追了出来,一把抓住他。周凯回身推开"白小熙",刚想要说什么,然而他发现"白小熙"身后,于忆凡从另外一条走廊拐了过来。于忆凡也看见了他们。"白小熙"见状急忙拉起周凯朝前跑去,接着拐向另外一条走廊,躲进其中一个房间。

进屋后,"白小熙"气喘吁吁地说:"你是疯了吗?"

"我是疯了,我快被这里给逼疯了。"周凯痛苦地抱头蹲在地上,失声地说道,"我不该在这里。"

"什么叫不该?既然已经来到这里,就不要去抱怨,抱怨也无法改变现状。""白小熙"被周凯此时此刻的举动气坏了,"没想到这么多年你一点都没变。还记得小时候第一次见你时,就因为你父亲请那个王阿姨来家里吃了顿饭,你就觉得自己受了委屈哭得跟个泪人似的,看来你永远都学不会,事情既然已经发生就坦然接受的道理。"

许多年前,少年周凯因为父亲请了王阿姨来家里吃饭而掀翻桌子,独自跑到楼下草坪委屈地哭泣。当时白小熙默默递过来纸巾,如午后的阳光一样温暖了少年周凯的心。"一个男孩子受点委屈就哭哭啼啼的。"这句话让少年周凯既羞愧又莫名舒心。

一幕幕如电影在眼前重放,压抑许久的情感在这一刻爆发了出来,周凯站起身,一把将"白小熙"搂在怀里。久违的熟悉感让周凯陶醉其中,直到"白小熙"将他推开才恍然惊醒,这时他发现了"白小熙"锁骨下方那个拇指般大小的浅红色梅花胎记。

"对不起……我……我……"周凯有些语无伦次,"我一时……"

"白小熙"伸手抓住周凯的胳膊,在上面摸了摸,紧接着另一只手举起圆珠笔狠狠在他胳膊上划了一下。剧烈的疼痛感让周凯收回手臂连连后退,鲜血顺着划痕流了出来。

"你这是要干嘛?"

"我们需要一个记号来分辨彼此。""白小熙"说完,也毫不手软地在自己手臂上划出一道伤痕,"万一我们不得已分开了,到时候有这伤痕,我就知道你不是那些障眼法了,现在我们要做的是赶快回去把这件事告诉朱辛他们。"

"已经差不多三个小时了,估计戴萌他们也回去集合了。"周凯忍着手臂上划痕带来的疼痛,从兜里拿出图纸。"白小熙"走到门前,打开条缝隙朝外面看了看,确定没人后对周凯摆了摆手,两人走过那个有图纸的房间时,在门外听见于忆凡说:"我们在这里相互猜疑也无济于事,不过我不信周凯,所以我建议,接下来我们分组吧……"

"白小熙"跟周凯互看了一眼,为了避免被屋里的人发现,两人屏住呼吸轻手轻脚地走过去。这间屋子将是这拨人的集合地,但不是周凯他们约定的集合地。两人走到那个有木箱的房间后,按照图纸上绘制的地图朝原路返回。半个小时后,周凯和"白小熙"回到他们的集合地,进去后发现朱辛他们还没有回来,一切都还是他们离开时的样子。

"我们先休息会儿吧。""白小熙"坐在地上,倚靠着镜子闭上眼睛,一脸疲惫地说,"口干舌燥的,希望另外两组能拿水回来。"

周凯见"白小熙"手臂上也还流血,于是脱掉外套撕开衣袖,走过去帮她简单包扎了一下,然后用剩下的布将自己的伤口也包扎好。

"你还挺细心的。""白小熙"没睁开眼,温柔地说,"现在我有点羡慕你手机里的那个女人了。你说我们有相同的经历,可她成绩优异,有让人羡慕的工作,有如此深爱她的男友,而这些对我来说都只是奢望。"

"其实我并不是个合格的男友,我对她的关心也不够,否则……"周凯看着"白小熙"那张熟悉的脸,心里酸酸的,"不说了,再说下去你又该说我学不会坦然面对的道理了。"周凯凑近"白小熙"耳边,将声音压到极小说道:"在这里,我会保护你。"

"白小熙"没再说话,不知是没听见还是睡着了。周凯将外衣重新穿上,走到书桌旁躺在地上,看着镜子里无数个自己,渐渐地眼皮越来越重,最后陷入梦乡。

第二十二章

耳边传来急促的喘息声，周凯慵懒地睁开眼，看见戴萌坐在"白小熙"身边，头发凌乱，身体蜷缩着瑟瑟发抖。

"你什么时候进来的？"周凯伸了个懒腰坐起身。

戴萌抬起头，惊恐地看着周凯，一双眼睛布满血丝。周凯发现她身上穿着的白衬衫上衣领的位置染了些鲜红的颜色，于是疑惑地问道："发生什么事了？朱辛呢，他没有跟你一起回来吗？"

"白小熙"被吵醒，她也发现了举止有些怪异的戴萌，不自觉地向旁边挪了挪，跟戴萌保持一定距离。

"朱辛他……他……死了。"戴萌有些哽咽地说完，把身体蜷缩得更紧了，"小熙，我发现了一些事，一些可怕的事。"

"到底发生什么事了？朱辛他为什么会死呢？"周凯焦急地询问。

"是于忆凡，于忆凡杀死了他。"戴萌朝"白小熙"身边靠了靠，盯着周凯说，"当时我正跟朱哥检查一个房间，那房间里的镜子上挂着好几张名画，有《蒙娜丽莎》，有《拿破仑穿越阿尔卑斯山》，有《不相称的婚姻》，还有一张安格尔的《大宫女》。我跟朱辛正在研究那个房间里为什么会贴这些画，到底有什么寓意时，于忆凡突然闯了进来，他的手里攥着一把刀，一副凶神恶煞的样子，就好像完全变了个人。"

"后来呢？""白小熙"露出惊讶的表情。

"朱辛为了保护我，把我拦在了身后，然后问于忆凡想干什么。于忆凡没有回答，不过他承诺这是工作，不会伤害我，他还说他本不想这么快就动手的，可迷宫快让他抓狂了，他想快点离开这儿。紧接着他们两人便扭打到了一起。我开始以为于忆凡是因为先前被朱辛制伏过不服气，所以来挑衅，并不会真的杀人，却没想到两人扭打了一会儿，于忆凡就用手里的刀刺穿了朱辛的心脏。"戴萌越说越怕，身体抖动得更加厉害了，不过她的视线始终没离开周凯，"我吓坏了，大脑一片空白，身体也完全动弹不得。于忆凡起身看了我一眼就走出了房间。他刚走出去没几秒，我听见门外有惨叫声，当我打开门，就看见了我自己，被于忆凡推倒的自己……我终于明白，几个小时前那个满身是血、手里拿刀的于忆凡为什么看见我后如此惊讶，因为他知道我在房间里，在朱辛的尸体旁。我当时完全被吓傻了，急忙捂住自己的嘴退回房间，蹲坐在朱辛的尸体旁哭。不知过了多久，突然听见一声巨响，随后我旁边的镜子哗啦啦碎了一地。再后来……再后来我看见了他。"戴萌用手指向周凯。

周凯倒吸一口凉气，怪不得戴萌一直盯着他："我……做了什么？"

"你从镜子后走出来，塞给了我一张图纸，让我赶紧回到集合点。"戴萌将手里揉成团的图纸扔给周凯，"你还说，你会阻止这一切。"

周凯若有所思地拿起图纸摊开，这张图纸上也画着路线图，跟之前他和"白小熙"走的路线相同，不同的是路线没那么长，在中途就返回了集合点。

"这里标了一个重点的符号，是想告诉我们什么？"

"白小熙"起身走到周凯身边蹲下身,也看了看路线图,拍了拍手说:"别猜了,我们过去看看不就知道了。"

"这迷宫里为什么还有个我,到底发生了什么事?"戴萌依旧紧张,她双手不断搓着衣角,眼泪在眼眶里打转。

"我们也是来集合点之前才发现迷宫里还有'我们',而且我怀疑不是一个,是无数个,他们在机械性地重复我们做过的事,用来混淆我们,增加游戏的娱乐性。""白小熙"说到这儿走到戴萌跟前,拿出圆珠笔,"所以我们要做个记号,我跟周凯已经做了,你也需要做一个,避免我们把你当成那些重复我们行为的人。"

周凯双手紧紧握着手中的路线图,脑海中嗡嗡作响。对于这张路线图的出现,"白小熙"似乎并没有觉得不妥,却是给周凯带来了巨大的恐惧感。这张路线图是另一个他交给惊吓过度的戴萌的,又由戴萌拿回集合点交给他,而且他们马上就要去路线图上重点标记出来的地方——路线图的出现只说明一件事,他们也在重复做着别人做过的事。

"白小熙"在戴萌手腕上也划出一道伤痕,然后将自己手腕上的布解下来帮戴萌包扎好。搞定后,"白小熙"扶着戴萌起身,叫上周凯一起离开了集合点,奔着路线图上标注的地方走去。

"周凯,你说于忆凡为什么要杀朱辛啊?听他杀朱辛时说的话,好像是进迷宫之前就计划好要杀他似的。""白小熙"搀扶着戴萌走在前面,边走边说,"难道朱辛说对了,于忆凡真的是 K 科技的人?可是 K 科技为什么要杀朱辛呢?"

"你们还记不记得,朱辛说过他来这里是为了找儿子,他儿子被 K 科技的人抓走了?"周凯想起了朱礼仁的故事,于是说道,"他儿子被抓是因为 K 科技担心秘密被泄露,因为朱辛的儿子当初参与了 K 科技的人体试验。其实抓走朱辛儿子的正是于忆凡,他早就不在快递公司上班了,他一直都是 K 科技的人。K 科技先是把朱辛引进迷宫,然后派于忆凡来斩草除根,这样 K 科技的秘密就没人知道了。"

"有漏洞,有很大的漏洞。""白小熙"停下脚步回头看了周凯一眼,接着说,"迷宫是虚拟的,即使杀了人顶多是退出游戏,现实中朱辛又不会死。"

"这里是由 VR 造出来的虚拟迷宫,其实一直以来都只是我们自己这样认定,并没有证据或者线索能够证明这点。"戴萌低着头低声说,"你们有没有想过,如果这里不是虚拟的呢?"

周凯跟"白小熙"面面相觑,的确,他们从开始就没想过这样的问题,都是理所当然地把这里当成了虚拟迷宫。一时间两人哑口无言,不知该说什么,就这样默默走了一段路后,"白小熙"突然开口辩解道:"这里要不是虚拟的,根本没办法解释迷宫里那些重复我们行为的人,他们怎么可能出现在现实中?他们只是游戏的一部分,是虚拟的,是只存在于游戏里的人。"

显然"白小熙"的辩解并没能说服戴萌,她停下脚步,双手攥拳,深吸一口气说道:"如果说他们也是有血有肉的真人呢,也是跟我们一样存在于现实里的人呢?我们太理所当然地认为,这里太大,K 科技不可能找个如此大的地方建造一座迷宫,所以它是虚拟的;那些人,那些重复我们行为的人,根本不可能是真人,所以他们是虚拟的,因为这一切都超出了我们的认知范畴。"

周凯想起了误闯进迷宫之前的经历,那个跟自己长相一样的人,那个跟白小熙长相一样的人,他们不就是出现在现实中吗?

"我之前说过,我在中国首档二十四小时真人秀节目《伴我成长》当编导吧?这个节目只有一个主角,就是叶子,十几年前从脑颅里出生的女孩。超级大楼里一共上千名员工,全都为她一个人服务。"戴萌继续说着,"你们也应该看过或者听说过这个节目,所以我就不过多介绍了。外界一直传言叶子是外星人,而且叶子本身的确有一种特殊的能力,凡是跟她有过身体接触的人都会陷入重度昏迷。我要说的是,有时超出我们理解和认知的事,未必都是假的、编造出来的。朱辛死了,就死在我面前,你们认为是假的,所以听见这件事后没有半点的悲伤,可这场谋杀万一是真的呢?"戴萌一口气说完后摇了摇头,又道歉道:"对不起,我可能有些激动,开始胡言乱语了。"

"白小熙"没再继续探讨这个话题,戴萌也不再说话,周凯默默跟在两人身后。三人按路线图找到重点标记出的房间,推门进去。这房间里有两个小柜子,周凯和"白小熙"分别走到柜子前蹲下身打开它们。

周凯的柜子里有两瓶矿泉水、几把多功能瑞士军刀、四个手电筒。因为数个小时滴水未沾,他们早已口干舌燥,周凯先将两瓶矿泉水拿出来,一瓶扔给站在一旁的戴萌,一瓶打开自己先喝了一大口,然后递给了"白小熙"。

"你们猜我找到了什么?""白小熙"喝了口水后,把矿泉水瓶放在柜子上,起身背手走到周凯跟前,抿嘴笑了下,突然从身后举起一把手枪对准周凯的脑门,"我找到了一把手枪。"

151

第二十三章

空气一瞬间凝固,周凯表情僵硬地看着"白小熙",旁边的戴萌没有说任何话,默默地看着眼前发生的一切。几秒后,"白小熙"扣动扳机,从嘴里发出"砰"的声音,咧嘴笑着说:"还没上子弹,看把你吓的。"

周凯紧绷的神经放松了下来,伸手拿过"白小熙"手中的手枪看了看,这应该是一把自制手枪,弹夹还没装子弹。

"看来路线图指引我们来这里,是想让我们先发现这把手枪。""白小熙"又拿起一把军刀看了看,然后拿起手电筒,疑惑地问,"不过这些手电筒有什么用呢?难道说,迷宫里的灯会灭掉?"

"灯灭掉的话这里将漆黑一片,到时就更难行动了。"迷宫里的天花板也是白色的,每隔十几米就有一个吊灯,如果这些吊灯灭了,迷宫里将漆黑一片。

周凯拿着手枪走到另一边,打开原本装手枪的小盒子,盒子里有六发子弹,他把子弹装进弹夹,建议道:"我们一人拿一把军刀和一个手电筒,至于这把枪……"

"你拿着吧。""白小熙"满不在乎地说,"我相信你会用它保护我们。"

戴萌没反对也没同意,她默默走到"白小熙"身边俯身拿起一把军刀揣进裤兜,又拿起一个手电筒试了试,确定能亮后,拿在手里转身走出房间。"白小熙"将刚才喝剩的两瓶水混成一瓶交给周凯。三人先后来到走廊,"白小熙"左右看了看说:"现在我们三个在一起,朱辛死了,于忆凡也不可能回集合点找我们,所以那个集合点等于作废了,我们也没必要再回去了。"

"那接下来该怎么办?"戴萌弱弱地询问。

"当然是要寻找到 B 区,只有走到 B 区我们才有可能走出迷宫。""白小熙"拍了一下身旁的周凯,"你手机刚才有拍下我们铺好的那些图纸吧?拿出来我看看,按说我们都找了这么久,不可能找不到通往 B 区的路啊。"

周凯拿出手机,找到拍下的图片递给"白小熙","白小熙"将图片放大,跟戴萌两人开始研究迷宫的设计图。周凯后退两步靠在墙壁上,抬手擦了擦额头上的汗水,将自己身上所有物品清点了一下:一张北都市地图、一块手表、一张迷宫路线图、一把瑞士军刀、一张名片、一个手电筒、一支圆珠笔、一把手枪。将这些物品区分开装进不同的口袋,周凯突然想起了什么,走向对面那扇门,将房门打开朝里看了看。

"戴萌,朱辛被于忆凡杀害时,你说我是从镜子后面出来的,对吧?"周凯回头询问道。

"对,当时镜子被砸碎了,然后我就看见你站在镜子后面。"戴萌回答完惊呼一声,"镜子,没错,是镜子……"

"你们在外面等着。"周凯走进房间。这房间里除了六面镜子外没有其余东西,他走到其中一面镜子前,拿出手枪攥紧枪头,深吸一口气后用枪把狠狠砸向镜子。被砸开的镜子稀里哗啦碎了一地。

镜子后面黑咕隆咚的,什么都看不清。周凯拿出手电照亮走进去,这才发现镜后也是一个同等规格的房间。不同的是,房间的墙壁和地板不再是镜子,而是贴着黑色的壁纸,包括刚才周凯砸破的镜子,从里面看也是这种黑色的壁纸。

"小熙,镜子后面真的有空间。"戴萌不知什么时候走了进来,她看着镜子后面的周凯,对仍在走廊里的"白小熙"喊道,"快点过来。"

"白小熙"也走了进来,两个女生小心翼翼地踩着地上的碎镜片来到周凯跟前,纷纷拿出自己的手电筒。三人一同来到门前相互看了看,最后周凯将手枪上膛,推开门率先走了出去。门外是一条长长的走廊,这边的走廊跟A区那边相比有些暗,有些像夕阳西下天还没有完全黑透时的光亮。

"这里应该就是图纸上标注出来的B区了,你们看墙壁,本来我们看图纸时以为是装饰品,其实是灯。""白小熙"指着墙壁上挂着的T形灯管说。

B区的走廊里,每隔十米左右墙壁上就会有一个T形灯管,有些亮着,有些暗着,有些忽亮忽暗地闪烁着,看上去像极了恐怖片里的鬼屋。走廊里的壁纸也都是统一的黑色,更给人一种压抑感。

"这里好瘆人的感觉。"戴萌不自觉地躲到"白小熙"身后,抓着她的胳膊说,"我们回A区吧,好不好?"

"在A区里永远也走不出这座迷宫,难道你想一直被困在这里呀?""白小熙"并没有表现出任何惧怕,"K科技就是利用这种忽明忽暗的灯光增加人的恐惧心理,简直太低级了,我们千万不要被吓到。而且,就算真的有什么,周凯还有手枪呢。"

"先别聊了,我们先找找这条走廊上的房间,看看有没有什么食物。"周凯把手枪揣回腰间,关掉手电筒看向"白小熙"和戴萌,"你们肯定都饿了吧?"

"早就饿得前胸贴后背了。""白小熙"揉了揉肚子走向对面那扇门,先用圆珠笔在门前做好记号,接着推门而入。下一秒,"白小熙"仿佛受到惊吓般连连后退,直接撞上了离她不远的戴萌,两人因重心不稳先后跌坐在地上。

周凯赶忙过去扶起两人,询问道:"你看见什么了?"

"头,一颗人头。""白小熙"说完干呕了两下,僵硬地扭过头看向戴萌,"是你的头。"

戴萌被"白小熙"的话吓到了,脸上的表情瞬间凝固,紧接着开始大喘粗气。周凯则从兜里拿出瑞士军刀打开,一步一步走向那扇门,小心翼翼地推开一条缝朝里面看去。这个房间就像是一间屠宰场,地面上、墙壁上满是血迹,一颗戴萌的头颅躺在房间正中央,一些惨白的人骨四散在房间各处。

空气中弥漫着一种腥味,掺杂着空气直接进入呼吸道,刺激着胃酸。周凯关上房门,手扶着墙壁弯腰呕吐了几下,吐出了一摊黏黄的液体。

"真……真的是我吗?"戴萌瑟瑟发抖地询问。

周凯不知该说些什么,只是表情略显痛苦地点了点头。得到确认后,戴萌紧咬牙齿,双手攥拳,努力控制着瑟瑟发抖的身体。几秒后,她站起身朝那扇门走去。周凯见状急忙挡在门前阻止戴萌看见房间里的惨状。

"让开,我……我想看看。"戴萌说话时的声音也有些颤抖。

"没有必要,你没有必要看,房间里的人有多惨都跟你没关系,那并不是真实的你。"周凯故意表现得态度强硬,"相信我,你一定能够安全地从这里逃出去,不会受到半点伤害。我保证。"

戴萌似乎能从周凯和"白小熙"的表现中猜出房间内的惨象,而且那种惨象必定会让她精神崩溃。戴萌犹豫了一下,缓缓后退了两步。"白小熙"由始至终坐在地上,眼睛死死地盯着那扇门,脸上没有任何表情。周凯担心自己让开后戴萌会趁他不备冲进房间，于是上前抓住戴萌的手腕，然后走到"白小熙"面前单手将她扶起走向下一个房间。

下一个房间，周凯率先打开门缝朝里面看了眼，确认没有人头或是别的能够让人受到惊吓的东西后，才将房门开大些，拉着戴萌进来。这个房间的角落有一件军装，和朱辛身上穿的军装相同，军装旁边放着几袋奶油面包。周凯走过去，发现面包都被撕开了，每袋都被人吃了些，袋子里只剩些残渣和被啃得剩三分之一的面包。

"不管怎样，总算是找到了些吃的。"周凯把戴萌交给"白小熙"看管，自己走过去弯腰捡起袋子递给她们。"白小熙"和戴萌一脸嫌弃，没有打算伸手接的意思，周凯打开面包袋从里面掰下一块塞进嘴里，含糊不清地说："你们如果不吃的话，我可不敢保证还能找到吃的。"

于是两人接过面包，分别吃了些。周凯则走到军装旁，把地上散落的面包渣收起来放进嘴里，一边咀嚼一边拿起军装抖了抖，说："是朱辛穿的衣服没错，估计这些面包也是他留下来的。"周凯在军装兜里掏了掏，什么都没发现。

先前拿过来的矿泉水还有些，三人分别喝了几口，然后将空矿泉水瓶扔在角落走出房间。接下来查看的两个房间都没收获，转向另外一条走廊时，地面上出现了成片的血迹，像是被拖拽留下的。周凯提高警惕，从腰间拿出手枪走在前面，"白小熙"和戴萌则相互搀扶着走在他后面。这条走廊大概有一百米，左右各有两扇门，周凯依次查看，走到最后那扇门前将房门打开时，他发现黑色的壁纸上面用鲜红的血液写了几行歪歪扭扭的字：

我的身体里住着一个魔鬼

它正在跃跃欲试

试图控制我的大脑

撕烂我的每一寸肌肤

这是杀虐的开始

没有人能够从这里逃出去

昏暗的灯光下，这几行血红的字让人不寒而栗！周凯走上前，伸手摸了摸字迹，还未干，应该才被写上去没多久。

"看这里……"戴萌指着门旁堆放着的衣服说道。

刚才进来时，周凯直接被墙壁上的字吸引住了，根本没发现门旁堆放着一些衣物。"白小熙"松开戴萌，弯腰将衣服一件一件拨开，总共有十几件，都是外衣，而且衣服右胸的位置都印着"三毛快递"的字样。

"这些都是于忆凡的外套。""白小熙"从一堆衣服中拿起其中一件扔给周凯，"戴萌说，于忆凡杀朱辛时曾说，他是因为受不了迷宫了所以才想提前完成任务离开，可现在看来，于忆凡并没有退出这场游戏，他被困在迷宫里了。"

"按照周凯的说法，于忆凡是被 K 科技安排进来执行任务的，那么，既然他已经完成任务了，就应该离开才对。难道是 K 科技抛弃了于忆凡，把他留在这里自生自灭？"戴萌盯着周凯手中拿着的衣服推测道，"如果 K 科技真的想把当初拿人体做试验的事掩盖掉，最好的办法是，于忆凡杀掉朱辛后，他自己也被解决掉，这样就没有人知道真相了。"

"你别忘了，这座迷宫里有无数个朱辛，或许根本杀不完。"周凯猛然想起白小熙在出意外时一直在调查 K 科技，可始终找不到确切的证据，这也成了她的遗愿，而现在自己不正在 K 科技设计的所谓的"游戏"里吗？

想到这儿，周凯急忙拿出手机，调到录像按下，然后将手机放在外衣胸口兜里，让摄像头露出来，能够拍摄到眼前的画面。假如自己能够从迷宫逃出去，手机的录像就会是 K 科技犯罪的最有力证据。

周凯的这个举动被"白小熙"看在了眼里，然而她什么也没问，只是抬手对周凯和戴萌做了一个噤声的动作，接着走到墙壁前附耳聆听。几秒后，她转过身脸色惨白地问："你们有没有听见什么声音？"

戴萌走近墙壁，也学着"白小熙"的样子附耳过去贴着墙壁，听了会儿后一脸茫然："什么声音也没有呀。你听见什么了？"

"低吼声，好像是狼叫，又有点像老虎、黑猩猩之类的。""白小熙"看向周凯，"我们来到 B 区进的第一个房间，屋里……""白小熙"似乎是怕影响戴萌的情绪，所以没说出她的名字："屋里的惨状根本不可能是人为的。"

"你是说迷宫里有野兽？"周凯干巴巴地咧嘴笑了下，摇头说，"不可能，怎么可能有野兽。"

"那怎么解释那屋里的惨状？""白小熙"质问。

"有可能是人为的。迷宫里很难找到食物，当人被关在这里时间久了，饥不择食的时候是会选择杀掉人来充饥的，这是人性，特别是当他们知道迷宫里不止一个自己或是他人的时候。"周凯回想着那个房间里惨烈的状况，再幻想"吃人"的场景，胃里再次翻滚了起来，他强忍着呕吐的冲动，皱眉说道，"迷宫里根本没有野兽的低吼，可能是在迷宫里待得太久，或者因为饥饿，所以让你出现了幻听。我跟戴萌都没听见任何声音。"

"是啊，A 区走到哪里都是白色的，房间里又六面都是镜子，长时间待在这种环境里，的确很容易产生幻觉、幻听。可能这就是 A 区存在的目的，先消耗掉我们的体能，让我们的大脑处于混沌状态，这样来到B区看见被渲染的恐怖场景，就自然而然地联想起很多恐怖的画面。于忆凡不是说过，这就是自我暗示后的结果。"戴萌经过调整，已经没有之前那样恐惧了，"不过这些字到底是谁留下的呢？"

"应该是于忆凡，他也曾接受过K科技的人体试验。"周凯想起现实中青面獠牙快要失去人类特征的于忆凡，"这座迷宫里如果真的有野兽的话……很可能就是于忆凡。"周凯回头看向墙壁上的血字，心想如果于忆凡真的在迷宫里异变成怪兽，那最起码在写下这些字时，他还存有一丝理智。

周凯很难想象，完全失去理智的于忆凡有多可怕。

第二十四章

三人从写有血字的房间出来后,又连续走了几条走廊,既没有看见任何人,搜查过的房间也没有任何收获。戴萌从进入迷宫醒来起就没合过眼,如今已经完全体力不支,"白小熙"和周凯虽然在集合点时稍微眯了会儿,可面对偌大的迷宫也早已身心疲惫。

"我感觉自己已经超过四十八小时没有合眼了。"在进入一间空屋子后,戴萌跌坐在地上有气无力地说,"我们就在这儿休息会儿吧。"

"白小熙"没有拒绝,她也坐到戴萌身边,两人互相倚靠着闭上双眼。周凯躺在两人对面,翻来覆去无法入睡。最后,他拿出一张新图纸撕成两半,在其中一半写上:我去周围查看,一会儿回来,你们醒来不要到处乱走。写完后,周凯将纸条放在"白小熙"身上,然后离开了房间。为了防止迷路,他以这个房间为起点重新画出路线。这个房间的对面还有个房间,刚才他进去查看过了,里面是空的。周凯拐向另一条走廊,进入第一个房间。第一个房间里的灯似乎坏掉了,漆黑一片,空气中弥漫着一股恶臭。周凯打开手电筒简单查看,发现除了地面上有几堆人类的排泄物外便没别的了。退出第一个房间,来到第二个房间,刚伸手想要推门进去,周凯突然听见对面的房间里似乎有些动静,好像是喘息声,又好像是谁在自言自语。

他收回手重新走向对面,站在门前附耳聆听,的确有声音,并不是幻觉。周凯放好手电筒拿出手枪,用脚缓缓推开房门。房间里,于忆凡正背对着门,伸手在墙上写下最后一个字,听见门响后,他警惕地回过身。

于忆凡的一条腿没了,身上的衣服也被撕烂了,鲜血淌了一地。他大口大口地呼吸着,看见周凯后脸上也没有任何惊讶的表情。他似乎已经没有力气再做出任何表情了。周凯觉得这是绝佳的询问机会,他一只手拿着手枪,一只手从胸口的兜里拿出手机对准于忆凡,然后走到他身边蹲下,不带丝毫同情地询问道:"你为什么要杀死朱辛?"

"这……这是……K科技……给我的……任务。"鲜血从于忆凡的嘴里流出来,他吃力地抬起胳膊擦掉血迹,用极为虚弱的声音说,"他们承诺我,杀掉朱辛,会……会马上把我救出去……还……还会……给我一笔钱。"于忆凡呵呵笑了两声:"本来我……我打算干完这件事,就,就辞职的。"

"也就是说,你是K科技的人?从什么时候开始?你从三毛快递辞职后就去了K科技?还有,朱辛的儿子朱礼仁是不是被你抓走的?现在他在哪儿?"周凯一口气连续问了几个问题,"K科技是否在你身上做过试验?"

"我就知道你有问题,在参加志愿者培训时,K科技……已经……已经给我看了被选中的所有人的资料,根本……没有……没有你。不过没关系了,即使你录了下来,知道……知道所有的事,你也不可能……从这里……逃出去。"于忆凡咬紧牙关,用双手支着身体挪动了下,喘息了几下接着说,"四年前,我还在三毛快递上班时,突然……突然接……接到了K科技的电话,他们说……

说我的血型，十万里挑一，希望我……我能够去他们那里工作，工资是……是现在的五十倍。我辞了职，去时才知道，他们……他们是让我当杀手。K科技，用了两年时间，教会我，各种……各种搏斗技巧以及枪支的使用，但……但我太瘦弱了，后来……后来他们说，有办法能帮助我，快速地增强身体机能，不过……有失败的……风险，可他们却……却没说……失败会怎样。我同意了。直到……直到抓到朱礼仁，我才……才知道，失败的风险是什么。我找到K科技，想……让他们……把我变回以前的样子，他们……答应了我，前提是……我要进入迷宫帮他们解决掉朱辛。"

"K科技把朱礼仁藏在哪儿了？"周凯看了下手机电量，发现只剩下了百分之十。

"他们给我的……任务是……死不见……尸。那天，我把朱礼仁带出了城，直接……在……野外……把他杀了，然后埋在了……荒山。"于忆凡痛苦地抓了抓脖子，"你的……时间不多了，还想问什么？"

"你既然是K科技的人，是他们把你送进来的，你一定知道怎么才能走出这座迷宫。告诉我。"

"不，他们……没……告诉我怎么才能……走……出去。"于忆凡咽了口唾液，闭上眼睛，说，"我身体的机能，无论是速度、力量，都比平常人强很多，如果我……知道……怎么出去，不可能……被……困在……这里六个月。"

"什么？"周凯目瞪口呆，"你说，你已经被困在这里六个月了？"

"没错，从进入迷宫开始到现在，整整六个多月了。我食人肉，喝人血，躲避自己的袭击，熬了整整……六个……月……却……却还是……没能……摆脱掉……命运。"于忆凡的身体开始抽搐，眼皮也在剧烈抖动。

"我还有最后一个问题。"周凯深吸一口气问道,"是谁把你弄成这样的?"

"我已经……已经说了,是……是我自己。不……应该说,是……另一个我,另一个更加强壮,完全……失去……人性的我。"于忆凡的胸口起伏不定,那张脸时而鼓起,时而塌陷下去,"在进入迷宫之前,K科技给了我一支针管,他们说,针管里的药……可以……让我……更加强壮,并嘱咐我,不到万不得已,千万……不要……注射。我知道,注射了药,我就会变得跟……跟它们一样,可……可我不想死。"

周凯发现于忆凡的旁边,有一支空的针管。他抬起头,看向墙壁上于忆凡刚刚用鲜血写下的字:这是杀虐的开始!没有人能够从这里逃出去。

"你再不跑,恐怕就跑不掉了。"于忆凡睁开眼,他的两个眼球鼓了出来,脸上露出似笑非笑的表情。他身上的每一寸肌肉似乎都在增长,已经比刚才周凯进来时强壮了许多。胸肌撑开了他的外套,于忆凡吃力地将外套脱下,扔向门旁。此时,门旁已经有十几件他的外套了。

周凯察觉到了危险,他急忙站起身,一步一步退到门边,打开门跑了出去。他原本打算按原路折返,跑回集合点叫醒"白小熙"和戴萌,然而他刚跑出去没多远,身后突然传来撞击声。

回头看去,于忆凡单腿站在走廊里,他的那张脸已经彻底变成了野兽,胸肌高高凸起,嘴角露出两颗尖锐的獠牙,体毛也变得异常茂盛,已经完全没有了人样。因为单脚支撑,身体不稳,每蹦几下,他的身体就倒向墙壁,发出轰隆的撞击声,但即使这样,他的速度依旧很快。

周凯不想把眼前的怪物引到"白小熙"和戴萌那边,于是朝相反的方向跑去。于忆凡步步紧逼,周凯没时间回头查看,只能一个劲儿地逃离,不知跑了多久,直到筋疲力尽,他才停下脚步。回头看去,于忆凡似乎并没有追过来,但隐隐约约依旧能够听见撞击声。先躲起来,周凯这样想着,跑到最近的房间前推开门躲了进去。

撞击声越来越近,越来越近,躲在房间里的周凯屏住呼吸,抬手举起手枪对准房门。"砰",于忆凡撞在了那扇门外的墙壁上,紧接着撞击声越来越远。周凯这才松了口气,背靠墙壁瘫软地坐在地上,然而他并没有放松,伴随着撞击声的彻底消失,耳边又传来了嘤嘤的哭泣声。竖耳聆听,这声音是从自己背后传来的。

周凯马上想到了什么,他伸手摸了摸身后的墙壁,又轻轻敲了两下,随后他站起身用枪把使劲砸向了墙壁。整面"墙壁"碎了,眼前变得明亮,周凯看见了一具尸体,尸体的胸口被人用利器刺穿,鲜血正源源不断地往外冒,紧接着他便看见了蹲坐在角落惊慌失措的戴萌。

时间凝固了几秒钟,紧接着周凯从黑暗中走出来,从兜里掏出先前戴萌交给他的那张图纸,将其塞到戴萌手里说道:"认真听我说,你现在赶快回到集合点把这张图纸交给我。记住,遇到受伤的于忆凡后直接杀了他。然后朝集合点相反的方向跑,拐过两条走廊后进入第一个房间,不要犹豫,直接砸开房门对面的那面墙壁。杀死于忆凡救下朱辛,一定能阻止这一切。"

戴萌盯着周凯,整个人愣在了原地。"快走。"周凯狂躁地喊了句,戴萌才站起身跌跌撞撞地跑出房间。

逃出迷宫的关键是于忆凡,只有赶在于忆凡给自己注射药物使自己变成怪物之前,杀死所有于忆凡,迷宫就不会有危险,到时就可以顺利找到出口离开。周凯抬头看向挂在墙上的几幅名画，这些名画都是仿品，都来自不同时期的不同画家，周凯并未发现几幅画之间有何玄机。他起身走上前，将其中一张《不相称的婚姻》撕扯下来，画后面的镜子也很普通，没什么特别之处。简单休息过后，他重新回到B区，按照记忆中的路线返回集合点寻找"白小熙"和戴萌，然而到达集合点后发现"白小熙"和戴萌已经不在房间，只剩下他写的那张纸条。周凯捡起纸条看了看，上面还是他写的那句话，没有"白小熙"和戴萌的回复。真糟糕，周凯气急败坏地抬拳砸在墙壁上，紧接着转身离开集合点。

"白小熙"和戴萌毕竟是两个女孩子，如果遇到变异后的于忆凡，后果将不堪设想，更何况现在还不知道迷宫里一共有几个已经变异的于忆凡。"小熙……戴萌……"出房间后，周凯在走廊里喊了两声，然而并没有得到任何回答。

放在胸前口袋里的手机发出两声"嘀嘀"声，提示电池即将没电，周凯没有理会，沿着走廊一边跑一边喊叫，直到不远的地方传过来一声野兽的吼叫声，他才停止叫喊，手里紧紧握着手枪，小心翼翼地朝吼叫的方向走去。连续拐了几条走廊，吼叫声越来越近，听声音就在下一条走廊。周凯已经紧张得身体发抖，冷汗顺着额头不断向下流，他在原地做了几个深呼吸，然后咬紧牙齿，身体贴着墙壁走到这条走廊的尽头，探头朝下一条走廊看去。下一条走廊里，离周凯大概一百米的地方躺着一具尸体，此时那只"野兽"正站在尸体旁边，略显懒散地舔着自己的手掌，偶尔仰头发出一声低吼。它的双腿完整，不是先前遇到的那只。看样子，眼前这只"野兽"才刚刚美餐一顿。周凯没有惊扰它，想要转身离开，然而就在转身的刹那，他好像想到了什么，又探头看向不远处的尸体。那具尸体身上穿着跟他一样的衣服，手臂上被"白小熙"用油笔划破的地方做了记号。那具尸体，是他自己。

如果迷宫里的所有人都是在重复彼此行为的话，这是不是说明眼前这只野兽早晚也会把他当成"晚餐"？想到这儿，周凯给自己鼓了鼓劲儿，接着屏住呼吸抬起枪拐到那只野兽所在的走廊。野兽正背对着他。周凯就这样朝野兽走了十步左右，然后蹲下身，举起手枪瞄准野兽的头部。他尽量让自己的胳膊不要抖动，心里默默数了三个数，然后扣动扳机。

"砰！"周凯开出了第一枪。伴随着枪响，野兽像是受到惊吓似的转过身，看见蹲在地上的周凯后径直冲了过来。周凯不确定自己有没有打中，于是又朝着怪兽的胸口开了一枪，紧接着起身朝相反的方向逃跑。

那只野兽追了周凯两条走廊，才"扑通"一下倒在地上。见野兽倒地后，周凯双手支着膝盖大口喘着粗气休息了片刻，然后起身朝倒在地上的野兽走去。那野兽并没有死，还在尝试着站起来，然而每次尝试都未能成功，几分钟后它连挣扎的力气都没有了，只能躺在地上等待着死亡的降临。

周凯走到野兽身边，看着它那双布满血丝的眼睛缓缓抬起手枪，对准它的额头毫不犹豫地扣动扳机。野兽没有了任何挣扎。周凯狠狠在它的肚子上踢了几脚发泄出心中的怒火，这才原路返回到另一个自己的尸体旁，在尸体身上翻了翻，最后发现他身上只有手枪、手机。周凯拿起手枪查看，弹夹里的子弹都已经用光。他又拿起手机打开，电量也所剩无几，而且屏幕也已经完全碎掉了。找到的两样物品对周凯来说并没有任何用处，他有些失望地坐在地上，这时他发现了尸体手腕上戴着的手表，是跟他手腕上同款的手表。手表上显示的时间是十一点四十五分。周凯若有所思地看了眼自己手腕上的手表，时间显示是四点四十八分。

迷宫里的时间似乎是混乱的，貌似所有人都不在同一时间线上。周凯想起先前见到断腿的于忆凡时，他说自己已经困在迷宫里将近六个月了，而按照正常的时间线来说，他们来到迷宫还不到三天。

如果按照时间线索来推论的话，其实迷宫里的人并不存在谁在重复谁，只是大家各自活在不同的时间线而已。也就是说，"白小熙"、戴萌、于忆凡、朱辛的时间线是二〇一六年，而周凯的时间线是二〇一七年，他们之间相差了一年的时间，然而，他们在迷宫里不期而遇。

第二十五章

周凯在自己的尸体旁坐了会儿,然后起身脱掉尸体的外套盖在它的头上,挡住那张陪伴了他三十多年的面孔,这才离开。他转到另外一条走廊里,发现其中一个房间门旁边有用圆珠笔标记的数字"3"。有标记证明这个房间已经被人查看过,而且很有可能是"白小熙"和戴萌,只有她俩手里有圆珠笔。

周凯赶紧跑到下个房间查看,依旧有数字"3"的标记,沿着有标记的房间继续朝前走,直到拐到另一条走廊时,从最近的房间里传出一些声音,好像是喘息声,很重的喘息声。周凯拿出手枪作防御状,然后小心翼翼地推开房门。房间里是朱辛和"白小熙"。此时,朱辛正将"白小熙"压在身下,双手死死掐着"白小熙"的脖子。被压在下方的"白小熙"整张脸憋得通红,青筋暴露,见周凯打开房门后,她嘴唇上下嚅动,虽然没有任何声音发出来,但周凯还是听清了。

"白小熙"说的是"救我"。朱辛背对着房门,没发现周凯已站在门前。周凯不知眼前究竟是什么情况,所以不敢直接上前阻止朱辛,于是抬起手枪瞄准朱辛的胳膊,犹豫了几秒后,眼看"白小熙"快被掐断气了,这才鼓足勇气扣下扳机。一声枪响,朱辛应声倒地,一只手抓着受伤的肩膀惊诧地看向周凯。濒临死亡的"白小熙"重新获得喘息机会，大口大口地喘着粗气。周凯将枪放回腰间，走到"白小熙"身边将她扶起来，然后问朱辛："你为什么要这样做？"

"她……是她……"朱辛抬起血淋淋的手指向"白小熙"。

周凯发现，朱辛除了胳膊上的枪伤外，腹部也有鲜血浸透了军装。他疑惑地回头看向"白小熙"，此时"白小熙"已经缓过神来，不知什么时候从周凯腰间偷走了手枪，正对准朱辛。

"不要……"周凯大喊一声试图上前阻止，然而"白小熙"已经毫不犹豫地扣下了扳机，朱辛的脑门上瞬间被打出了一个洞。"你在干什么？为什么要杀他？"朱辛已经受伤了，对"白小熙"来说已经没有了任何威胁，她根本没有必要杀了朱辛。

"我不杀了他，他就会杀了我。""白小熙"把手枪递还给周凯，气喘吁吁地说，"在另一个房间里，我亲眼看见朱辛用那把军刀划开了我的脖子。当时戴萌也在，看见这一幕后她跑了，我因为受到惊吓整个人愣在了原地，没来得及逃跑被朱辛发现了。"

"朱辛为什么要杀你？这不符合逻辑，迷宫里只有于忆凡才是真正的威胁。"周凯打开弹夹看了眼，随后叹气道，"现在只剩下一发子弹了。"

"我跟戴萌发现了一些事，不知道有没有用。""白小熙"起身，在兜里掏了掏，掏出一块手表，这手表跟周凯手腕上的是同款，"先前我们在一个房间里发现了你的尸体，身上没有手枪，手机也是碎的，已经无法开机，所以我拿下了这块手表，本来是打算看时间用，可我发现，迷宫里每个房间的时间都不同。"

"每个房间的时间不同是什么意思？"周凯先前推测出在迷宫里的人都是属于不同时间点的，但并没有注意过房间里的时间。

"现在的时间是三点十二分。""白小熙"让周凯注意下手表上的

169

时间，然后打开门回头说道，"跟我来。"

两人走出房间来到走廊，"白小熙"左右看了看，然后找到最近的房间走过去。进门前，"白小熙"举着手表说："你仔细看。"说完，两人走进房间，然后奇妙的事情发生了，手表上的指针就好像失控了似的开始飞速旋转，但很快就恢复了正常。这时，上面显示的时间是九点零三分。

这个房间里躺着"白小熙"的尸体，喉咙被割破，鲜血流淌了一地。先前"白小熙"应该就是在这个房间里被朱辛发现的。

"迷宫里每个房间都是不同的，我们再去别的房间看看。""白小熙"若有所思地看了眼地上的尸体，并没在这个房间过多逗留，直接转身离开。两人又进入了一个房间，这次指针旋转一圈后停在了十二点二十三分。

退出房间回到走廊，走廊里的时间没有任何变化，还是显示的十二点二十三分。也就是说只有房间里的时间不同，如果房间里显示的时间是九点零三分，那走廊里的时间也就变成了九点零三分。周凯想起刚才在走廊里看见被野兽杀掉的自己时，手表上的时间是不同的，其实是因为他们进的房间不同。

"对了，你的手机还有电吗？""白小熙"把手表揣回兜里询问。

"已经关机了。"周凯说着走到正对房门的那面墙壁前，用军刀在黑色壁纸上划了划，壁纸后面是结结实实的墙壁，"你说房间里会不会是有什么磁场影响了手表，才导致指针失控？"

"这就不清楚了，不过这样设计肯定是有原因的。我觉得我们应该回A区一趟。""白小熙"把自己身上的外衣脱下来，简单擦了一把脸，说，"还记得有设计图的那个房间吧，当时我们只是研究出了迷宫里有A区和B区之分，其实那上面还有很多数字我们没搞懂，没准就跟时间的秘密有关。"

"就是不知道还能不能找到那个房间了。"周凯敲了敲四面墙壁，确定四面都是实心的后，便跟"白小熙"走出房间。两人又在B区找了一个多小时，终于在一个房间里发现了黑色壁纸是玻璃面的墙壁，将其击碎回到A区。

A区相较于B区明亮许多，两人没时间休息，就马不停蹄地开始寻找那个有设计图的房间，然而连续找了几个小时都没找到。就在"白小熙"和周凯快要失去耐性之际，他们看见戴萌慌慌张张地从一个房间里跑了出来。

"于忆凡杀死朱辛后，是你敲碎玻璃从B区出现，把藏有枪的那个房间的图纸交给了戴萌。没猜错的话，现在戴萌应该是要回集合点。""白小熙"回头看了一眼周凯，说，"快，我们跟着她。"

于是，两人跟随戴萌回到集合点。戴萌进入房间后，"白小熙"和周凯躲在另一条走廊等待，等了大概四十多分钟，房间里的戴萌、"白小熙"、周凯走了出来，几人去找寻那个有枪的房间了。他们走后，"白小熙"和周凯走进去，房间的地面上铺了很多图纸，但并不全，几人决定分组行动时，把地上的图纸捡走不少，用来画线路图了。"白小熙"在仅剩的这些图纸上研究了半天，最后失望地说："少了那些关键性的图纸，我们根本就无法找出其中的规则。"

"既然迷宫里一直在重复，一定有些房间的图纸是完整的，还没被发现。"周凯走近"白小熙"身旁安慰道。

"不行，我们不能再碰运气了。""白小熙"紧皱眉头，拿出军刀，一脸杀气腾腾地说，"现在他们去了有枪的房间，就证明现在他们身上没有任何武器防身。我们去追……"

"你疯了吗？我们就这样过去，互相遇见场面肯定会失控的。"周凯抓住"白小熙"的胳膊阻止道，"到时不知会发生什么。"

"管不了那么多了。""白小熙"甩开周凯，一边往外走一边说，

"任何人都不能阻止我离开迷宫,必要时我可以杀了我自己。"

周凯没有再阻止"白小熙",而是跟着她走出房间,一路沉默不语。来来回回走了几条走廊,两人看见了那拨正在重复他们行为的人。"白小熙"并没马上上前,而是等到那拨人根据图纸找到有枪的房间后,才对周凯使了个眼色。周凯怕她冲动,从腰间拿出手枪,将"白小熙"挡在身后,自己深吸几口气,咬紧牙关将房门撞开。

房间里,"白小熙"正用没上子弹的枪对准周凯的眉心,戴萌则站在他们旁边。门被撞开后,戴萌似乎吓坏了,惊叫一声,紧接着三人同时看向闯进门的他们。周凯把枪对准蹲在地上的周凯,喘息着说:"我不想伤害你们,放下你的手机赶紧离开这儿。"

蹲在地上的周凯缓缓站起身盯着闯入者周凯,紧接着从兜里拿出手机扔给他。房间里的两个"白小熙"也相互盯着对方。大概过了一分钟,见四人谁也不退让,戴萌上前拉着"白小熙"低声说:"我们先离开这里吧,他们手里有枪。"

"白小熙"并不情愿,但也忌惮周凯手里拿着的枪,不敢轻举妄动,只能被戴萌拉着走出房间。她们出去后,被枪指着的周凯也挪到门边,缓缓打开房门退了出去。三人都走出房间后,周凯才放松下来,他把手机交给"白小熙"查看,自己则蹲下身从盒子里找到子弹装入弹夹。

装好子弹后,周凯起身走到门边,打开门朝走廊里看了看,另外三人不知道又去了哪儿。他忍不住问道:"你说,假如迷宫里的我们在无限地重复,那之前我们在这个房间里找到枪时,为什么没人闯进来抢走手机和子弹?"

"这就证明,重复不是一成不变的,是可以被打破的。""白小熙"一边研究手机里的设计图一边说,"你看图纸 B 区每个房间上都有标几个数字，如果没猜错的话，它们应该就是代表每个房间里的时间，而且每个房间里的时间是固定的。"

"也就是说，假如我进入房间后，表上显示的时间是十点，再出来后时间就会从十点开始，但如果我又返回到十点的房间，时间又会从十点开始计时？"周凯猜测。

"嗯，应该是这样，我们在迷宫里根本分不清东南西北，每条路每个房间的布局又完全一样，所以设计者应该是按照每个房间的时间来分辨路线的。""白小熙"将手机凑近双眼，在上面仔细找了找，"两点二十二分。这是写着 EXIT 的房间上标注的时间，我们找到时间线是两点二十二分的房间，就能离开迷宫。"

"那我们赶快回 B 区寻找。"终于有了目标，不再是像先前那样在迷宫里漫无目的地绕，这让周凯看到了些希望。

"白小熙"的脸上也浮现出了微笑。两人没再耽搁，一路回到 B 区。

第二十六章

B区，灯光昏暗，空气里弥漫着一股血腥味儿，时远时近的吼叫声回荡在耳边。周凯做好全面防御的准备，把手枪拿在手里，他和"白小熙"一口气进了数十个房间，时间都不是两点二十二分，不过两人在其中一个房间里发现了一张床和一堆仪器。

那房间的墙壁上也贴着些照片，都是人像，而且照片里的人就闭着双眼躺在单人床上。周凯在这堆照片里发现了两张熟悉的面孔——朱礼仁和于忆凡，他猜测照片里的这些人应该都接受过K科技的人体试验。

"白小熙"在床头的枕头下面找到几张裁剪过的报纸，上面有一篇报道是《改造基因大幅度增强人类体质：K科技究竟是未雨绸缪还是另有企图》。文章内文指出，被媒体誉为"通向未来的虫洞"的K科技近三十年来一直站在未来科技的最前沿，在一次采访中，K科技的发言人曾发出壮志豪言——"人工智能时代是趋势"，并在采访中大谈人类早晚会被人工智能取代，然而宣称机器将取代人脑的K科技在几年后却把工作重点转移到改造人类基因的研究实验上。随着人工智能时代的到来，人们生活便捷，购物、吃饭、日常沟通都可以通过一部手机完成，而便捷伴随的后果是导致国民体能大幅度下降，有相关人士预言，未来人类将失去自主能力。K科技美其名曰改变人类基因是为了最大化开发人脑、增强人类体质、使国民身体素质整体得到大幅度提升。然而K科技一方面打出科技改变未来的口号，试图让人类社会进入全人工智能时代，一方面又试图阻止人工智能彻底取代人类，此举既矛盾又完全展露了K科技的野心。

另外几张报纸，其中一张的标题写着《基因改造失败，试验者骨骼突变不人不鬼？K科技被相关部门调查》，这篇报道里并没有举出任何实例，只说网上有爆料者称K科技拿人体做试验，然而实验失败，试验者身体发生突变等。不过报道里称，此事引起了相关部门的重视，对K科技进行了一番彻底的调查，最终查封了改造人体基因的实验基地。这篇报道的时间是二〇一〇年。

按照时间推测的话，应该是朱礼仁那批试验者参与完人体基因改造后，有人在网上爆料引起了相关部门的重视，并对该项目进行了查封，而当时K科技为了不让朱辛再将事情闹得更大，所以选择放了朱礼仁，但K科技这么多年来一直派人监视着朱礼仁的一举一动，一旦朱礼仁出现在大众视野中，他们便采取行动派于忆凡抓走朱礼仁。还有，项目虽然被查封，但K科技并没放弃对人体基因的改造，一直在暗中进行着。或许是血型的特殊性，K科技后来发现了于忆凡……

被基因改造过的于忆凡成了K科技的全职杀手，他进入迷宫是为了解决掉朱辛，却没想到K科技是想让他跟朱辛一同被困在迷宫里。可迷宫之外的"现实"世界，招募志愿者活动还没到参与迷宫游戏的环节就突然中止了，那之后于忆凡也并没有去杀害朱辛，这是为什么？因为在"现实"世界里朱辛不是最大的威胁？最大威胁是已经接近事实真相，手里掌握着K科技重要证据的白小熙。

"从刚才开始你就一直没说话。""白小熙"发现从那个有仪器的房间出来后，周凯就一直沉默不语，"在想什么呢？"

"在想迷宫和'现实'之间是否存在联系。"周凯回过神来，快走两步，走到"白小熙"身边说道，"迷宫如果不是用VR造出来的虚拟空间，那迷宫里其余的我们也就都是真实的，他们是从哪儿来的？"

"我只是KTV里的坐台小姐，回答不了你这么高深的问题。""白小熙"摆了摆手，走到旁边的房间里看了下时间，再出来时，她说，"我来这里就是为了闯关成功拿走二十万奖金，他们是从哪儿冒出来的跟我没有半点关系。"

"那我来这里的意义又是什么呢？"周凯拿出北都市地图，看向被红笔圈出的地方写着的那行小字——所有的秘密都在这里。

"现实"中，是那个长相跟他一样的男人留下地图引他来到这里。此时，周凯已经站在了"秘密"里，在这个"秘密"里有无数个他，有无数个白小熙，他们真的只存在于迷宫里吗？也许，"现实"其实就是个巨大的迷宫，在"现实"里也有无数个他，无数个白小熙，大家各自活在自己的时间里，过着自己的人生，直到某天有人打破了这种宁静。

"小熙，假如你能穿越回过去，遇见小时候的你……"周凯转头看向"白小熙"问道，"你会对她说些什么？"

"那要看遇到什么时候的自己了，如果是遇到母亲出医疗事故前的自己，我可能会告诉她，她会遇到一些事，一些让她生活变得很糟糕的事，然后希望她能够坚强。""白小熙"耸了耸肩，"或许吧，或许会说这些，我从来没做过这种假设。"

"你还记得小时候吗？我们在野外，你对我说你遇到了一个姐姐，她跟你说她是长大后的你。当时我说那姐姐一定是个骗子。"周凯停住脚步若有所思地询问。

"有吗？没有吧，你记错了，我从没说过这样的话。""白小熙"说完继续朝前走。

"白小熙"在少女时代没遇到过那个姐姐，而"现实"中的白小熙却遇见过，或许这就是两个白小熙出现不同人生的关键。

"呜……"

一声类似狼的叫声突然响起，非常近，直接把周凯的思绪拉了回来。他朝"白小熙"那儿看去，她已经走出了二十几米。那声狼叫就是从"白小熙"前方不远处传过来的。"白小熙"停住脚步，回头看了一眼周凯，紧接着转身朝回跑，然而没跑出几步，一头野兽便从另外一条走廊拐了过来。它的速度极快，直接朝"白小熙"冲去。周凯见状举起手枪，毫不犹豫地朝野兽开了两枪。野兽的速度并没有放慢，在距离"白小熙"几米远的地方一跃而起，紧接着将"白小熙"扑倒在地开始撕咬。

"小熙！"周凯大喊着"白小熙"的名字，发疯似的朝野兽跑去，边跑边开枪。"砰砰砰砰"，弹夹里的子弹已经打空，野兽似乎是因为疼痛变得更加暴躁，不断用双爪砸在"白小熙"身上。当周凯跑到离他们几米的地方时，鲜血从"白小熙"的腹部喷溅而出。

周凯眼睁睁地看着野兽咬断了"白小熙"的胳膊，就在野兽准备啃食"白小熙"的脖颈时，周凯愤怒地大叫一声，掏出军刀，用尽全身力气冲到野兽跟前，将军刀狠狠插进野兽的太阳穴。野兽嚎叫一声，用爪子抓向周凯。周凯一个闪躲，感觉脖颈被野兽的利爪划伤，但他没时间理会伤口，又趴下身在"白小熙"身上摸索到军刀，插向野兽的胯部。

这次野兽后退两步，呜嗷呜嗷拉着长音凄惨地叫着跑开。野兽跑掉后，周凯气喘吁吁地坐在地上，看着失去生息的"白小熙"留下了眼泪。无论是在"现实"还是迷宫里，似乎都没办法改变心爱的女人离开自己的事实,周凯自责地垂下头,攥紧双拳不断地重复说着"对不起"。

十几分钟后,周凯起身将"白小熙"拖进离他们最近的房间。这房间里好像经过了一场恶斗,角落的桌椅翻到在地,原本工工整整放在桌子上的图纸散落得到处都是。进入房间后,周凯跪在"白小熙"身旁,紧紧握着她渐渐失去温度的手,两行热泪再次顺着脸颊滑落。良久,他擦掉泪水,脱掉外套,把身上已经染红的T恤脱下盖在尸体上,才重新穿上外套起身,拖着疲惫的身体走出房间。

周凯开始奔跑,他试图通过奔跑的方式发泄内心的愤怒和恐慌,就这样连续跑出几条走廊,才体力不支喘着粗气跌坐在地上。

枪里已没有子弹,手机屏因为刚才跟野兽的决斗而全部碎掉。似曾相识的一幕,周凯想起数个小时前在走廊里看见的被野兽撕碎的他,当时他开枪打死野兽回去检查尸体上的物件时,也是枪没了子弹,手机屏全部碎掉。难道自己也要被野兽撕烂,然后被另一个自己发现?

正这样想着,远方传来了嚎叫声,撕心裂肺的嚎叫声震得周凯耳膜生疼。他绷紧神经眼睛死死盯着前方。嚎叫声越来越近,就在走廊与走廊的拐角处,一头庞大的家伙冲了出来。周凯已无力反抗,他闭上双眼等待着命运的审判。

"砰",远处传来一声枪响,周凯睁开眼回头看去,不远处站着的另一个自己眼神有些惊恐,手里举着一把手枪。野兽似乎被打中了,突然间转移目标,从周凯的身上一跃而过,冲向另一个周凯。很快,他们便消失在了这条走廊里。

十几秒后,另一条走廊里传来了几声惨叫,周凯起身跑过去,在拐角处探头查看,发现那个刚刚救他的周凯躺在地上奄奄一息,旁边的野兽低头舔着自己肩膀上的伤口。周凯想去救他,可现在自己身上没有任何武器，如果硬拼的话根本不占优势。或许可以先想办法把野兽引走……

周凯正这样想着，远处又传来两声枪响，朝那条走廊看去，另外那边又多了个周凯，连射野兽两枪后转身跑开。这一幕周凯再熟悉不过了，几个小时前是他用枪杀死了那头野兽。野兽被那个周凯引走后，周凯跑过去查看躺在地上的自己的伤势。地上奄奄一息的周凯见他过来后，伸手抓住他的衣领，用尽最后一口气说："去，去找，小熙，她，在，这个房间。"躺在地上奄奄一息的周凯说完，勉强从兜里拿出一张血淋淋的图纸塞到他手里，紧接着缓缓闭上了双眼。

这张图纸上用圆珠笔画着路线，但因为被鲜血浸泡的原因，路线模糊不清。周凯知道一会儿那个引走野兽的他会返回来，于是没有过多停留，确定躺在地上的周凯已经无力回天后，便起身离开了。

图纸上画的路线，虽然线条已无法看清，但起点和终点是用时间标注的，分别是十点二十三分和七点零六分。周凯无须找到起点，他只要找到七点零六分的房间就应该能够找到"白小熙"，这是他自己临死前希望自己能够完成的遗愿。

周凯连续找了几条走廊上的房间，最终找到了时间为七点零六分的房间，然而房间里并没有"白小熙"，只有一瓶喝剩一半的矿泉水和散在地上的一小堆薯片。早已饥渴难耐的周凯上前，拧开矿泉水一饮而尽，然后跪在地上俯身将散落在地上的薯片舔干净。正在这时，走廊里传来了脚步声。

脚步声很轻，走到门前停了下来，紧接着房门被打开，"白小熙"走了进来，但奇怪的是，眼前的"白小熙"穿着暗红色的格子衬衫，下身配的是浅蓝色牛仔裤和白色旅游鞋，她的头发也变成了黑色，扎在脑后。

推门而入的"白小熙"看见周凯先是有些惊讶，随后眼泛泪光地冲过来抱住周凯的脖颈，略显激动地说："我还以为你被那些野兽给……""白小熙"没继续说下去，抽泣两声后松开周凯，突然她的表情变得凝重，整个身子朝后靠了靠："你……不是周凯。"

第二十七章

周凯看着眼前的"白小熙"有些恍惚,他搞不懂眼前的"白小熙"为什么跟他在迷宫里遇到的"白小熙"穿着打扮不一样。这个"白小熙"更接近"现实"中白小熙的穿着。不,不单单是穿着,就连身上的体香也很接近。

"我也叫周凯,只是……不是你要找的那个周凯。"周凯盯着眼前的"白小熙",从兜里拿出那张被鲜血浸泡过的图纸,"是他让我来这个房间找你的。"

"白小熙"接过那张图纸捧在手心,身体开始颤抖,不断摇晃着头说:"不可能,不会的,你骗我,我要去找他。"说完"白小熙"起身跑出房间,周凯见状也急忙追了出去,拉住她的胳膊阻止道:"你一个人就这么过去会有危险的。"

"我不管,告诉我他在哪儿?""白小熙"已经哭成泪人,完全失去了理智。

"最起码让我陪着你去……"周凯知道此时再怎么劝说,她也不会听,于是攥紧拳头走在前面领路。

周凯凭借记忆找到那条走廊,指着躺在地上的尸体说:"就在那儿。"

"不会的,不会是他,一定不会是。""白小熙"一边朝尸体走,一边绷紧身体不断摇头。走到尸体旁后,她蹲下身掀开周凯尸体的T恤。周凯发现尸体的腹部有一处疤痕,类似枪伤,但已经完全愈合了,除此之外旁边还有很多已经愈合的大大小小的疤痕。"白小熙"伸手触摸那些疤痕,再一次忍不住痛哭起来。

周凯不知道眼前的"白小熙"为什么会如此在乎他的死活,也搞不清此时躺在地上已经被野兽杀死的他,为什么身上会有如此多的疤痕。他们长着一样的脸,但身体又有些不同,周凯身上没有那些疤痕。

昏暗的迷宫里,"白小熙"的哭声惊吵到了藏在某处的野兽,低吼声由远及近。周凯抓住"白小熙"的手腕,将她从地上拉起,不顾她的挣扎,硬将她拉进最近的房间,然后捂住她的嘴说:"野兽来了,别出声。"

被周凯钳制住的"白小熙"试图挣脱开他,但她的力气哪有周凯大,最后只能放弃挣扎。野兽的低吼声越来越近,在门前停留了几分钟才走向了下一条走廊。周凯小心翼翼地拉开门看了看,确定野兽已走远,这才松开"白小熙"。"白小熙"再次冲出房间,扑到尸体怀里,声音颤抖地说:"我知道我不该来这里,不该报名参加K科技的志愿者招募。我后悔了,凯,你醒醒,没有你我走不出这座迷宫的。"

眼前的这一幕,让周凯想起了接到警方认尸通知时的自己,他跑到停尸间看见白小熙的尸体时,也是从不相信到接受现实,然后紧紧抱住白小熙失声痛哭。

"人死不能复生。"周凯不知道该如何安慰,他蹲在"白小熙"身边拍了拍她的肩膀,"相信我,我会带你找到出口离开迷宫。"

"白小熙"像是在告别,靠近尸体,在他脸庞上轻轻吻了一下,紧接着伸出食指在尸体眼睛上戳了几下,戳出了一片薄薄的类似美瞳的东西。她从兜里拿出一个小盒子,小心翼翼地把"美瞳"装进去,这才起身擦了擦眼泪,依依不舍地离开。

接下来的几个小时,两人几乎没有交谈,周凯领着还未从痛苦中走出来的"白小熙"继续寻找时间为两点二十二分的房间。然而他几乎找遍了所有房间,从一点到十二点,他甚至找到了两点二十四分的房间,却始终无法找到两点二十二分的房间。这让周凯开始怀疑,迷宫里到底有没有两点二十二分的房间。

"你这样一个劲儿地乱找,根本不可能找到那个房间。"在进入一个时间为一点二十二分的空房间后,"白小熙"靠墙坐在地上休息时说道。

"可是我们只有找到时间为两点二十二分的房间才能够逃离这里。"周凯有些烦乱,他一拳打在墙壁上,"或许那些设计图根本就是设计者故意放在房间里诱导我们的,迷宫根本就没有出口。"

"我们看过那些设计图,也认为出口房间就是两点二十二分,这个应该不会有错。""白小熙"没理会周凯的烦乱,她从兜里拿出笔和纸,然后把纸张摊开,那上面有很多密密麻麻的数字,看起来像是数学公式,"不过那些设计图上标注的,每个房间的时间只是一个初始值,并不是一成不变的。"

"我没太听懂。"周凯走过去盘腿坐在"白小熙"对面。

"就是说,每个房间的时间是根据对应的时间变化而变化的。""白小熙"看向周凯,发现他依旧一脸懵懂的状态,于是继续解释道,"举个例子,假如这个房间里的时间是一点二十二分,对面那个房间里的时间是两点二十四分,这是两个房间的初始值。在我们被送来迷宫时本身还带着时间,假如这个时间是四点,那么当我们进入这两个房间的其中一个房间后,四点这个时间就不存在了,转变成了房间里的时间。比如说,我们选择进入一点二十二分的这个房间，迷宫里的时间就变成了一点二十二分，但是对面那个原本初始值为两点二十四分的房间也会跟着改变，或变大，或变小，反正就不再是两点二十四分了。"

周凯想尽量跟上"白小熙"的思绪，结果却被那些数字搞得更晕了："然后呢？"

"两点二十二分是迷宫的出口，却不是关键。关键的是我假设的那个我们进入迷宫时的时间四点。""白小熙"一边在草纸上写着一边说，"两点二十二分只在初始值里出现，我们进入任何房间都会破坏掉初始值，使其余房间的时间发生改变，这样原本存在的两点二十二分的房间就会消失，所以我才说像你刚才那样一股脑地乱找，根本就是在碰运气，能蒙到的概率比中彩票还难，千万分之一的概率。"

"可是除了我，戴萌他们在进入迷宫前身上的物品全部都被收走了，而我当时又没注意过时间。"周凯似懂非懂地摊了摊手，"那现在我们怎么办？"

"即使我们确切知道那个时间也没用，当时同时被送进迷宫的有无数个我们，根本无法知晓是谁先将初始值改变的。""白小熙"紧皱起眉头，用笔把刚才写下的数字勾掉，又重新写，边写边说，"我跟凯重复进去了上百个房间，记录下了每个时间所触动的变化值，经过公式能够推算出哪个时间能让迷宫里的房间回到初始值，让两点二十二分这个出口房间重新出现，但需要时间。"

"可是迷宫这么大，恐怕不止上百个房间吧？"周凯从进入迷宫开始恐怕就不止进入了上百个房间，"仅仅用上百个房间的时间变化，真的能推算出来吗？"

"你又错了，迷宫没有看上去的那么大，这是你的错觉而已，其实大多数时候我们都是在迷宫里绕圈，走着同样的路线。A区灯光刺眼，每个房间里都有六面镜子，在那样的环境里本身就很容易让人出现错觉，再加上食物不足、身体劳累、缺氧等症状，更容易让人精神崩溃。"

"可是我们之前每进入一个房间时都用圆珠笔在门外做了标注，不可能走重复的呀。"周凯想起在进入 A 区之前，他们的确每进一个房间都做了记号。

"那又是另外一个把戏。你们用来做记号的笔是在迷宫里找到的吧？""白小熙"摆了摆手里拿着的圆珠笔，"跟这支一样？"

"对啊，当时是在房间里发现了几支这样的笔。"

"这种圆珠笔的油不是普通的那种油，这种油对墙壁上的白灰或者是门上的油漆会有化学反应，所以用这种笔在门上或者墙壁上写下东西后，大概几分钟后就会彻底消失不见。你们以为在门上做过标记，以为看见标记就知道自己又绕回来了，这种强烈的自我暗示会让你们完全相信圆珠笔留下的标记，却不知你们留下标记后没多久，它就自己消失了。""白小熙"继续在图纸上做着推算，"这种圆珠笔只在纸张上写字才不会消失。"

眼前的"白小熙"很明显比周凯进入迷宫时遇见的"白小熙"要懂得多，甚至比"现实"中的白小熙懂得还多。"现实"中的白小熙对数学完全一窍不通，面对数字会让她头昏脑涨。

"你……为什么知道这么多？"

"很多都是在上大学时接触的。""白小熙"礼貌性地对周凯笑了笑，谦虚地说，"其实都是些皮毛，不该在你面前炫耀的。"

"已经很厉害了，你说的这些我完全不懂。"周凯有些羞愧地挠了挠头，接着问，"能说说你的故事吗？你跟那个……凯……你们是怎么认识的？"

"很小就认识了，大概是上中学时，那时我搬了家，他是我的邻居。""白小熙"放下笔,说这些时脸上洋溢着幸福,"我搬家的那天,看见他一个人坐在草地上哭,后来才知道是因为他父亲请了个阿姨回家吃饭。后来我转去了他们学校,那时候我们几乎每天都一起上学一起放学。既单纯又美好的小幸福。"

"白小熙"的讲述也让周凯回想起初三之前的那段时光:"两小无猜的美好,可惜回不去了。"

"后来我母亲出了医疗事故变成了植物人,父亲把她接回老家照料,而我被送去了亲戚家。亲戚对我很不好,那段时间我变得有些抑郁,有了离家出走的想法。有一次我回去找凯,他对我说,父亲新娶的阿姨每天对他冷嘲热讽,他想离开了。""白小熙"重新拿起笔,继续在图纸上演算那些数字,"所以我们做了个大胆的决定,一起离开家,私奔到一个陌生的城市生活。"

在迷宫里遇见的那个"白小熙"回去找过周凯,不过没有见到,最后她被人卖去接客。"现实"中的白小熙也回去找过周凯,依旧没有见到,才有了后来长达十几年的失联。而眼前的"白小熙",不仅见到了周凯,而且两人还决定一起私奔……

三个白小熙,三种不同的人生版本!

"还记得那天早上下着小雨,我们买好了票,直接坐车来到北都。刚来时我们日子很惨,我在一家饭店里打零工,凯则去了工地。日子就这样一天一天地过,大概过了半年,有一天凯从工地回来对我说,我们不能这样过一辈子,现在社会上有很多公益组织能帮助我们上大学,只有上了大学才能找到更好的出路。后来凯和我一边打工干活,一边写信给公益组织,坚持了大概几个月,就有公益组织给了回复,他们派人过来核查了我们的情况,资助了我们。我们参加了高考,我考上了北都大学,凯则去了警校。""白小熙"看了周凯一眼,摆了摆手说,"以前我老说他太文弱了,可能正是因为这样他才选择报考警校。我从北都大学毕业后当了一名记者，法报记者。凯则被调去了北都公安局。"

周凯听到"白小熙"讲述这些时张口结舌："后来呢？"

"后来，后来我们结了婚。""白小熙"抬起左手，周凯这才发现，她的左手无名指上戴着一枚婚戒。

这个版本里的"白小熙"和"现实"中的白小熙选择了相同的职业，更让周凯没想到的是，另一个自己竟然成了一名人民警察，而且他和白小熙从小就一直在一起，并且还如愿走进了婚姻殿堂。

"那你们，为什么会参加 K 科技的志愿者招募？"

"是我，是我任性。那天有个线人给我看了一段视频，视频里的那个人不人不鬼的。线人告诉我，视频里的人当初参与过 K 科技的人体试验，而且把那个人的父亲的联系方式给了我。孩子的父亲叫朱辛，自己开了一家副食店，他告诉我，他的儿子朱礼仁被人抓走了。我就开始对这件事进行调查，后来查到朱礼仁是被 K 科技的人抓走的。正好那时有朋友告诉我说 K 科技在招募志愿者，于是我就怂恿凯，希望他能跟我一起报名参加，借机会进入 K 科技总部，看看能不能调查出蛛丝马迹。""白小熙"说着把先前放在兜里的小盒子拿出来给周凯看了眼，"这盒子里的晶片，其实是个微型录像机，我把它放在了凯的眼膜上，想用它来记录下志愿者活动的全过程。可是我没想到这次志愿者是被送来这座迷宫里，更没想到迷宫里会有无数个跟我、跟凯长相完全相同的人。不过，还好迷宫里的白小熙的穿衣风格跟我完全不同，迷宫里的凯，身上没有那些跟歹徒搏斗留下的伤疤，这能让我跟凯彼此确认对方。"

"你觉得迷宫里除了你和凯，其余跟你们一样的人，是真实的吗？"周凯不知道自己为什么要这样问，或许从进入迷宫遇见"白小熙"的那一刻开始，他就对自己过往经历的真实性产生了怀疑。

虽然从没说过，但他一度怀疑自己是不是被K科技制造出来的人偶，那些所谓的真实经历、真实记忆，不过是他们植入到自己脑里的。

"爱因斯坦相对论认为，空间和时间可以相互转化，时间是空间的另一种方式。也就是说，这个世界是多维空间，本身就有很多个我们在不同的时空里做着相同的事。假如把迷宫里B区所有的房间比作不同的平行时空，那么迷宫里的每个人都是生活在不同时空的真实的自己。""白小熙"抬手揉了揉太阳穴，继续说道，"你可以把迷宫当作交会点，各个时空里的我们只要参加K科技的志愿者活动，就会被送进迷宫，都可以在迷宫里遇见。你也是真实的周凯，只不过是生活在不同时空里的周凯。"

"既然都是真实的，为什么我们的经历会有所不同？"周凯希望眼前这位博学多才的"白小熙"能够替他解答内心的疑问。

"你说假如一个人穿越回过去改变自己的人生轨迹，这个人回来后他的人生会有什么变化？""白小熙"扭了扭脖子，没等周凯回答便说道，"很多科幻影视剧告诉我们，回到过去可以改变未来，但其实有个理论与之相反。那个理论说，假如一个人从某个时间点穿越回过去，改变过去的自己的人生轨迹，再回来后，其实他的人生轨迹并不会因此而有任何变化，他所改变的是那个时间线里的他。正常来说，每个时空里的我们，经历应该是完全一样的，可是如果有人穿越回去过呢？两个时空里的人就会走向完全不同的人生轨迹。听起来是不是觉得有点天方夜谭？不过我经历过，小时候我遇到过一个姐姐，她跟我说她是未来的我，然后她告诉我，我会遇到一些事，希望我能够坚强，不要放弃人生。当时周围的人，有的说那个姐姐是骗子，有的认为我说谎，不过我始终坚信那个姐姐就是我，所以在上大学期间，我看了很多关于多维空间以及穿越、时间之类的书籍。很多人都觉得，穿越这种事只是人们想象出来的，或者只会发生在未来，可是我觉得它正在发生，也许K科技已经研究出了穿越的方法。还记得我们这个项目叫什么吗？"

"T项目。"周凯脱口而出。

"那你知道为什么叫T项目，而不是W项目、G项目或者Y项目？""白小熙"重新把小盒子揣进兜里，随后看向周凯，故意压低声音，"Time Travel，时间穿越。K科技应该是用首字母命名的这个项目。"

"天啊，K科技这样做合法吗？"周凯虽然对"白小熙"所说的理论似懂非懂，可她一提到"时间穿越"这个词，他脑海中马上浮现出类似《蝴蝶效应》《时间旅行者的妻子》等影片，"他们并没有详细告知志愿者接下来要参加的是什么项目，有什么危险。"

"所以说，当然是不合法了，如果合法的话他们就不需要隐瞒了。""白小熙"拿起刚才演算的草稿纸皱起眉头，"我现在需要一个安静的环境来跟这些数学公式作斗争，你先躺下睡一会儿吧，养足精神。"

"白小熙"不再理会周凯，一脸认真地对着图纸写写画画，时而皱起眉头表情凝重，时而嘴角上扬露出淡淡的微笑。周凯看着眼前这个比"现实"中还优秀的"白小熙"，突然有些羡慕那个死去的警察周凯，羡慕他们存在的那个空间里，两人从小私奔不离不弃，最终走进婚姻殿堂的爱情。

"现实"中，未曾在书店遇见白小熙之前，他也无数次幻想过，假如白小熙在遭受母亲出医疗事故后被送到亲戚家时，他能够一直陪伴她，他们的结局或许会有所不同。眼前的"白小熙"让他的幻想变成了现实，原来在无限的平行空间里，也有那么一个空间真真切切地发生了这样的事。警察……因为爱好悬疑推理小说的缘故，在无数个难眠的夜,他也不止一次幻想过自己成为警察,跟歹徒博弈,破解死亡之谜。北都公安局……因为白小熙的意外之死,案件分配到了欧阳宇之的手里,周凯那阵子经常出入朝谷分局,偶尔他走在公安局的走廊里,看着每个办公室里忙碌着的警察,会有一种熟悉感,就好像曾经自己也在这种环境中战斗过,或许这种突然涌出的熟悉感,就是来自对另一空间里自己的感知。

第二十八章

周凯做了个梦,很长很长的梦。梦里白小熙死了,自己则被困在了一座迷宫里,迷宫里生活着巨大的野兽,它们凶残暴躁,毫无人性。他还在迷宫里遇见了无数个死而复生的"白小熙",她们有着既相同又不同的人生经历。

"快清醒清醒。"一个声音钻进周凯的耳朵,紧接着他感觉有人在推揉自己的身体,"我们该出发了"。

恍惚中,周凯睁开眼,他看见了一张脸,一张熟悉的脸。"小熙,原来是你。"周凯感觉全身骨骼都疼痛难忍,嘴唇干裂喉咙干渴,就好似昨晚喝了一整晚酒,喝到宿醉,"我做了个噩梦。"他强忍疼痛抬起手,试图抚摸那张脸,然而那张脸却躲开了。

"你正在噩梦里。"那个声音近在咫尺。

眼前的一切从虚幻变得真实,周凯扭头,看向坐在自己身旁、手里拿着草稿纸的"白小熙",一瞬间所有的记忆全部找了回来。他吃力地双手撑地使自己坐起身,干巴巴地吧唧了几下嘴唇,嗓音沙哑地说:"这要是场噩梦该多好。我睡了多久?"

"噩梦总会醒来,在这里是醒不来的。""白小熙"没回答周凯的问题,她站起身伸了个懒腰,"我算出能让时间恢复初始值的时间了,一点二十六分。只要找到这个房间,两点二十二分的出口房间就会出现。不过有一点比较困难,当我们进入一点二十六分的房间,把时间恢复到初始值后,就不能再进入别的房间了,否则出口房间依旧会消失。所以到时不管是遇到野兽,还是遇到什么别的情况,我们都只能在走廊里躲避。"

"可是不进入房间,又怎么知道房间里的时间是两点二十二分呢?"周凯提出疑问。

"完全靠推算。""白小熙"在周凯面前晃了晃手中的草稿纸,"我会根据一点二十六分这个时间点推算出每个房间里的时间,如果我算错了,一切就得重新开始。""白小熙"说完对周凯眨了下眼:"祈祷吧。"

周凯打起精神,跟"白小熙"走出房间。走廊里血迹斑斓,每走一段就能看见地上躺着一具尸体,这些尸体有的是戴萌,有的是"白小熙",有的是周凯,有的是朱辛。B区是野兽的地盘,没人知道已经有多少于忆凡突变成了尖嘴獠牙的野兽,也许一只,也许两只,甚至也许是十只。每次听见野兽的低吼声,两人就躲到最近的房间里,等到野兽离开,再从房间里出来继续寻找。

一路上,他们只看到了尸体的残肢,没遇见任何一个活着的人。也许迷宫里除了周凯和"白小熙"外,其余人都已经被野兽杀死了。这是否证明野兽也如他们一样,已经饿得饥肠辘辘,急需食物?

"一点二十六分。"周凯推门走进一个房间,看着手腕上的表,神情凝重地说道。

这个房间是将迷宫恢复初始值的关键,同样也是危险的开始。周凯明白,一旦从这个房间里走出去,他和"白小熙"就不能再进入任何房间,直到推算出时间为两点二十二分的出口房间为止。

现在,他们身上除了有几把刚才从尸体上搜寻到的军刀外,便没有任何武器了。他们真的能躲避掉那些残暴的野兽逃离迷宫吗？周凯没有任何底气，如果是几个小时前，他还敢尝试着跟野兽搏斗，可是现在他已经使不出力气了，若不是还有一丝要保护"白小熙"并带她逃离迷宫的信念支撑着，恐怕周凯早已选择放弃求生。

"白小熙"似乎并不担心这些，进入房间后她便拿出草稿纸开始在上面计算："以这个房间为起点，每条走廊有六个房间，我需要一个一个先把这条走廊上房间里的时间推算出来，然后我们去下一条走廊。"

"你真的不担心就算我们知道出口在哪儿，也逃不过那些野兽吗？"周凯看着全神贯注的"白小熙"询问道。

"担心又有什么办法？不能因为看见了前方有困难就止步不前。""白小熙"没有抬头看周凯，一边在草稿纸上写一边说，"我们躲在这里也只有死路一条，不是饿死就是被野兽杀死，尝试着面对的话，或许还有机会。"

"你总是这么正能量，在'现实'里。不，这么说可能不太准确，在我的时间里，你也是从不言败，不管前方的路有多难走。"听了"白小熙"的话，周凯突然感觉自己的担忧有些多余，"对了，你调查K科技，是因为当年你母亲的医疗事故吗？"

"是，也不是。""白小熙"抬头看了一眼周凯，又继续写写算算，"我母亲的医疗事故是因为振华医药把未经过国家审核的药物私自出售给了各大医院，我已经把振华医药彻底扳倒了。后来我得知振华医药是K科技的下属公司，所以他们才是罪魁祸首。当时我是这样觉得的，所以对他们展开调查，但一直也没调查出什么，直到看见朱礼仁的视频。朱辛对我讲述了他儿子的遭遇，后来在调查走访中，我又找到了几名跟朱礼仁有相同遭遇的人，那时我就不单单是为了自己母亲了，而是要为当年所有被迫参加K科技人体试验的家庭讨回一个公道。这是记者的使命。"

"在你的时间线里,我支持你吗?"周凯若有所思地询问。

"当然,凯也有他的使命,我们的使命是相通的,都是在打击罪恶。""白小熙"丝毫不吝啬对警察周凯的崇拜,"当警察以来,他破获过很多大案,亲手把很多凶徒关进了大牢。凯是我的偶像,如果没有他的话,很多时候我会怀疑自己的坚持是否是对的。"

"或许我没有找到自己的使命,所以在我的时间线里,小熙从来不会跟我谈论工作上的事。惭愧的是,直到她出了意外,我才从别人口中真正走进她的生活。"周凯叹了口气,"我在想,如果能够重来一次,我会多了解了解她工作上的事,跟她一起面对生死抉择。然而一切都来不及了,这些遗憾会跟随我一辈子。"

"有遗憾的人生才是人生。""白小熙"把草稿纸收起,起身说,"走吧,出口不在这条走廊。"

周凯起身拿出军刀,将其打开握在手里,深吸几口气后,跟随"白小熙"走出房间。两人并没在这条走廊里过多停留,到达下一条走廊后,"白小熙"又重新拿出那些已经被写得密密麻麻的草稿纸推算起来。周凯站在她身旁作防御状,随时准备好面对野兽的袭击。时间突然变得很慢,远处传来的每一声低吼都让周凯神经紧张。

"也不在这条走廊。""白小熙"说完重新迈动步伐拐到下一条。

这条走廊里有两具尸体,已经分不清是谁,只留下血迹斑斑的白骨,让人不寒而栗。野兽的嚎叫声似乎又近了些。"不在。""不在。""不在。"连续走过几条走廊,并没有碰见野兽,只有嚎叫声忽远忽近。周凯早已汗流浃背,但他丝毫不敢怠慢,生怕一个不留神,眼前的"白小熙"就会像之前那个"白小熙"一样,成为野兽的晚餐。

又走了两条走廊，在拐过另外一条时，周凯发现有只野兽站在走廊中间左右观望，这只野兽周凯见过，正是这只野兽让他见证了于忆凡从人变成野兽的过程。它只有一条腿，身上已满是伤口，那些伤口不像是人为的，更像是野兽间相互撕咬留下的，鲜血不断从伤口中流淌出来。

难道野兽间也相互厮杀？周凯示意"白小熙"停下，自己则大脑飞速运转，想着怎么解决掉眼前这只野兽。虽然它只有一条腿，行动不便，但硬拼的话，周凯依旧没有多少胜算。"看样子我们必须要通过它去下一条走廊才行，出口不在这儿。""白小熙"似乎掌握了某些规则，推算起来比之前快了许多。

"有什么好的建议吗？"周凯压低声音询问。

"它很恐慌，也许是因为只有一条腿不够强壮的原因，它被同伴当成了猎食的对象。它经历过很惨烈的战斗才逃脱出来，被同伴抛弃，无法猎到食物，只能捡同伴吃剩的尸体，现在它的心理一定很脆弱。虽然是人类进化成了野兽，表面上看已经失去了人类的特性，但属于人类的那部分情感应该在。我们需要去找它谈谈。""白小熙"伸头观察着野兽的一举一动，低声说，"虽然不确定它是否能听懂，但它肯定对自己的身体状况十分了解，受了那么重的伤，如果我们不做让它觉得有威胁的举动，它应该不会主动攻过来。我们需要赌一把。"

还没等周凯发表任何看法，"白小熙"已经站起身，双手举过头顶走了出去。她说得对，野兽看见"白小熙"后，并没有展现出凶残的一面，而是向后蹦了几步，眼睛死死盯着"白小熙"。

"于忆凡，你还认得我吧？"周凯也走了出去，挡在"白小熙"身前，当着野兽的面将手里的军刀丢掉，然后学着"白小熙"举起双手，"你注射了K科技给你的药物，以为变强后就能够在迷宫里生存下去，现在看来你的境遇也并没有比我们好多少。"

野兽伸手扶着墙壁，脑袋向左边歪了歪，似乎对周凯的话一知半解。"你现在伤得很重，让我们来替你包扎。"站在周凯身后的"白小熙"一边说着一边做着动作，试图让野兽明白他们的意图。野兽低头看了看自己身上的伤口，紧接着整个身体慢吞吞地靠墙坐了下来。见状，周凯跟"白小熙"慢慢移动，一直来到野兽身边。野兽依旧盯着"白小熙"和周凯，但没有表现出任何攻击意图。"白小熙"率先脱掉自己的衬衫，上身只留下一件内衣。她拿出军刀，将衬衫划成几条，然后开始替野兽包扎手臂上和腿上的伤口。

或许是因为处理伤口时疼痛难忍，野兽偶尔低吼一声，它好像是怕引来其他野兽，所以发出的声音并不大，有些像猫咪的呜咽。用了大概半个多小时，伤口终于处理完毕，"白小熙"起身，周凯将自己的外套脱下来披在她身上，自己则光着上身。

"现在你需要在这里休养，而我们要去下一条走廊。""白小熙"语气温柔。

野兽将一只腿弯曲，胳膊放在上面，头靠在胳膊上，样子也像极了温顺的猫咪。周凯走过去捡回军刀，两人拐到下一条走廊时，周凯回头看了眼野兽，它眯着眼睛，眼神里流露出感激之情。

"你说，野兽真的有感情吗？""白小熙"在推算这条走廊上房间里的时间线时，周凯在旁边问道，"如果有的话是不是代表其他野兽也可以用同样的方法？"

"凶猛的动物群体里要是有一只缺胳膊断腿无法猎食的，并不会引来其他同伴的怜悯，反而会因为弱小而遭到欺凌，这时候遭到欺凌的个体就很渴望被关心、被认可。其他野兽则不然，它们以猎食为荣，要是到手的食物从自己嘴边溜走，对于它们来说是极大的耻辱。迷宫里的野兽虽然由人变化而来，但已经完全失去人性，现在的它们就是凶猛的动物。""白小熙"摊了下手,"这次是我们幸运而已,遇见的是它。"

可悲的是,那只断腿的野兽在还没蜕变成野兽之前,曾在迷宫里跟野兽战斗了六个月,直到被咬断腿,无奈之下注射了药物,就为了能够变成野兽的同伴生存下去,但并没有如愿。恐怕它也没想到,自己会被自己排挤……

第二十九章

"假如我们能从这座迷宫里逃出去,你最想干吗?""白小熙"的体力也透支了,她坐在地上休息,用舌头舔了舔干裂的嘴唇问道。

"想吃顿好的,想回家躺在床上睡个三天三夜。"周凯有气无力地撇嘴笑了下,"还想冲个热水澡,不过要说最想的……我手机里录了一段迷宫里的视频,我想第一时间把它交给曲华。在我的时间线里,曲华是白小熙的责任编辑。我想这段视频应该能够完成小熙的遗愿,并让K科技得到应有的处罚。你呢?出去后你最想干吗?"

"我……""白小熙"低下头,轻声说,"我还没想好。"

"把手伸过来。"周凯朝"白小熙"靠了靠。"白小熙"有些疑惑地伸出手,这时周凯用军刀在自己的手腕上轻轻划了下,新鲜的血液顺着伤口滴落到"白小熙"的掌心。"你?!""白小熙"想说什么。周凯打断她:"我们已经超过四十八小时滴水未沾了吧?想要活着逃出迷宫,就把它喝了吧。"

"谢谢。""白小熙"小心翼翼地把手里捧着的鲜血送进嘴里,然后在外衣上割下一块布条替周凯包扎好,她缓缓靠在周凯的胸口上,闭上双眼,"你有跟凯一样的心跳。"

周凯犹豫了下,还是顺势把手搭在了"白小熙"的肩膀上,然后也闭上双眼,把鼻子凑到"白小熙"头发上嗅了嗅,说:"你有跟小熙一样的香味。"

记忆如电影，一幕幕在眼前闪过，周凯想起了跟白小熙的很多第一次，第一次约会，第一次接吻，第一次缠绵。是的，他们也曾有过这样的对话，那是在两人初尝禁果之后。那个清晨，阳光洒在床上，白小熙躺在周凯胸前，用手指在他肚脐上轻轻划着圈，声音既娇羞又温柔："我听得到你的心跳。"周凯抚摸着她的秀发，陶醉地深吸口气："我能闻到你的香味。"白小熙咯咯笑着，把嘴凑到周凯耳朵边，语气挑逗地说："那你要记住这种香味，以后只要闻到就要想起我。"

"小熙，告诉我这不是一场梦。"周凯抚摸着"白小熙"的秀发，陶醉在这种香味中无法自拔。

"凯，这是梦。等我醒来，你会在我身边。""白小熙"把嘴凑到周凯嘴边，呼吸开始变得急促。

周凯失去了理智，此刻他忘记了自己身在哪里，忘记了他深爱着的那个白小熙早已归西，忘记了迷宫里的危机四伏。一对失去彼此的男女，相互找到了慰藉，忘我地感受着当下。时间一分一秒地流逝，直到不远处传来一声高昂的吼叫，才将他们拉回到现实。周凯收回自己的欲火，强行推开"白小熙"，拿起军刀看向走廊尽头。尽头处，一只庞大的野兽正对着他们虎视眈眈，眼神里充满了对食物的欲望。

"跑，快跑！"周凯拉起坐在地上的"白小熙"，将其甩到身后，自己则紧握军刀正视野兽，做好了拼尽最后一丝力气的准备。

野兽看见即将到手的食物跑掉，仰头撕心裂肺地嚎叫一声，紧接着朝周凯冲了过来。周凯知道自己不能躲开，一旦躲开，身后的"白小熙"便会有丧命的危险。他也吼叫一声壮了壮胆，接着迎面奔跑两步跳起身，将手里的军刀扎向野兽的腹部。

刀直接刺了进去，但野兽并没有被击倒，它甚至都没有察觉有一把刀插进了肚子。野兽直接将周凯撞飞数米，在周凯摔落到地上还没有起身之际，野兽飞扑上来，用两只爪子按住他的手臂，骑在了他的身上。

这并不是周凯第一次被怪兽压在身下，上一次是那个警察周凯救了他，这次还会有奇迹吗？周凯的手脚使不上任何力气，野兽知道被自己压在身下的食物已经没有逃脱的可能，所以它并没有马上进食，而是挑衅般地在周凯的脸上舔了舔，随后连续发出几声低吼，这才张开嘴向周凯的脖颈上咬去。

千钧一发之际，周凯听见了"嘭嘭"的声音，紧接着身上的野兽被巨大的力量撞开。奇迹再次出现，那只断了一条腿的野兽，此时跟压在周凯身上的那只野兽扭打到了一起，但很显然，断腿的野兽无论是速度、力量，还是灵活度，都远不如对方。

周凯费尽全力站起身，愣愣地看着两只野兽间的战斗，这时拼力搏斗的断腿野兽回头对周凯嚎叫一声，紧接着喊出了一个字："走。"周凯回过神来，转身疯狂奔跑，直到跑离这条走廊。"白小熙"并没跑远，她就在下一条走廊跟另外一条走廊拐角的地方，神情凝重，面容苍白，似乎是被刚才的野兽吓到了。

"你没事吧？"周凯走到"白小熙"跟前，关心地询问。

"白小熙"把手里的草稿纸递给周凯，生硬地说："我算出两点二十二分的房间了，就在拐过去这条走廊的左边第二个门里。"

"真的吗？太好啦。"即将逃离迷宫的兴奋让周凯忘记了身体的伤痛，也忘记了刚才的虎口脱险，他上前拽起"白小熙"的胳膊，"那我们赶紧过去。"

"白小熙"阻止了周凯，说："你应该先看看那条走廊的情况，再高兴也不晚。"

周凯疑惑地走到这条走廊与下一条走廊的边缘，小心翼翼地探出头查看。能够逃离迷宫的出口房间外，站着三只庞大的野兽，在这三只野兽的身后，还有四五只野兽，它们有的坐在地上，有的来回走动，有的在门旁嗅来嗅去。比野兽更恐怖的是，走廊里几乎躺满了周凯和"白小熙"的尸体。眼前这一幕让周凯瞠目结舌，他收回探出去的头，顺着墙壁跌坐在地上，用牙齿狠狠咬着自己的拇指，眼神中透露出绝望。

"看样子我们不是第一个找到出口房间的人，但似乎也没人成功。怪不得这些野兽不愿离开，或许它们知道，不久还会有人送上门来。""白小熙"站起身，从裤兜里拿出那个小盒子，盯着它看了几秒钟，最后把小盒子递给周凯，"北都市有一家叫'记忆旅行者'的店铺，只有在那里能导出这里的视频。这里的视频，要比你手机里记录的更有说服力，答应我，一定不要让它落入 K 科技手里。"

"白小熙"把小盒子塞进周凯手里，紧接着脱掉外套还给周凯，自己则朝拐角处走去。周凯反应过来她要干吗，急忙站起身抓住她："不要，应该离开这儿的是你，你还有你的使命。"

"我的使命已经完成了，现在凯在哪儿，我就在哪儿。""白小熙"目光坚定。

周凯想起了得知白小熙出意外后，他每日靠宿醉逃避现实的痛苦，于是缓缓松开了手。"希望我的推算没有出错，祝你好运。""白小熙"咧嘴笑了笑，紧接着笑容消失，她转身毫不犹豫地拐到那条走廊，消失在周凯眼前。

将近十只野兽的嚎叫声震彻迷宫，周凯感觉有些眩晕，他穿上外套，小心翼翼地收起小盒子，闭上眼睛祈祷了几秒，然后用尽全身力气跑了过去。

眼前，站在门边的那三只野兽正疯狂啃咬着"白小熙"的身体，剩下的野兽被堵在三只野兽的身后暴躁地吼叫着，一声接一声。很快有一只野兽发现了奔跑过来的周凯，它嚎叫一声，其余野兽的目光也看向周凯。

"啊！"周凯也发出吼叫声，他用尽所有力气，在离打头的那只野兽只有半米左右的距离时，他飞身一跃，直接撞进了"白小熙"推算出的那个出口房间。被挡在门外的野兽使劲儿砸着墙壁，周凯顾不得它们，抬起手腕，看了眼手表。

两点二十二分。

"白小熙"推算正确，他们成功了。

过去

我梦到了过去。你呢,今天梦到了什么?

第三十章

两点二十二分。

房间外的野兽疯狂地撞击墙壁，墙体仿佛受到了惊吓，开始不断抖动，随后整个房间也开始摇晃起来。

周凯扶着墙壁，眼睛惊恐地盯着房门，生怕那些野兽会破门而入将他撕烂。门外的吼叫声由大到小，随着房间的摇晃，野兽撞击墙壁的声音也逐渐消失，耳边突然静悄悄的，什么声音也听不见。

棚顶的灯开始忽明忽暗地闪动，而且频率越来越快，最后房间里彻底陷入漆黑，伸手不见五指的黑，仿佛置身于天地初开之前，世界混沌一片。周凯摸索着墙壁来到门前，将房门缓缓推开。

光，极为刺眼的光直射双眼。周凯伸手挡在眼前，这才发现，门外不再是幽长的走廊，也没有嗜血凶残的野兽，而是一台电脑，一个大柜子。周凯就是从这里误闯进迷宫的，如今又回到了这个房间。他的脸上闪过一丝笑意，拖着疲惫的身躯跌跌撞撞地跑出房间，房间在二楼，楼下是空旷的大厅。

他沿着楼梯跑下去，逃离玻璃厂房。外面的世界阳光明媚，太阳温暖的光线就如同某位少女的纤纤玉指，划过他的每一寸肌肤。远处，高楼林立，空中有鸟儿自由翱翔，周凯闭上眼，仿佛听见了孩童的打闹声，听见了小贩的叫卖声，听见了汽车的鸣笛声。

回来了，终于回来了！

从噩梦中苏醒，一切的一切如此熟悉，周凯走出凌远木材加工厂。工厂外面是一条宽阔的马路，由于这里远离市区，附近也没有住户，所以马路上不见任何车辆，也看不见任何人。

周凯想起自己来这儿前从曲平村借的那辆摩托，原本应该停在了工厂外的那棵松树下，可是现在树下根本没有摩托。自己在迷宫里差不多待了一周的时间，或许是有人路过偷走了摩托？周凯没打算在这件事上纠结，他在一条水沟前蹲下身，把整个头伸进水里尽情地喝着，喝完后又顺便洗了把脸，这才沿着马路朝北都市的方向走去。

他身上的衣服被撕得破破烂烂，胡子拉碴，双眼充血，看上去像极了拾荒者。周凯走了四十多分钟，在穿过一个叫"三人班"的村庄时，他见有户人家大门敞开，院子里的衣架上搭着几件衬衫，门边放着个小框，框里装着洗好的柿子、黄瓜。周凯见四下无人，便走进去拿了几个柿子和一件衬衫。出来后他在路边大口吃掉柿子，把身上破烂的衣服脱下来扔在一旁，换上了干净的衬衫。

衬衫有些肥，但也比扔掉的那件强多了。走出村子，朝市里去的那条路上车渐渐多了起来。周凯兜里没钱，他试着站在路边伸手，想拦下一辆搭顺风车回去，然而站了半天，没有一辆车肯停下来询问，最后周凯只能选择步行。

一路上见到的车越来越多，人也越来越多，进入市里时，天已经有些黑了，街道两旁灯火通明，车水马龙。周凯一边走一边感受着周围的一切，好的、坏的、高雅的、低俗的，都真真实实地发生在眼前，构建了真实的世界。周凯用了将近三个小时，终于回到了租住的房子。他用放在脚垫下的备用钥匙开门进屋，懒得伸手开灯，借着月亮的光亮来到沙发前，一头扎进沙发里。

终于，终于，终于能舒舒服服地睡上一觉了，周凯感觉到了前所未有的幸福感，柔软的沙发垫好似母亲温暖的怀抱，手腕上的机械手表发出哒哒哒哒的响声，像是仓鼠在啃食着杂粮，又像是某人的喃喃自语。

久违的熟悉感，周凯的身体越来越放松，最后跌进了梦乡。他似乎是做了一场美梦，脸上始终挂着微笑，偶尔还会脱口而出"小熙"两个字。

夜，陷入了寂静！

周凯再次醒来，天已经大亮。从沙发上坐起身，他打量了一下熟悉的房间，紧接着走进洗手间冲了个热水澡，完事后又烧水给自己冲了碗泡面。等待面泡好时，他把兜里的物品一一拿了出来。

碎掉的手机、破旧的北都市地图、"白小熙"交给他的小盒子、一支笔、一张名片、几张写满数字的图纸。周凯把笔放在一旁，将图纸揉成团扔进垃圾桶，然后拿起小盒子，自言自语地说道："记忆旅行者。"

"白小熙"说只有这家叫"记忆旅行者"的店铺能够导出盒子里面拍摄下来的视频。周凯从没听说过这样一个店铺，他起身找到充电器，给碎掉的手机充上电，然后试着开机。手机还能开机，只是屏幕因为碎掉的原因触觉有些不灵敏。周凯一边吃面一边打开手机地图，在里面输入"记忆旅行者"进行搜索，地图上很快便出现了这家店的具体位置。他将其截图存进相册，再次返回到手机桌面时，周凯注意到屏幕上显示的时间为九点三十八分，时间下面的日期为：八月十五日，星期二。

周凯记得自己是九月十五日从曲平镇回到北都时误闯进了迷宫，虽然不知道自己在迷宫里被困了多久，但最起码有四五天，按照这个时间计算的话，现在应该是九月十八日或者十九日才对，可现在手机上的日期整整提前了一个月。

难道是手机出了故障？周凯发现 SIM 卡也显示的是无信号状态。楼下似乎有人在争吵，传来阵阵吵骂声，周凯若有所思地放下手机，起身走到窗边朝楼下看去。马路对面是一家麻辣烫店，此时店外站着一位看上去五十岁左右的中年女子，她正指着店里又喊又叫，原因似乎是店老板多收了钱。中年女子的身边，围了一圈看热闹的人。眼前发生的一幕让周凯的心里涌出一股熟悉感，似乎曾经遇见过相同的场景。他皱起眉努力回忆，却回忆不出。也许是梦里梦见过吧？周凯这样安慰自己，刚想转身回客厅，然而就在这时，他猛然在楼下看热闹的人群中发现了一张熟悉的脸。

放松的神经再次紧绷，心脏也开始加速跳动。那张脸明明是属于他的，如今却长在了别人的脸上……

那张脸的主人站在人群中看了会儿，紧接着到街边拦下了一辆出租车，临上车前，他若有所思地抬头，朝自己租的房子看了一眼。周凯像是做贼心虚似的，急忙蹲下身，隔了将近一分钟，再次起身时，那辆出租车已经开走了。

中年女子似乎吵累了，摆手嚷嚷着"都散了吧，没什么好看的"。周凯一脸茫然地离开窗台走回到沙发前坐下，神情紧张地拿起手机，重新看了眼手机屏幕上显示的日期，紧接着他像触电一般将手机扔到茶几上，胸口开始起伏不定。

"这不可能，这不可能，绝对不可能！"周凯使劲儿地摇了摇头，视线却转向了茶几下方摆放着的遥控器。

他伸手拿起遥控器打开电视，此时中央一台正在播放午间新闻。周凯的耳朵嗡嗡作响，根本听不清主持人在说些什么，他的视线直勾勾盯着电视屏幕左上角的时间，那个时间跟手机上的时间完全一致。

第三十一章

二〇一七年八月十五日,星期二。这一切都是真的!

就算手机摔坏了导致时间出错,可电视上显示的日期是不可能错的,除非有人联合了电视台,而且是央视,一起戏弄他。

周凯感觉喉咙干渴,他跑到冰箱前,拿出一大瓶矿泉水咕咚咕咚喝了起来,喝完后把剩下的半瓶水举过头顶淋了下来。冰凉的水顺着头发流进脖颈,滑过后背打湿了衬衫。周凯擦了把脸,然后又仔仔细细地打量了一圈卧室。

是的,客厅的确比他进入迷宫前干净了不少。当时因为无法接受白小熙的突然死亡,他每日酗酒,也懒得收拾屋子,所以地面上都是东倒西歪的酒瓶,角落里摆着很多吃剩的外卖,现在那些外卖和酒瓶全都凭空消失了。周凯推开卧室的门,床上被褥叠得整整齐齐,枕边摆放着一本名为《告白》的悬疑小说。

这是一本很久前出版的小说,周凯先前读过,但没读完,恰巧白小熙手里有,于是周凯就让白小熙拿了过来。八月十四日晚,对,那天晚上他下班后回到家,大概八点左右白小熙送来了这本书,然后两人去了附近的餐馆吃烤肉。那晚白小熙喝了些清酒,吃完后周凯去了白小熙家。次日,白小熙早早地就去报社了,周凯一直睡到七点多,刚出门就接到了白小熙的电话,说是忘了拿一个U

盘。就这样，周凯先去《北都法报》给白小熙送了一趟U盘，然后才返回溪海书屋。从《北都法报》到溪海书屋先要坐三站108路公交车，108路就在周凯租的房子附近，所以下车后他多走了几步，想去下一个站点坐93路公交车回溪海书屋。结果在出租屋对面的麻辣烫店，有一个中年女人骂街，周凯站在人群中跟着看了会儿热闹。这时他接到了溪海书屋店长打来的电话，说总部来人例行检查，让周凯快点回去准备，于是，周凯在路边拦下了一辆出租车。

昨晚，周凯从郊区一路走了回来，当时他并没注意时间，但回到出租屋时天已经黑了有一段时间，应该是在八点以后，那时八月十四日晚的他正跟白小熙吃着烤肉把酒言欢，所以出租屋里才没人。

"很多人都觉得，穿越这种事只是人们想象出来的，或者只会发生在未来，可我觉得它正在发生。"周凯回想起了"白小熙"在迷宫里所说的话，也想起了那本《量子宇宙》封面上的话——"一切可能发生的正在发生！"

"八月十五日。"周凯又默念了一遍这个时间，紧接着看向床头柜。床头柜上摆着一个相框，相框里是他和白小熙儿时的合影。那是他们儿时唯一的合影，那个年代照张相并不容易，因为不常照相，相片里两人的表情都显得有些生硬。八月十五日，白小熙还活着，她是九月初出的意外。

既然白小熙还活着，那个跟白小熙长相一样的女人呢？难道那个"白小熙"也跟周凯一样，是从迷宫穿越而来？如果真如他想的这样，是不是意味着，老天给了周凯一次改写未来的机会？

白小熙出意外是在九月，周凯的时间很充足，他完全可以利用接下来的时间阻止凶手谋害这个时间线里的白小熙。周凯这样想着，走到床头柜前蹲下身，打开柜子在里面翻了翻，翻出一个铁盒子,打开,里面有一摞现金,有两千块左右。周凯拿出五百,将其余的放回到铁盒子里。紧接着他回到客厅,把放在茶几上的手机、地图、名片、小盒子放进兜里,收起垃圾换上新的垃圾袋,确定房间里没有留下任何关于他的蛛丝马迹,这才放心地下楼离开。

他在出租屋附近的服装店里买了一顶帽子,然后又走进手机店办了张新卡放进手机。第一通电话,周凯打给了从迷宫里带出来的名片的主人。那张名片正面写着"量子学博士生导师傅生",背面写着一串电话号码。

拨通电话后嘟嘟响了几声,紧接着一位声音听起来有些苍老的女性接起了电话:"你好!请问找哪位?"

"傅生,我找傅生。"周凯不知道这个傅生跟K科技之间有什么关联,但既然在迷宫里找到了他的名片,或许可以从他口中了解到一些关于迷宫和穿越的事。

"老头,有电话找。"电话另一端苍老的女性喊了句。等了几秒后,话筒里响起了老年男子的声音:"哪位找我?"

"傅老师,您好,我冒昧打电话过来是想请教您一些事,我们能约个时间面谈吗?"周凯说完停顿了一下,发现傅生并没有马上接话,于是又说道,"我想问些跟K科技T项目相关的事。那个迷宫,我进去过。"

"明早九点,崇阳路二十三号,那里有家书屋,我在那里面等你。"傅生听到是跟T项目有关,声音略显激动地说,"到时不见不散。"

挂断电话,周凯记下明天要赴约的地址,接着拿出手机找到相册,看了看先前截图下来的"记忆旅行者"的地址,然后拦下了一辆出租车。四十分钟后,出租车停在了这家名为"记忆旅行者"的店铺门前。这家店铺门面并不大,牌匾设计得古色古香,貌似有些年头了,店外的墙壁上爬满了藤蔓。

店铺的门敞开着,周凯走进去后,首先映入眼帘的是一把藤椅。有位看上去六十多岁的老人坐在藤椅上,手里拿着本贾平凹的《废都》,正在认真地读着,并没有察觉到有人走了进来。

"老人家,您是这家店铺的老板吗?"周凯来到老人身边,礼貌地询问。

老者放下书推了推眼镜,点头说道:"是的。"

"我这里有个类似美瞳的录像设备。"周凯说着从兜里拿出小盒子递给老者,"听说只有您这儿能把里面的数据导出来。"

老者从藤椅上站起身,拿着小盒子走到柜台后,将盒子打开拿放大镜看了半天,最后一脸惊讶地说:"这不可能啊,小伙子,这个东西你是从哪儿得到的?"

"一个朋友,他利用这个设备录下了一些视频,很重要的视频。"周凯如实回答。

"你那个朋友呢?"老者继续发问。

"出了些事,现在生死未知,她一再嘱咐我,让我来这家店铺。"周凯走过去站在老者对面询问,"有什么问题吗?"

"这……这是……这是'天眼一代'!不可能啊,目前这个产品还在研究当中,性能十分不成熟,除了我这儿不可能在别的地方弄到。"老者说着转身走进里屋,再出来时,他手里拿着一个一模一样的盒子,将其打开,里面有个跟"白小熙"给周凯的东西一模一样的美瞳,"十年前,我突发奇想,以'让记忆看得见'为理念,跟几个志同道合的朋友开始研发这款产品,目前我手里的这个样机是我们花了十年时间研发出的第一个试验机,可以说全世界只有这一个。你这个……不可能。"

"让记忆看得见?"周凯也不知该如何跟老者解释,干脆把话题

211

扯到了别处,"这个想法听起来很棒。"

"伴随着成长,我们的记忆会越来越模糊,很多细节都会出错,我们所要研发的是记录完整记忆的设备。相机可以记录记忆,但它是定格的,DV可以记录记忆,但我们不可能整天拿着它记录。你想象下,如果一个婴儿从出生那一刻开始,我们就在他的眼睛里安装一个这样的记录设备,记录他每一分每一秒的成长,然后把这些记忆全部储存起来,等他长大,或急需某段记忆的时候,就可以通过设备精准地提取出来。假如我们每个人的身上都有这样一个设备,警方抓凶徒时不需要他招认,直接提取出他的记忆就好了。"说到自己研发的产品,老者开始滔滔不绝,"不过我们研究了这么久,虽然做到了把录像设备缩小到眼膜这么薄,但耐久性还没有一个很好的解决办法,这个样机最多只能连续工作三个小时。不过我们几个还会继续研究的,等它研制成功,一定能轰动世界。"

"你们会研究成功的,也许在某个时空里就已经研究成功了。"周凯听一位六旬老人激昂澎湃地讲述着自己的理想,既有些心酸又很受鼓舞,"有可能我拿来的这个'天眼'就是您在那个时空里亲手给她的。"

老者眨了几下眼,似懂非懂地看向周凯:"导出这里面的视频需要专业的设备,那些设备只有我这里有。小伙子,我可以帮你把里面的东西导出来,那你能把你的'天眼'送给我吗?"

"可以,这本来就是您的东西,我现在是物归原主。"周凯淡淡笑了下。

老者不再纠结为什么自己研究十年的成果会出现第二个,他拿着小盒子笑呵呵地走到电脑旁,弄了将近半个小时,最后将一个U盘扔给周凯:"我设置了密码,170815。很好记,是今天的日期。"

周凯接过U盘,猛然想起自己进入迷宫之前在"恐怖体验馆"

里找到的那个U盘，两个U盘的款式完全相同。看来当时他找到的就是这个U盘，而里面装的正是警察周凯在迷宫里录下的视频。周凯不知道自己进入迷宫后迷宫外发生了什么，也不知欧阳宇之是否拿到了U盘，是否破译了密码。

U盘和那张北都市的图纸是促使周凯去凌远木材加工厂，并误闯进迷宫，穿越回一个月前的关键，假如周凯没能阻止白小熙的死亡，这两样东西将促使现在这个时间线里的周凯再次穿越，重新来过。恐怕当时留下这些线索的另一个他也正是这个意思，那现在他重新穿越回来，是不是证明那个他没有成功？

走出"记忆旅行者"店铺，周凯若有所思地站在玻璃窗前看了看自己，现在的他变成了另一个自己，耳朵旁边的那道疤痕清晰可见。

上一位从迷宫归来的自己并没有成功改写未来，那他这次能成功吗？虽然现在穿越回了一个月前，也知道白小熙会在半个月后出意外，但他并不清楚这期间将会发生什么事。对于他来说，一切依旧是未知！

周凯去了谷海北路一百一十二号找到"恐怖体验馆"，将U盘和北都市地图用塑料袋装好，重新放回白鲸鱼下面。要是他没能改写未来，半个月后的周凯会来到这里拿走这两样东西重新开始；要是他成功改写未来，到时周凯可以自己来取走它们，并把它们邮寄给活下来的白小熙，让她完成使命。

从"恐怖体验馆"回来时天已经黑了，今晚，存在于八月十五日的周凯会回到出租屋，所以周凯在白小熙居住的小区附近找了个小旅店开了个房间，然后用剩下的钱在附近的大排档撸了些串，喝了几瓶啤酒，吃饱喝足后正好有些晕晕乎乎，便直接回到小旅馆睡下。

213

第三十二章

周凯起了个大早，洗漱完毕后便去了白小熙居住的小区的正门，为了不被她发现，除了戴遮阳帽外，周凯还在店里买了个口罩。白小熙不出差的情况下，她通常会在早晨六点出门，风雨无阻。

小区正门不远处有棵老槐树，周凯躲在树后等了大概十几分钟，这才看见白小熙从小区里走出来。她今天穿着成套的黑色运动装，脚下是白色跑步鞋。虽然周凯已经接受了穿越的事实，但看见原本在他的时间线里死去的人如今又活生生地出现在眼前，感觉很奇妙，很不真实。

白小熙先绕着小区外围跑了一大圈，紧接着在包子铺吃了早餐，完事后才去附近的公交站点等车。这期间周凯一直跟在她身后不远处，在站点排队上车时，周凯特意让他俩之间隔了四五个人。公交车来后，白小熙先上的车，周凯上车路过白小熙时，她丝毫没有察觉被人跟踪，一直低头看着手机。周凯坐在最后面的座位上，公交车开动后，他一直目不转睛地盯着坐在前面的白小熙，脑海里则回忆着最近发生的种种经历。先是白小熙发生意外死亡，紧接着刑警欧阳宇之告诉他白小熙的死另有原因，在调查过程中周凯发现了跟白小熙和他长相一样的另外两个人，随后另外那个跟白小熙长相一样的人被于忆凡杀害，于忆凡也被警方枪毙。而就在真相快要浮出水面之际，周凯意外闯入迷宫，在迷宫里见到了无数个自己，无数个白小熙，无数个于忆凡，无数个朱辛。本以为逃出迷宫，整件事就结束了，可现在他又穿越回一个月前，自己成为了跟这个时空里的周凯长相一样的人。一切似乎又重新开始了，现在白小熙就活生生地坐在自己前面，可他不能冲上前去对白小熙表达自己的思念之情，也无法对白小熙诉说近日来发生的一系列事情。在这个时空里，穿越而来的周凯仿佛变成了没有"身份"的黑户，成了多余的人。

周凯一时间内心五味杂陈，他突然想起在迷宫里"白小熙"提到的那个穿越理论。假如"白小熙"所说的理论是对的，即使穿越过来改变这个时空里的周凯和白小熙的命运，回到他自己的时空后，一切也不会有所改变，白小熙还是出了那场意外，他还是每日酗酒无法接受白小熙的突然离世。当然，这中间还有一个问题，当他改变了这个时空里周凯和白小熙的命运后，那身为多余人的他，又该何去何从呢？他怎样才能回到自己的时空里？还是说他会永远被困在现在这个时空里，永远成为没有"身份"的多余人？

或许他可以重新进入迷宫，重新进行一次穿越，可周凯并不敢确定，再次进入迷宫后，还能否安然无恙地出来……

公交车停下后，白小熙直接去了《北都法报》。周凯目送白小熙走进华南商业楼后看了看时间，紧接着坐车前往崇阳路去见傅生。下车后，周凯找到崇阳路二十三号，那是一家书店，名叫"崇阳书屋"。书屋里面不大，只有一层，分成借阅区和阅读区，周凯进去时，阅读区只有零零散散的几位读者，其中一位年龄偏大，头发花白，戴着老花镜坐在角落，从气质上看像是教授、学者之类的人物。

周凯走过去，坐在老者对面压低声音询问："请问，您是傅老吗？"

老者抬头，用手指轻轻推了一下老花镜，神情严肃地说："你就是昨天打电话的那个人？"

"是的，傅老，您好，十分感谢您能答应见我。"周凯说着摘掉口罩帽子，从兜里拿出从迷宫里带出来的名片，递给傅生，"这张名片是我在迷宫里找到的，我想您能够解答我内心的疑问。"

傅生拿起名片看了看，紧接着眉头紧锁盯着周凯，说："你不可能进去过迷宫。"

"迷宫分Ａ区和Ｂ区，Ａ区有很多条走廊，很多个房间，每个房间里都有六面镜子，无论看左面右面，还是上面下面，都能看见无数个自己。Ｂ区隐藏在镜子后，Ｂ区里的每个房间都有自己的时间。"周凯想用最短的时间让傅生相信自己的话，"我在迷宫里被困了将近一周，最后才解开谜底逃了出来，然而……"

"不可能的，那迷宫还并未进行过真人实验，你怎么可能进去过？"傅生打断周凯，"你是……从……从哪儿进去的？"

"凌远木材加工厂，二楼一间写着'实验室'的房间里。"周凯如实说道，"那个房间里有一台电脑，打开后电脑热能显示有人，当我进入里面的房间后先是感觉一阵眩晕，等缓过来后打开那扇门就进入了迷宫。"

"你真的是从那个房间进入的迷宫？"傅生两眼发光，他将手里拿着的杂志合上，兴致勃勃地问，"那你能从头到尾仔仔细细地描述给我听吗？在迷宫里，你都经历了什么？看见了什么？是用什么方法逃出来的？"

"可以。"周凯整理了一下语言，紧接着从自己进入迷宫开始，到遇见"白小熙"、于忆凡、戴萌等人，再到怎样在"白小熙"的帮助下死里逃生逃出迷宫以及中间发生的种种事情，说完后周凯深吸口气，"我知道这件事听起来太不可思议了，如果是普通人一定认为我是疯子，可是既然迷宫里有您的名片，您一定知道我说的到底是真是假。"

"真是太不可思议了。"傅生聚精会神地听周凯说完后，声音提高了几倍，双手拍了下桌子。店员走过来对傅生做了个噤声的手势，他才想起自己身在书屋，于是又重新把声音压低些说："我相信你，从你说出迷宫里分 A 区和 B 区的时候我就相信你了。我只是，只是觉得难以置信。你知道那座迷宫是在哪里建造的吗？"

周凯摇了摇头。

"美国，科罗拉多州。K 科技买下了一块五十公顷的地皮，工人全部找的是当地居民，用了五年时间，在地下建造了这样一座迷宫。这是 K 科技目前投资最大的一个项目，共花了四十亿美金，项目简称'T'。你所说的那个木材加工厂，是该项目的一个秘密基地，为了不引人注意，所以 K 科技买下木材加工厂后并没有重新建造，只是简单造了一个玻璃厂房，所有的研发人员都在厂房里工作。这个项目最初立项名是 Space Transmission，简称'S'，翻译过来是空间传送的意思。"傅生摘下眼镜，拿出眼镜布在上面擦了擦，"你所说的那间屋子，就是个传送点，坐标是固定的，只能传送进远在科罗拉多州的地下迷宫。"

"后来该项目之所以由 S 项目改成了 T 项目，是因为 K 科技野心膨胀，把原本的空间传送改成了时间穿越吧？"周凯想起了"白小熙"在迷宫里所说的时间穿越理论，于是猜测道。

"没错，K 科技之所以觉得'时间穿越'能够实现，是因为一个女孩。你听说过叶子吧？就是那个二十四小时直播真人秀的唯一女主。K 科技其实觊觎她很久了，但她之前一直被保护在超级大楼

217

里。前年，叶子逃出了超级大楼，K科技趁机设法抓到叶子，研究了她身上的能力，这给了K科技研究'时间穿越'的可能性。之后K科技组织了大量科学家针对T项目进行研究实验。不过，众多时空都有自己的秩序，如果有人破坏的话，可能会导致时空错乱，有科学家提出'时间穿越'会破坏原本的时空，所以经过研究，我们把时间穿越的地点定在了迷宫里进行。当时的概念是，我们把所有从不同时空穿越而来的人困在迷宫里，然后再安全地送回到各自的时空，这样就避免了对时空造成破坏，从而导致不可预知的后果。我们用小白鼠进行了多次空间传送和时间穿越，最后终于有一只小白鼠被传送去迷宫，并且迷宫里出现了从各个时空传过来的小白鼠。那次试验成功后，K科技决定用真人来做试验，于是对外招募了志愿者。最终入选的志愿者就是白小熙、于忆凡、戴萌和朱辛。K科技安排他们住进别墅进行封闭式培训，然而就在这时，有人匿名举报了K科技的T项目，相关部门介入，导致该项目被迫停了下来。"傅生拿起放在旁边的保温杯，喝了口茶水，接着说，"写匿名举报信的人，是我的一位好友，我们同时参与了T项目，他觉得'时间穿越'实验目前还不够成熟，还有很多未知的东西，所带来的后果也是不可想象的，万一出现意外，会导致所有时空瞬间崩塌，人类重新进入混沌状态。"

"在您所在的这个时空里，您的好友匿名举报了K科技的T项目，可是在别的时空里，貌似实验并没有被叫停，依旧有志愿者参与了进来。我在迷宫里见到的那些人，都是报名参加了志愿者活动被送进去的，他们并不知道实验的最终目的是什么。"周凯说道。

"这才是最不可思议的地方，正常来说，每个时间线里的人所做的事应该都是一样的，比如我在重复前一秒的我，后一秒的我在重复我，不可能我正在这里聊天，而前一秒的我却选择了走开，除非……"傅生盯着周凯说,"除非有人破坏了其他时间线里的我,这就导致不同时间线里的我的人生出现了不同版本,所以才导致了一系列的连锁反应。难道真的有人进行了时间穿越并且成功了?"

"其实刚刚我就想说,但是被您打断了。"周凯四下看了看,见没人注意他们的聊天,这才压低声音说,"我从迷宫出来后发现自己穿越回了一个月前,我不属于现在这个时空,这个时空里还有一个我,这个时空里的我,正在重复我一个月前所做的事。"

"你……"傅生瞪大了双眼,"你是说你是从一个月后穿越回来的?"

周凯点了点头,说:"是的,曾经报名参加K科技志愿者招募的白小熙,在我的时空里她出了意外,为了调查她发生意外背后的真相,我去了木材加工厂,才误闯进迷宫。在迷宫里被困一周后,我再次逃了出来,然后发现自己回到了一个月前,现在白小熙还活着,而我成了多余的人,本不该存在的人。"

"所以你认为这是老天给你的一次机会,你想阻止那场意外?"傅生猜测。

"作为见证者,我不能眼睁睁地看着白小熙在我眼前再死一次,我会尽全力阻止悲剧发生,哪怕美好的结局只存在于这个时空里。"周凯说着揉了揉太阳穴,"可是我不知道自己这样做了,我该何去何从?我还能回到自己的时空里吗?"

"这是未知的,因为没有先例,谁也不知道会发生什么事,但我劝你最好不要这样做。"傅生深吸几口气,想了会儿说,"你穿越回来,有可能会阻止这个时空的白小熙被杀,不过同时,你改变了一件本该发生的事,破坏了空间、时间的规则。整个时空是有自己的规则在里面的,是不允许被破坏的。"

"如果被破坏了会怎样?"周凯急忙追问。

"谁知道呢。不过可以肯定的是，被破坏掉的时空会进行自我修复，而且会惩罚破坏者，至于如何惩罚、用什么方式惩罚，这就不得而知了。不过我想起一则希腊神话故事，讲的是西西弗斯的传说。"傅生推了下眼镜继续说，"西西弗斯以其狡猾机智闻名，他的机智令他囤积了大量财富，当西西弗斯感到死神快要光临时，就蒙骗死神自己带上手铐，结果地上再没有人进入冥国，人们停止了对冥王的献祭。正是由于西西弗斯的狡猾，冥王判他要将巨石推上陡峭的高山，每次他用尽全力，巨石快要到顶时，石头就会从其手中滑落，又得重新推回去，干着无止境的劳动。诸神认为再也没有比进行这种无效无望的劳动更为严厉的惩罚了。西西弗斯就是破坏规则的人，对于穿越者，或许时空会自动衍生出一条新的时间线，这条时间线没有头，没有尾，且混乱无序，这是为了惩罚穿越者而衍生出来的时间线，就是所谓的混沌状态，就像西西弗斯的石头，永远无法推上山顶，也永远没有结局。当然，这只是一种猜测。"

"从迷宫走出来的那一刻，我就已经成了破坏时空规则的人。"周凯对傅生举的例子似懂非懂，"您的意思是说，我现在无论做什么都是徒劳无用的？"

"是的，即使你什么都不做，一切该发生的还是会发生。"傅生再次拿起保温杯，放在嘴边却没有喝，将其放下后继续说，"现在这个时空里不可能存在两个周凯，你在这个时空里是没有任何意义的。"

"可是刚才您还说，导致每个时空的我的人生不同的原因很可能是有人穿越回过去改变了时间线，现在却又说根本无法改变任何事，这不是有冲突吗？"周凯并不太信服眼前这位量子学博士生导师的言论，"或许还有另一种可能性，不，一定会有另外一种可能性。"周凯想到了另一个时空里当警察的自己，和从小跟警察周凯私奔相依为命的"白小熙"。

"这两种并不冲突，穿越者可以因为一件小事改变那个时空里所有人的人生，这就是所谓的蝴蝶效应，但时空自动修补后所衍生出来的时间线，是专门为穿越者制造的，只针对破坏时空的穿越者。"傅生解释道。

"我还是比较倾向于薛定谔的猫，在那个盒子没打开之前，存在着两种不同的结果，没有人真正知道盒子里是什么情况。"周凯双手攥拳，目光坚定地说，"不管怎样，我需要先打开盒子。"

"盒子虽然没打开，但盒子里的结果只有一种，是已经注定的，只是我们不知道而已。"傅生说着起身，拿起挂在椅子上的外套穿上，"今天跟你聊得很开心，谢谢你让我知道了在某个时空里，空间传送和时间穿越理论变成了现实。其实我很好奇穿越而来的你究竟能改变什么，所以我会持续关注这件事，也祝你好运。"

"傅老，我还有个问题。"周凯起身拦下傅生，这时坐在门旁的店员再次做了一个嘘声的手势，"我们边走边说。"两人走出书屋来到大街上后，周凯才又开口问道："您应该知道K科技拿活人做药物试验的事吧？"

"我只负责T项目，对于其余的项目并不了解，不过我也曾听过些关于人体试验的流言蜚语，真真假假，说是那个项目是增强人体机能、开发脑力的，本来是造福人类，可能K科技太过急于求成，药品还没稳定就开始拿人体做起了试验，最后因为药性不稳定导致有些实验者死亡、有些实验者的身体发生突变。K科技不得不放弃那个项目。"傅生边走边说，"都是听来的，至于真正的内幕没几个人知道。"

"他们并没放弃那个项目，暗地里还在继续拿人体试验，而且将实验者培养成了杀手。"周凯快走两步挡在傅生前面，"那个志愿者于忆凡，其实就是K科技经过试验培养出的杀手，正是因为他，迷宫才变成了屠宰场。还有那个朱辛，他的儿子是第一批实验者，如今已经去向不明，所以我想让您帮我做件事。"

"K科技的确培养了一批自己的杀手，专门干些见不得光的事，我那个写匿名信曝光T项目的好友就是被他们的杀手杀害，却伪造成了意外。"傅生叹了口气，有些疑惑地看向周凯，"说说，你想让我做些什么？"

"我一直很好奇，K科技招募志愿者时网上报名的人数以万计，为什么单单选中了白小熙、于忆凡、朱辛和戴萌，除了戴萌外，这几个人都有些联系，所以那次招募看起来更像是K科技布的一个局，目的是利用于忆凡将相关的人斩草除根。"周凯表情凝重地说，"我想您帮我查查，当初是谁负责筛选志愿者的。"

傅生深吸一口气，皱眉想了半天，最后点头说道："虽然自从T项目暂停后，我已不再是K科技的人，不过我还有些同事在继续负责别的项目，我可以找他们帮忙打听打听。"

第三十三章

周凯目送傅生离开，紧接着在路边找了个台阶坐下陷入沉思。刚才跟傅生聊天时，自己脱口而出的话让他猛然惊醒——除了戴萌？于忆凡是K科技培养的杀手，朱辛的儿子是K科技第一批人体试验的实验者，白小熙一直在调查K科技。从表面上看，戴萌似乎跟K科技没有任何联系，可那次招募她偏偏又被选了进去。既然K科技是在布一个杀局，怎么可能拉一个跟此事毫无关系的人进来？难道说，戴萌和K科技之间也有着某种联系？

在迷宫里，戴萌说她是《伴我成长》的编导，是十年前汶川地震的受害者，除此外并没透露出她跟K科技的任何关联。

天有些阴阴的，午后的阳光躲进了云层里，周凯仰起头看向形状各异的云彩，片刻后他收回视线，起身走到街对面，进了一家网吧。电脑打开后，周凯在搜索页面搜了《伴我成长》。虽然这档节目已经在一年前停播了，但主页还在，里面有所有工作人员的联系方式以及住址，他一一查看，最终在网页下端的编导栏里找到了戴萌。

记下地址后，周凯离开网吧拦下了一辆出租车。

下午两点，出租车停在了戴萌所住的小区。周凯按照从网页上抄录下的地址找到戴萌所住的十三栋四单元三〇三室。现在这个时空里，戴萌没见过周凯，所以周凯先在门外组织了一下语言，想好一会儿该如何让戴萌接纳他。五分钟后，周凯抬手按了两下门铃。

等了大概一分钟，门开了，但开门的并不是戴萌，而是一位看上去三十几岁的成年男子。男子上下打量着周凯，还没等他开口，周凯便率先问道："请问，这里是戴萌家吧？"

"是。"男子紧锁眉头警惕地盯着周凯，"你是谁？"

"我叫周凯，是白小熙的朋友。你可能不认识白小熙，去年年末她跟戴萌一同参加过 K 科技的志愿者招募。"周凯想起戴萌在迷宫里介绍说自己已婚，如果猜得没错的话，眼前的男子应该是戴萌的丈夫，"你，是她老公吧？"

"进来吧。"男子听周凯介绍完后把门开大一些将周凯让进屋，又给周凯倒了一杯水，"你找戴萌有什么事吗？"

"只是想来了解下她当初为什么报名参加那次志愿者活动。"周凯简单打量了一下客厅，发现客厅里没有一张结婚照，甚至连一张属于戴萌的照片都没有，"戴萌她……不在？"

"你还不知道吧，戴萌她……死了。"男子脸上划过一丝悲痛。

"什么？她……"周凯张大嘴巴一脸惊讶，"什么时候的事儿啊？"

"三月份的事儿。"男子拿起茶杯抿了口，"听说过北都的连环杀人碎尸案吧？戴萌是第一个受害者。"

连环碎尸案——从二〇一七年三月开始，北都市连续有三名女性和一名男性受害，受害者无一例外被碎尸后扔进下水道。在周凯的时空里，欧阳宇之怀疑于忆凡就是碎尸案的凶手，最后将其击毙。他没想到，于忆凡杀害的第一个人，竟然是戴萌。

"我过来本来是想问问关于戴萌去参加志愿者的事儿，并不知道发生了这样的事……真对不起，如果你现在不想聊的话，我可以理解。"虽然已经过去了几个月,但周凯觉得此时聊这些事会再次勾起男子的悲伤,于是起身想要离开。

"来都来了,想问什么就问吧。"男子见周凯起身,于是说道,"我已经接受戴萌离开的事实了,不用担心我会难过。"

听见男子这样说,周凯重新坐下身:"怎么称呼你?"

"范云生。"

"你跟戴萌结婚好多年了吧?"

"二〇一〇年到现在,正好七年。"范云生点燃一根烟,吸了两口,"戴萌是汶川人,二〇〇八年五月,汶川地震爆发,我作为志愿者前往灾区协助搜救。当时戴萌被压在废墟下十几个小时,是我发现了她。一年后,她来到北都,通过电视台找到了我,起初是为了表达感激之情,渐渐地我们就走到了一起,相处了一段时间后便步入了婚姻殿堂。"

"听说戴萌以前是《伴我成长》节目组的编导,后来是因为节目停播她才去参加K科技的志愿者活动吗?"周凯一时间也不知该从哪里问起,他也不太确认范云生是否知道戴萌的所有事。

"戴萌受我影响,平时有时间就会参加一些志愿者活动,不过K科技的那次是我让她去的。当时收到邀请后,戴萌本不打算去,因为她那阵子心情不太好,我是希望她能够过去放松下。"

"你的意思是说K科技主动发出的邀请?"周凯追问道。

"是的,戴萌并没有报名,是K科技主动邀请的。"范云生把抽剩的半根烟掐灭在烟灰缸里,"那是我一个错误的决定。"

"为什么这样说?"

"我本意是让戴萌去参加志愿者活动放松下心情,没想到等她回来后精神更加紧张了。当时我不知道她为什么紧张,问她也不说,直到那次……"范云生说到这里拿起茶杯仰头一饮而尽,接着又给自己倒满,深吸了一口气才说,"这事儿得从头说,你有兴趣听吗?"

"如果你愿意说的话,当然有。"周凯也拿起茶杯喝了口。

"那就从参加K科技志愿者活动之前发生的事说起吧。其实那段时间戴萌之所以心情不好,是因为遇见了一件事,一件麻烦事。"范云生背靠沙发闭上眼睛回忆,"我记得很清楚,那天戴萌去乡下参加朋友的婚礼。婚礼结束后,她和几个多年未见的好姐妹单独出去聚了聚,她们玩到很晚,戴萌开车回市里时,在上高速前路过一条泥土路,那条路坑坑洼洼,戴萌开到一半时车胎突然爆了。当时已经半夜十一点多了,那个位置离城里很远,离她去参加婚礼的那个乡村近些,于是她打电话给同去参加婚礼的朋友,让朋友来接她。等待朋友来接她的时间里,戴萌发现不远处有亮光。漆黑的夜,那一点亮光特别扎眼,泥土路的两边是半米高的杂草,光亮是在杂草里发出来的。好奇之下,戴萌拨开杂草一步一步走了过去,走到一百米左右的位置,她看见了一个人,一个男人。男人正在用铁锹挖着坑,他的旁边躺着一具鲜血淋淋的尸体。当时戴萌的第一反应是有人杀人埋尸,她吓得急忙蹲下身大气都不敢喘,而男人把尸体扔进新挖出的坑里埋上后才离开。"

"这样说来,戴萌目睹了一场凶杀案?死者是谁,她当时报警了吗?"周凯一连提出几个问题。

"听我慢慢说。"范云生睁开眼看向周凯,"那个凶手走远后,戴萌鼓起勇气来到埋尸的地点。或许是因为天黑,凶手虽然拿着手电筒,但依然有疏忽的地方,他埋尸体时,并没全部埋上,尸体的手还裸露在外面。戴萌见状拿出手机,想马上报警,正在她按下报警电话时,裸露在泥土外面的那只手突然动了。戴萌清清楚楚地看见它动了,她吓得摔倒在杂草里,再次爬起来后才意识到,被埋起来的人可能还活着,于是她急忙用手扒开泥土。还好埋得不深,戴萌用了二十几分钟便彻底把'尸体'从地下救了回来。那是一具浑身泥泞的'男尸',借着微弱的月光,戴萌看见了那张极度恐怖的脸,她甚至不确定那张脸的主人是不是人类。他当时睁着双眼,那双眼睛略微凸出,嘴唇也微微嚅动,似乎是在求救。见状戴萌跑回车那边,从车里拿出急救箱回来帮他处理好伤口,接着又费尽全力背着他回到车边,将其安排在离车不远处的草丛里。本来戴萌是打算先跟朋友回到乡里找个地方睡一晚,天亮再找人来修车,但现在草丛里躺着一个受了重伤的人,她不想吓到朋友,于是随便找了个借口说有急事,必须得马上回去。无奈之下,朋友只能帮着她换了车胎,又自己一个人开车返回了乡里。"

"戴萌把那人救了?"

"嗯,朋友走后,戴萌把那个人放上了车,开车回了市里。她认识一家西医诊所的老板,戴萌把那人送去了诊所,经过一番急救,天快亮时,那人醒了。本来戴萌是打算等他醒了再问问具体发生了什么事,然而那人是个哑巴,根本不会说话。诊所老板怕他吓到其他病人,就让戴萌赶紧把他领走。他的身上没有任何能够证明身份的东西,又是个哑巴,身上还有伤,无奈戴萌只能先把他送去老房子。那老房子是我父亲的,父亲去世后一直空着,在郊区,是一栋平房。戴萌把他放在老房子里养伤,那阵子她一天要跑去老房子几趟,送水送饭精心照顾着他。"

"为什么不报警,让警察来处理这件事?"

"有报警,戴萌把那晚的事对警察说明,警察也受理了,试图帮忙找寻他的家人,他们在那个凶手埋人的地方走访了附近四五个村落,不过根本没发现有人失踪。后来警方又试了面部扫描和DNA比对,资料库里也没有找到关于他的信息。转眼就过去了一周,他的伤势有了好转，能够下地走动，精神也恢复了些。这本来是好事，然而伴随着伤势好转，他开始变得不友善，经常暴怒，除了戴萌，他拒绝任何人的靠近，而且他很爱吃鸡，生鸡，经常半夜去邻居家的鸡窝里抓鸡来吃，弄得老房子里有一股恶臭。我跟戴萌去看过他一次，他的言行举止就像是野兽，根本没有一点人类的样子。回来后我劝戴萌不要再管他了，可戴萌心善，觉得他可怜。她说，如果她不管，就没有人会管他了，到时他肯定会饿死街头。接下来的日子戴萌一边联合警方找寻他的家人，一边对他悉心照料。"

"怎么可能连DNA都找不到他的信息？这很奇怪。"

"警方说有可能因为某种原因DNA突变，或是面部毁容跟之前长相完全不同，所以面部识别也识别不出结果。"

"后来呢，后来怎么样了？"

"后来因为戴萌的悉心照料，他对戴萌产生了不一样的感情，比如他会在地上画心，戴萌过去时，他会抱着戴萌在她脸上舔来舔去，就像是小狗等了一天终于等到主人回来时的样子。戴萌也察觉到了这点，所以她那段时间十分心烦，不知该如何是好。正在那时，K科技发出了邀请，邀请戴萌去参加志愿者活动，于是我向她保证，替她好好照顾那人，让她放心去当志愿者。戴萌相信我不会食言。"范云生又拿起剩下的半根烟点燃，"其实那时我的心里就有了个计划。只要找不到他的家人，戴萌就不会放弃他，这点我比谁都清楚，可我不想让戴萌被这个人牵连，不想让戴萌因为这个人而心烦，所以我打算做一次坏人。戴萌去参加志愿者时，我来到老房子，我对他说以后戴萌不会过来了，我还说，戴萌其实觉得他很恶心，希望他能离开。我的刺激对他起了作用，当时他很愤怒，仰天长啸了两声后，推开我撞门离开了。两天后戴萌回来，我撒谎说他逃走了。"

"既然他已经走了,你为什么说戴萌参加志愿者活动回来后精神更加紧张了?"

"因为戴萌说她救人那晚看见的凶手,很像跟她一起参加志愿者活动的人。"

"是谁?"

"于忆凡。"

竟然是于忆凡,难道因为戴萌是目击者,所以K科技才会邀请她去参加志愿者活动?

"戴萌也不太确认,她只是说于忆凡的身高和走路的习惯很像那晚埋尸的人。从志愿者活动回来后,她就经常做噩梦,时常半夜被吓醒,她还怀疑有人在跟踪她,但每次她猛然回头,对方都很迅速地躲藏了起来。那阵子我以为她是因为精神压力大才变得疑神疑鬼,所以我虽然对她关心有加,却并没有重视她的话。后来我给戴萌找了个心理医生,让她每天都去接受心理辅导,接下来的一段时间她每天都按时出门,我问她去干什么,她就说去看心理医生,也不再跟我说被人跟踪之类的话。当时我以为她在心理医生的帮助下有了好转,后来才知道,是因为我根本不相信她的话,所以她懒得对我说了。再后来,我偶然间发现戴萌根本一次都没去找过我给她安排的那个心理医生。"

"那她每天出门都去了哪儿?"

"这也是我好奇的,所以有天她出门后我也跟着她出门了,才发现她每天借口说是去看心理医生,其实是去了老房子,而且老房子里还住着那个被我刺激走的不速之客。原来戴萌一直背着我在调查他的身份。当时我满肚子的气,直接冲进去质问戴萌,戴萌说她已经找到了他的家人,等把他送回家,就不再管这件事了。"范云生再次掐掉烟蒂将其扔进烟灰缸。

"戴萌找到了他的家人？"

范云生点了点头："初阳街上有家副食店，叫老朱副食，老板叫朱辛。他是朱辛的儿子，叫朱礼仁。"

戴萌从于忆凡手里救下了朱礼仁？周凯怎么想也未曾把这两件事联系到一起，所以当从范云生的口中听到朱礼仁的名字时，他的手一抖，茶杯里的水洒了出去。他急忙用衣袖擦掉洒出来的水，对范云生说道："对不起，对不起。"

"没事。"

"你接着说，戴萌把朱礼仁送了回去？"周凯进入迷宫前找过朱辛，朱辛从未说过有人把朱礼仁送了回去。难道朱辛撒了谎？

"次日戴萌便把朱礼仁偷偷送回了家，那时我还因为戴萌背着我去调查而赌气，所以我们几乎没什么交流。直到一周后的某天，戴萌整晚都没回家，打电话也没接，我给她的所有亲戚朋友打电话，也去了老房子找，都没找到，最后报了警。几天后，警方在下水道里找到了戴萌的尸体。"

"于忆凡，你没有怀疑过于忆凡吗？"周凯急忙追问道。

"怀疑过，事后我想起戴萌说于忆凡可能是试图杀害朱礼仁的凶手，而且那阵子戴萌总说有人跟踪她，我把这件事告诉了警方，警方调查了于忆凡，结果发现从戴萌失踪到尸体被发现的那段时间，于忆凡根本没在北都市，而是回了老家，家乡的所有人都能够为他证明。"

"这不可能啊，如果不是于忆凡，难道连环碎尸案的凶手另有其人？"周凯感觉大脑有些发涨，几次反转已经让他的脑细胞彻底不够用了。

"我还对警察提起过朱礼仁，不过警方调查后对我说，朱礼仁早在多年前就已经失踪了，从此再没出现过。既然多年前朱礼仁就失踪了,那戴萌救下来的怪物是谁?警方的解释并没消除我对朱礼仁的猜疑,反而更加重了。"

"你怀疑是朱礼仁杀了戴萌?"周凯皱起眉头,"如果这样的话,那后来几起碎尸案不也是朱礼仁所为了?"

"我看见过他把一只活生生的鸡吃掉,他已经不是人了,是野兽,除了他,谁会如此泯灭人性把尸体撕碎。"范云生攥紧拳头狠狠地砸在茶几上,喘着粗气说,"我怀疑朱辛把自己的儿子藏了起来,只要找到朱礼仁,就能够证明朱礼仁并没有在多年前失踪。于是在戴萌死后,我在老朱副食店外守了两个月,却并未看见朱礼仁的踪影,朱辛也一直如往常一样待在副食店里,几乎不怎么出门。"

如果是K科技因为戴萌目击了于忆凡埋尸,所以主动发出邀请引她去参加志愿者活动,想把连同她在内的几个人困进迷宫自相残杀,那么当傅生的朋友写了匿名信举报T项目,导致项目暂停,志愿者也被遣散后,杀害戴萌的应该是于忆凡才对,为什么于忆凡却有绝对不在场的证据?这点根本说不通。而假如戴萌是被朱礼仁杀害,那朱礼仁后来去了哪儿?之后发生的碎尸案是否也跟朱礼仁有关?还有,朱礼仁明明被戴萌送回去了,朱辛为什么要对人隐瞒,他对别人隐瞒还有情可原,为什么要对一直帮助他的白小熙隐瞒?

"我怀疑朱辛把儿子藏在了某处。"范云生见周凯没说任何话,又自顾自地说道。

地下室,副食店的地下室,难道被戴萌送回去的朱礼仁依旧被囚禁在地下室里?周凯想到这儿猛地站起身,一边朝门外走一边说:"谢谢你能告诉我这些,我突然想起来还有些事,先走了。"范云生起身送周凯离开。周凯跑出小区,拦车去了初阳街。

第三十四章

天彻底黑了下来!

周凯到达初阳街后,并没有急着去老朱副食店,而是在街上找了家烤串店,撸了些串喝了两瓶啤酒,直到九点多才结账离开。

此时老朱副食店里还亮着灯。周凯在老朱副食店附近的胡同里观察了一会儿,随后拿出手机在通讯录里翻了翻。他的手机里还存着朱辛的号码,周凯找到号码后,按照计划拨了过去。三十秒后,朱辛接起了电话,声音略显沧桑:"哪位?"

"我知道能让你儿子恢复正常的方法。"周凯用一只手捂着嘴,故意让声音听起来低沉些,"两个小时后,奥林匹克公园,音乐喷泉见。"

周凯并没给朱辛提问的机会,说完后直接挂断电话。以周凯对朱辛的了解,只要能让他儿子恢复正常,不管真假,他都愿意冒险一试。刚才在烤串店时,他特意查了地图,从初阳街到奥林匹克公园打车的话需要四十多分钟,来回将近两个小时,足够他潜入老朱副食店的地下室查看。

今夜乌云密布,月光被遮挡得严严实实。周凯在胡同里等了将近半个小时,朱辛才从店里走出来。他拉上铁闸门,走了几百米,直到另外一条街上才拦到出租车。周凯一直在他身后跟着,直到确定朱辛坐上出租车离开，他才跑回老朱副食店，用先前准备好的铁棍撬开锁走了进去。为了避免附近的商铺起疑，进去后周凯将铁闸重新拉上，然后借着手电筒的光亮走进里屋，挪开单人床打开木板进入地下室。

毕竟曾来过一次，周凯轻车熟路地下到地下室。地下室里并没有朱礼仁的身影，角落里依旧挂着铁链，一堆杂草的旁边放着两个盆，其中一个盆里有几根啃剩的骨头，不是猪骨，不是牛骨，而是人骨，人的小腿骨。

周凯感觉有些恶心，他单手支着墙壁把刚才吃进肚子的肉串啤酒一股脑地全吐了出来，这才感觉舒服些。早知道是这样，刚才他就不该吃东西。吐完后周凯再次直起身子看向盆里的人骨，紧紧皱起了眉头。难道北都连环碎尸案的凶手根本不是于忆凡，而是朱礼仁？真是这样的话，那警方岂不是杀错了于忆凡？不，就算碎尸案的凶手不是于忆凡，他也在曲平村杀害了"白小熙"，也是罪有应得，而且现在周凯穿越了回来，这个时空里的于忆凡还没被警方击毙。

想到这里，周凯把视线从人骨上移开，用手机照着打量了一下四周，猛然间，他发现桌子旁边有个圆洞，直径大概半米，洞的旁边放着几排红砖和水泥。周凯之前来到这里时并没有看到这个洞，或许当时朱辛已经把洞封死了。

周凯走到洞边朝里照了照，这洞很深，一眼望不到尽头。周凯深吸一口气，将身子探进去，一下一下朝洞里爬去，爬了大概五十米出现了转弯，转过弯又爬了大概十几米，前方便被堵死了。周凯伸手摸了摸，是铁，很厚的铁，加大力气推了下，厚铁发出吱嘎吱嘎刺耳的声响，紧接着厚铁被推开了。伴随着厚铁被推开，空气中蔓延着一股水锈味儿，他用手电筒照亮，发现厚铁里面是更广阔的空间，应该是城市间的下水道，用来排污水的。

周凯想起，连环碎尸案中的大部分受害者都是在下水道被打捞上来的，难道朱礼仁就是从这里离开老朱副食店作案的？这就怪不得范云生守了两个月也未曾见过朱礼仁出去了。从洞里跳下去是半米深的污水，周凯蹚着污水又走了十几米，发现了通向地面的铁梯，他顺着铁梯爬上去，用肩膀的力量使劲儿将井盖推起，探头出去。

地面是一条不算宽阔的胡同，没有路灯，两边是居民楼，大部分住户都已经关灯进入了梦乡。这条胡同前后大概有两百米，井盖位于中间，旁边是一个大垃圾箱。周凯不知道这里离老朱副食店有多远，他用力将井盖挪开，爬回到地面。他坐在地上休息了片刻，刚想站起身时，突然间听见身后有些动静，转身还没等看清什么，只见一个人影出现在他跟前，紧接着周凯的头部被硬物击中，瞬间感觉昏天暗地，整个人倒了下去。

再次醒来，周凯又回到了地下室，他的双手双脚被铁链绑着。地窖的灯开着，朱辛坐在木椅上，木桌上放着一瓶喝剩一半的啤酒。

"醒啦。"朱辛把一粒花生扔进嘴里说。

头部被击打的地方隐隐作痛，周凯忍着疼痛说："你想怎样？"

"这句话应该是我问你才对，这里是我家，是你故意把我引开撬开铁闸闯了进来。"朱辛伸手拿起啤酒喝了口，然后将啤酒狠狠砸在木桌上，喝道，"所以应该是，你想怎样？"

"你知道我想怎样。"周凯侧身看了眼放在盆里的人骨，"从今年三月份开始的北都碎尸案凶手，是你的儿子朱礼仁吧？"

朱辛没回答周凯，反问："你是警察？"

"不。"周凯使劲儿拽了拽铁链，"不过我认识戴萌，对你也了如指掌。"

"了如指掌？"朱辛咧嘴哼笑了两声，"说说，看你有多了如指掌。"

"你的妻子叫闫文英，有遗传精神病史，在朱礼仁八岁时她割断了自己一条胳膊流血过多身亡。随后你怕朱礼仁在当地受歧视于是搬来了北都市，然而你所担心的事还是发生了，朱礼仁也开始变得跟闫文英一样，不得已之下，你把朱礼仁送去了精神病院，后来朱礼仁被K科技带去做人体试验，你没想到的是，朱礼仁被K科技接走之后就再也没有回来……"周凯回忆着上次见朱辛时从他嘴里听的故事，"还要我继续说下去吗？"

"白小熙，你认识白小熙？"朱辛的表情变得严肃，"是她对你说的？"

"我了解你，但你根本不了解我。你不知道我是谁，不知道我从哪来，不知道我为什么会知道老朱副食店下面有地下室。"周凯深吸一口气，盯着朱辛，"我还知道K科技派人打晕你闯入地下室抢走了朱礼仁，把朱礼仁埋在了荒郊野外。原本朱礼仁必死无疑，却没想到被路过的戴萌发现并救下，后来戴萌又把朱礼仁送了回来。这些恐怕白小熙都不知道吧。"

"你……你到底是谁？"朱辛露出了惊恐的神情。

"一个多余的人，一个本不该存在的人。"周凯感觉自己的话语已经让朱辛感到恐惧了，于是继续说道，"戴萌救下了朱礼仁，把朱礼仁安排在老房子里悉心照料，又千辛万苦地查出朱礼仁的身份把他送回到你身边，可朱礼仁却杀死了自己的救命恩人。"

"那是戴萌自找的。"朱辛站起身吼着说出这句话后，呼吸变得急促，"我儿子喜欢她，他难得喜欢一个人，他从来没对除了我以外的人表现出喜欢。我希望她嫁给礼仁，可她呢，可她辜负了礼

235

仁对她的喜欢，无论我怎么恳求，她都不同意，我甚至跪在了她面前。"

"戴萌已经结婚了，她有老公。"周凯没想到，朱辛竟然会有如此疯狂的想法，竟然想让戴萌嫁给朱礼仁，"所以呢，所以你就让朱礼仁杀了她？"

"我不想看着礼仁整日低迷，那几天他不吃不喝，只知道在地上画心，于是我绑架了戴萌。我把戴萌用铁链绑在地下室，让她陪着礼仁。我可以为我儿子做任何事，只要他开心，可戴萌当着我的面说礼仁是怪物，她说宁可死也不愿意嫁给礼仁。"朱辛再次拿起啤酒喝了口，拿着酒瓶子来到周凯身边，"戴萌就是这样一个贱女人，礼仁懂什么，他什么都不懂，只要戴萌待在他身边，他就高兴，他就开心。后来，戴萌竟然想利用礼仁抢走我的钥匙打开铁链逃走。为了戴萌，礼仁还是第一次对我发火，他把我推倒在地，从我腰间拿走了钥匙，倒地的那一刻，我的心都碎了。我的儿子，竟然为了那个贱女人跟我反目。我气坏了，拿出鞭子抽打朱礼仁，然后用铁链子将戴萌勒死，用刀割下她的肉，逼着礼仁把那些肉吃掉。我告诉礼仁，只有这种方法才能将戴萌永远留在他的身体里。我告诉礼仁，这世上除了我，没有人会真正地对他好，没有人会心甘情愿地为他付出。礼仁什么都不懂，我要告诉他，我要教他。"朱辛瞪大了双眼，眼眶湿润，眼角有泪珠滑落下来。

周凯盯着朱辛，他发现此刻的朱辛变得极度可怕，那张原本憨厚的脸如今却让人不寒而栗。朱辛这些年为了朱礼仁忍辱负重，或许连他自己也没察觉，在不知不觉中，他的心理开始变得扭曲。周凯试探着问："所以北都碎尸案的凶手……是你？"

"没错，是我。我从下水道把人运回来交给礼仁，有了戴萌的先例，礼仁的兽性彻底被激发，它会把运回来的尸体撕碎、咬烂。"

朱辛起身把酒瓶子里的酒一口喝完，然后将瓶子扔在角落大笑两声，"看着礼仁渐渐变得强大，我心里别提有多高兴。"

"变态。"周凯脱口而出。

"这不是变态，这是爱，父亲对儿子的爱。戴萌的出现让我发现了一个问题，以前我对礼仁太过于溺爱了，我不想让他再被任何人欺负，他要学会保护自己。"朱辛擦掉眼角流下的泪水，"我不希望自己死后，再出现一个戴萌来伤害礼仁，所以他只有变得凶残，变得毫无人性，才有可能独自在这个世界上存活下去。"

"朱礼仁……如今在哪儿？"

"死了。"朱辛重新坐回到木椅上，低着头说，"他还是不够强大。"

这样的反转让周凯始料不及："怎么会？"

"一个月前，K科技的人找到我，希望借礼仁杀一个人。他们布好了局，只要礼仁杀了他，K科技承诺不仅会治好礼仁，还会提供一大笔钱帮助我和礼仁逃走。"

"他们让朱礼仁杀谁？"

"于忆凡。他们对我说，到时会安排于忆凡来到地下室，让礼仁神不知鬼不觉地在地下室里杀死于忆凡，接着会安排一次爆炸，炸掉这里的一切，让警方觉得是煤气泄漏发生大爆炸，我也会借爆炸假死。那日我故意离开，给于忆凡制造机会进入地下室。我在外面等了两个多小时，再回来时，发现礼仁死在了地下室里，于忆凡逃走了。"朱辛的表情有些痛苦，一边摇头一边说，"我没想到于忆凡如此强大，他高高瘦瘦的，看上去根本没什么力气，怎么可能杀死礼仁，正常人根本没可能杀死礼仁。"

"既然于忆凡第一次能够打晕你从地下室带走朱礼仁，你又怎么知道他不够强大？"周凯直了直身子继续说，"而且于忆凡跟朱礼

237

仁一样，也接受过药物试验，并且接受过专业杀手培训，速度、力量、反应都比正常人强大很多。其实K科技是想让忆凡跟朱礼仁自相残杀，不管谁输谁赢，另一方肯定也活不下去，如果真的能够治好朱礼仁，他们不会拖这么多年。K科技的目的是要埋葬这一切，埋葬所有试验品。你被骗了。"

"你是说，第一次带走朱礼仁，把朱礼仁埋在荒郊野外的人，是于忆凡？"朱辛露出了不可思议的神情，"我并不知道这些，当时我只知道是K科技做的，去参加志愿者活动时是我第一次见到于忆凡，那时的他高高瘦瘦，看上去手无缚鸡之力，而且他不过是个普普通通的快递员而已。K科技来找我时，虽然有些好奇，但我并没有多问，心想着只要礼仁杀掉于忆凡，K科技治好朱礼仁的病，然后我跟礼仁就永远离开北都市过我们自己的生活。"

"在你们参加志愿者之前，白小熙来过这个地下室吧，她当时在这里发现了一块碎布，碎布上的血迹经过检测是孟买型，北都市拥有这个血型的人很少，巧的是于忆凡也是这种血型。或许因为当时白小熙有其他事要做，就没继续调查下去，K科技是故意在众多报名者中选择了你们，目的是想将你们一网打尽，只是当时的你们并不知道彼此之间有什么联系而已。戴萌不知道她救下来的人是你儿子朱礼仁，白小熙也不知道于忆凡是绑走朱礼仁的人，你去参加志愿者是因为K科技对你说只有参加这个活动，你才能见到儿子。你们四个人中只有于忆凡知道自己的任务，然而他不知道的是，K科技已经决定放弃他，决定除掉所有跟人体试验相关的人。既能除掉你们，又能对T项目进行一次测试，K科技真是一举两得。"现在这个时空里，T项目被举报暂停，所以K科技不得不想另外的办法除掉所有人，这就有了后面发生的一切。但在某个时空里，实验如期进行了，四人被囚禁在了迷宫，才有了迷宫里不同时空的人的相遇。

"你到底是谁？为什么知道所有的事？"朱辛重新看向周凯，眼神既惊讶又疑惑。

"我说过了，对于现在这个时空来说，我本该是不存在的人。"周凯逐渐厘清了所有事的前因后果，"朱礼仁已死，即使你把所有事说出来，只会被人认定是疯子，不会对K科技造成任何伤害，所以他们应该不会把你怎样了。"

"现在礼仁死了，我对这世界也没什么牵挂了。"朱辛仰头看了眼棚顶的灯，"等我杀死了于忆凡为礼仁报仇，就带着儿子的骨灰离开这里。"

"于忆凡是受过专业训练的，你未必能够杀死他，到时不仅报不了仇，还有可能丢了性命。不过，我可以帮你。"周凯趁机怂恿朱辛，"我知道以前的事，也知道以后将要发生的事，你应该相信我。"

"可是你为什么要帮我？"朱辛神情疑惑。

"其实你清楚得很，于忆凡只不过是K科技的傀儡，杀了他，朱礼仁就能真正安息吗？真正的始作俑者，真正对朱礼仁造成伤害的，是K科技。巧的是，我存在的目的也是扳倒K科技，它才是我们共同的敌人。"周凯晃动了下手腕上的铁链，"现在我的手里有对K科技来说十分致命的证据，这些证据一旦曝光，他们必死无疑，但如果你把我困在这里，K科技会继续逍遥法外。"

朱辛起身在地窖里来来回回走了几趟，最后才下定决心走到周凯身边，拿出钥匙打开铁链上的锁："你刚才说的很多事我都未曾对任何人说过，所以不可能会有人知道，或许你真的有特别的能力能够扳倒K科技替朱礼仁报仇。"解开铁链后，朱辛将周凯的帽子口罩扔还给他，问："能告诉我你的名字吗？"

239

"既然我是不存在的人，又怎么会有名字呢？"周凯戴上帽子咧嘴淡淡一笑，"或许我们再见面时，我会告诉你名字。"

两人离开地下室回到楼上，周凯去洗手间洗了把脸，抬头时他发现镜子里的自己胡子拉碴。怪不得在穿越之前来找朱辛，朱辛并没有认出他来。走出洗手间，朱辛已经拉开了铁闸门，周凯这才发现，外面已经大亮。

周凯看了眼手表，已经早上九点多了。走出副食店，在路边拦下一辆出租车，上车后，周凯发现身上已经没钱，因为昨晚在下水道污水里蹚了一回，裤子还是湿湿的，上面挂着泥，闻起来一股怪味儿。

第三十五章

周凯没有回旅店,也没有去《北都法报》,而是去了溪海书屋。到达溪海书屋时已经是十点三十分了,他上到二楼,随便找了本书在座位上坐下。在他的不远处,是存在于这个时空的周凯。此时另一个周凯正在吃盒饭,吃完后又拿起一本《必须犯规的游戏》看了起来,快十二点时,这个时空的周凯趴在桌子上睡了过去。

等他睡熟后,周凯戴上口罩起身,绕过桌子坐到这个时空的周凯的旁边,准确地从他的衣兜里拿出钱包放进自己兜里。整个过程不到十秒,并没有人注意到周凯的举动。顺利拿到钱包后,他又等了十几分钟才起身看了眼左上方的摄像头。

出租车在溪海书屋外等着,周凯跑下来后先让出租车拉着他去了横江路银行,分批取走了两万块,紧接着又回到出租屋,换了身干净的衣服,找到那双白小熙送给他的旅游鞋。这双旅游鞋的鞋面上有个黑色的X。

二〇一七年八月十七日十二点三十五分,周凯回到自己的出租屋偷走了旅游鞋,他把脱下来的旧衣服扔在楼下的垃圾箱里,然后又打车回了溪海书屋。快下午一点时,他将偷走的钱包重新放回这个时空的周凯的衣兜里,然后翻开放在旁边的那本《必须犯规的游戏》,用笔在上面写下了两句话。第一句:我知道你再看着我!第二句：白景俞112。

写完后周凯把书合上放好，紧接着离开。周凯知道，如果他什么都没改变的话，一个月后，也就是二〇一七年九月十二日这天，这个时空的周凯会通过监控找到这本书，看见书里他留下的字。走出溪海书屋，周凯在街对面的手机店里买了一个U盘和一条数据线，然后去网吧将手机里录下的对话拷贝进U盘。是的，朱辛并没有发现，当他激动地诉说戴萌如何伤害朱礼仁时，周凯已经将手偷偷伸进裤兜，打开了手机录音功能。

拷贝完后，周凯又拿起耳机戴在头上重新听了一遍录音，最后发现了一个问题。如果朱礼仁在一个月前，也就是二〇一七年七月，就被于忆凡杀害了，那么此后北都碎尸案就应该不会再有受害者才对，可是周凯明明记得，在穿越回来之前，二〇一七年九月九日，当他从公安局出来后，的确看见了警察从下水道里打捞上来一具尸体，而那具尸体也被警方列入了北都连环碎尸案的受害者之列。

打开搜索引擎，在里面搜了搜，周凯发现最近一起碎尸案发生在今年六月份，死者身份后来被确定是北都工业大学的大二学生谭秦。六月份之后便没有了记录，难道周凯在九月九日看见的警方打捞上来的尸体，其实是死于两个多月前的？有这个可能性，周凯还隐约能够回忆起当时的景象，那具尸体的确已经腐烂得不成样子了。

在去找朱辛之前，周凯原本计划想打匿名电话告诉欧阳宇之，于忆凡是碎尸案的凶手，让警方抓捕于忆凡，这样一来于忆凡就不可能对白小熙下手了，可现在计划被彻底打乱了，于忆凡并未参与过碎尸案。若真如朱辛所说，是K科技设局想让朱礼仁杀死于忆凡，那现在朱礼仁死了，K科技肯定也会对于忆凡下手，毕竟他也是药物试验的失败品。不知道于忆凡有没有察觉到K科技已经打算除掉他，如果知道，他还会为K科技卖命吗？也许他现在已经自身难保了。

离开网吧，周凯找了间小车行，临时租了辆二手面包车，他开车来到戴萌家将U盘交给了范云生。

"U盘里的录音，足以证明谁是杀害戴萌的凶手。不过我希望你答应我，不要马上把证据拿出来。等一个月，如果九月十五日以后我没来找你，你再把证据交给警方。"

"虽然不知道为什么非要到九月十五日以后，但既然是你帮忙找到的证据，我会答应你的请求。"接过U盘的范云生并没有继续询问下去，"我知道你还有自己的事要去完成，我不会多问，祝你成功。"

"谢谢。"周凯上前，给范云生一个拥抱，"最爱的人突然离世，你一定还没真正地走出来，我也曾经历过，所以能够体会你的感受。希望你能代替戴萌好好活下去。"

从楼上下来，回到面包车，手机突然响了。来电显示上写着"傅生"，周凯接通电话，还没等开口，傅生便说道："我查到了当时筛选志愿者的人，是崔子建，他是研发部的经理，主要负责T项目的后期测试这块儿。"

"在哪儿能找到他？"

"我知道他的住址，不过恐怕你很难接近，公司给他配了贴身保镖，住的地方也守卫森严，有人轮流看守。"傅生停顿了下又说，"而且我怀疑，虽然四个志愿者是他选出来的，但他肯定也是在执行高层的决定，所以就算你找到他，也问不到什么。"

傅生说得不无道理，周凯也觉得一个小小的研发部经理根本无权决定这件事，肯定是得到了上级的许可。

"除了告诉你这件事外,我还有件事。"电话里傅生听到周凯沉默,于是又慢悠悠地说,"你有没有想过,杀死存在于这个时空的你?"

"杀了我自己?"周凯没想到傅生会问到这个问题,"为什么?"

"因为一个空间里不能存在两个你,这是有违自然法则的,所以只要你杀了这个时空的你,那么就弥补了这个错误,你也能以'周凯'的身份继续活下去。否则在这个时空里,你永远只能是没有身份的多余的人,而你原本所在的时空,你也不复存在了。"

"如果没能救下白小熙,没改变任何事,即使我代替这个时空的周凯活下去,也没有任何意义。可如果我改变了未来,在这里成为没有身份的多余的人,也是我随意篡改未来违反自然法则所受到的惩罚,我愿意以局外人的身份,看着这个时空的白小熙和周凯幸福地生活下去。"周凯说到这里深吸了一口气,干巴巴地眨了几下眼睛,"这是我的想法,可她呢?"

"她?"

"在一个月后,也就是我的时间线里,在我进入迷宫之前,不仅发现了跟我长相一样的人,还发现了跟白小熙长相一样的人。当时我并不知道怎么回事,直到我穿越回来,变成了那个曾经以为只是跟我长相一样的自己才明白过来,所以很可能,除了我,在迷宫里的'白小熙'也穿越了回来。如果让她知道,这个时空的白小熙跟她过着完全相反的生活,她会怎样选择?"之前周凯一直没明白,在视频里看见的那个跟白小熙长相一样的人究竟有什么目的?刚才傅生的话让他猛然间反应了过来。

"你觉得她会怎样选择?"

"对于那个'白小熙'来说,这个时空的白小熙过着的简直就是她一直以来梦寐以求的生活,所以……"周凯没有继续说下去,在此之前他一直以为白小熙的死跟 K 科技有关，是于忆凡设计了那场意外，其实真正想让白小熙死的，是从其他时空穿越而来的她自己。自己杀死自己，怪不得警方没有在木屋里发现跟凶手有关的任何信息，因为她们有着相同的 DNA，相同的指纹，相同的长相，即使里面留下了"白小熙"的线索，也会被认为是受害者白小熙留下的。而且这样一来，先前觉得所有不合理、不合逻辑的地方，也就都能够说得通了。

"所以穿越而来的'白小熙'很有可能会选择替代这个时空的白小熙。"傅生说出了周凯没说出口的话，"你打算怎么办？"

"找到她，阻止她。"周凯回答。

第三十六章

回到旅店的周凯跟前台要了纸笔,坐在房间的床上,开始回想在进入迷宫之前所有的时间线。现在,他不知道穿越而来的"白小熙"在哪里,但三天后,也就是八月二十日,这个时空的周凯曾请过一天假去接好友江浩晨,当晚两人在大排档喝到烂醉。也是在同一天,欧阳宇之拿来的街道监控显示,自己在跟踪"白小熙"。

"八月二十日。"周凯默默念出了这个时间,紧接着皱起了眉头。三天后,他是通过什么方法找到"白小熙"的?

第五大道帝豪KTV。周凯猛然想起,江浩晨说过,八月二十日那晚他俩喝多后,曾在帝豪KTV附近遇见一个跟白小熙长相一样的女人。在迷宫里,"白小熙"也说过,在她的时空里,她是帝豪KTV的坐台小姐。如果"白小熙"最开始并不知道自己已经穿越到其他时空的话,她肯定会回到自己的住处,或是自己工作的地方,也就是帝豪KTV。

周凯分析出"白小熙"可能去过的地方后,才将纸和笔放在床头柜,躺在床上沉沉睡了过去。次日,周凯依旧赶在六点前洗漱完走出旅店,将面包车开到白小熙所在的小区外等待。跟上次一样,白小熙走出小区后跑了一圈,然后吃早餐,去报社。安全将白小熙送回报社后,周凯开车来到第五大道,找到帝豪KTV。也许是因为时间还早，帝豪KTV还大门紧闭。停好车后，周凯走上前使劲儿敲了敲铁闸门。约莫三分钟后，铁闸门上的小门才被打开，从里面钻出一个看上去只有十几岁头发染成紫色的男孩。

"嘛呀嘛呀。"男孩有些不耐烦，"刚睡着，烦不烦人。"

周凯知道像男孩这种小混混，如果不给他点颜色，根本不会好好说话，更别提从他嘴里问出事情来了。于是周凯二话没说伸手抓住男孩的胳膊，用力将他从门里拉出来，然后将他的胳膊拧到他身后，另一只手勒住他的脖子，说："找你问些事，给我老实点。"

"哎呀哎呀哎呀，放手放手，疼，哥，哥，你哪路混的？报个名。"男孩使劲儿挣扎，想要从周凯手中逃脱，然而他的力气并没有周凯大，最后只能放弃，"不行了，哥，放手放手，快放手，你要问什么我告诉你不就完了。"

"不许耍花样。"见男孩服软，周凯将男孩推开，在手机里找出白小熙的照片，举到男孩面前，给他看了眼，问，"认不认识她？"

男孩一边揉着胳膊，一边瞪大眼睛盯着手机屏幕看了几秒，然后摇了摇头，说："没见过，不认识。"

"她叫白小熙，可能头发不是这个颜色，但长得一样。你再仔细看看。"周凯又换了张全身的照片给男孩看了眼。

"不认识。"男孩看后依旧坚持。

"你不认识就滚进去问问有没有别人认识。"周凯拉着男孩从小门钻进去。男孩有些不情愿，但也没说什么，顺着楼梯走到楼上扯着嗓子喊了喊："都给我起来，都给我起来，有没有人认识一个叫白小熙的，认识就出来。"

周凯站在铁闸门旁等了两分钟，男孩再次下来时身边多了个女孩，看着年龄也不算大。两人下楼走到周凯跟前，男孩说："跟这位哥说说，当时什么情况。"

"大概半个月前,有个阿姨来KTV,进来就好像是常客似的,对我打招呼,对坐在大厅的其他姐妹打招呼,打完招呼就自顾自地走进了员工宿舍。当时我们都懵了,后来一聊发现谁也不认识她,我这才过去把她从床上拉起来,问她是谁。她说她叫白小熙,是这里陪唱的呀,她还对我开玩笑说,才走几天就不认识她了。"女孩一边回忆着一边说,"在我表示的确不认识她后,她有些惊讶,还以为是玩笑。不过很奇怪的是,我们不认识她,她对我们却很熟,不仅能叫出我们的名字,还知道我们是哪里的人,知道我们的遭遇。"

"是这个人吗?"周凯拿出手机让女孩确认。

"没错,就是她,只是头发比她长些,还染了颜色。"女孩回答。

"后来呢?她去哪了?"

"在得知不是玩笑后,她抢过我的手机,看了看日期,然后脸色很难看地跑了。两天后,她又跑了回来,这次她没说认识我们,只是说自己想在这里工作,还说让她陪客人干什么都行,她需要钱。都三十多岁的女人了,长得又一般,整个一赔钱货,经理看后没留她,让保安把她撵走了。"女孩说完看向周凯。

"没了?"

"没了。后来就没再见过她。"

半个月前,这是不是说明"白小熙"比周凯提前两周逃出了迷宫?从迷宫出来后,她肯定也跟周凯一样身无分文,连吃饭都成问题,所以当她得知并且接受自己穿越后,本想回KTV干老本行,没想到却被撵了出去。既然这样,她现在会在哪儿呢?

"我想起来了。"女孩提高嗓音说道,"有个常客,三十多岁,是一家装潢公司的老总。有一天他请朋友来这里唱完歌离开时,我站在门外,看见那女人远远地跑过来跟这个老总说了些什么,然后就跟这个老总一同上车离开了。"

"你知不知道那老总的电话?"

"他是这里的 VIP,电脑里应该有记录,不过只有前台能打开电脑。"女孩又低头想了几秒,"那老总姓于,他开的那个店,好像就叫于家装潢设计公司,在地图上应该能够找到。"

"谢谢。"周凯说完转身离开,回到面包车上后,用手机地图搜了搜,果然一搜就搜出了女孩说的于家装潢设计。按照导航给出的路线,大概过了半个小时,面包车就停在了于家装潢门前。

进屋后,周凯对店员说想见见于总,不巧的是于总在他来之前刚离开出去谈业务,大概下午才会回来。周凯不想下午再特意跑一趟,于是在这条街上找了家面馆填饱肚子,然后找到一家书店,进去选了本书边看书边打发时间。下午两点,周凯离开书店回到装潢公司,又在装潢公司等了四十多分钟,于总才从外面走进来。

店员跟于总耳语几句,或许于总以为周凯是来谈新房装修的客户,热情地迎上前跟周凯握了手,然后领着他上楼进办公室:"兄弟,有心仪的设计师没?要装多大的房子?心理价位多少?"

"我来找于总不是为了装房子,是来打听一个人。"周凯拿出手机翻出照片走到办公桌前,把手机递给于总看了眼,"你认识这个女人吧?"

于总看到手机里的照片脸色一变,起身将办公室的门关上,这才走到周凯身边说:"你们有完没完了,钱不是已经给她了吗?"

"我想你误会了,她跟我不是一伙的。"周凯收起手机急忙解释道,"有人跟我说在帝豪 KTV 门前,你跟这个女人一起上了车。我是想问问,你们那天都聊什么了?"

"你们真不是一伙的?"

"不是。"

"你是私家侦探？"

"不是。"

"那就好。"于总松了口气，重新坐回到老板椅上，跷起二郎腿说，"我不认识这个女人，但她认识我。那天我从帝豪出来，她跑过来拦下我说，知道我背着老婆在外面包小三的事儿。我怕被身边的朋友听见，就对她说上车聊。她好像对我很熟，知道我在哪条街哪个小区给小三买了栋楼，知道我包养的那个小三在哪儿上大学，读的什么专业。她管我要五万，说如果不给的话，她就拿着这些信息去找我妻子谈。"

"你给她了？"

"当然，是五万块钱重要，还是妻离子散重要，关键是如果离了婚，一半家产可就归我老婆了。我准备了五万现金，第二天中午她来取的，我让她写了保证书，保证日后不再拿这件事来威胁我，否则我就报警，大不了鱼死网破。"于总拿出一根雪茄点燃，"话说那女的到底是谁呀？我很好奇她怎么知道这些事？她不会是联合我包养的那个小三一起设局坑我吧？"

"有可能是你在帝豪喝多时对里面的小姐说漏了嘴。"周凯说完起身，在于总疑惑的眼神中走出办公室。

线索再次中断，"白小熙"现在有了钱，可能在这座城市的任何角落。不对，八月二十日晚上周凯和江浩晨在帝豪KTV附近看见过她，那是不是说明她就住在帝豪附近的某个旅店呢？周凯记得自己曾经看过一本书，那本书里说熟悉的环境容易给人安全感，所以当一个人再次回到曾经驻留过的城市时，通常会习惯性地住在曾经住过的旅店，去曾经去过的饭店，走曾经走过的街道。帝豪KTV附近，"白小熙"再熟悉不过了，会给她带来安全感。

太阳落山，城市再次蒙上了一层黑纱。

周凯开面包车回到第五大道，开始在帝豪KTV附近寻找小旅店，每找到一家旅店他都拿出手机给老板娘看白小熙的照片，询问有没有见过照片里的女人。"白小熙"虽然身上有钱，但她也不可能选择住大旅店，大旅店或者连锁酒店需要有身份证才能开房，而这种较小较偏僻的旅店，只要说说好话，老板就会勉为其难地省掉刷身份证的环节。周凯之前租旅店时就是用的这个套路，老板还特意嘱咐，说万一有警察来查房，就说是他亲戚。

第五大道上大大小小的旅店并不少，光是帝豪附近就有十几家，这还不算小胡同里相对隐秘的旅店。周凯转悠了将近三个小时，就在快跑断腿时，皇天不负有心人，在问到一家名为"小确幸旅馆"的旅店时，老板娘终于点了点头，说："这姑娘住这儿，已经住一周多了。"

"她现在在楼上？"

"没，中午的时候我看她出去了，好像还没回来呢。"老板娘一脸八卦地询问，"你是她什么人？"

"朋友，算是男朋友。"

"是就是，不是就不是，什么叫算是。"老板娘咧嘴笑着说，"你这孩子还挺腼腆。这样，你上去等她回来，我把房间给你打开。"

"这倒不用，既然她不在，我明天再过来。"周凯转身，刚走出旅店似乎又想到了什么，转身对老板娘说，"麻烦您一件事，等会儿她回来，能不能不要告诉她我来找过？"

"惊喜，是不是想给她个惊喜？"老板娘对周凯眨了下眼，"姐也是过来人，都懂，都懂，放心，绝不会透露半句。"

周凯这才放心走出旅店回到面包车上，他并没开车离开，而是在附近超市买了水和面包，简单解决掉晚餐后，在车上静静观察不远处的"小确幸旅馆"。半夜十二点左右，"白小熙"走了过来，身边还跟着一个年龄相仿的女人，两人似乎喝多了，走路左摇右晃的，有说有笑地走进了旅馆。那女人周凯认识，她叫李静文，是白小熙的初中同学。

白小熙有大概五六个初中同学也在北都市发展，今年过年时，这帮同学组织了一次聚会。因为都是老乡，周凯跟白小熙的那些初中同学也都是一所学校的，所以白小熙把他也带了过去。在聚会上，周凯见过李静文，当时白小熙有介绍过，李静文在北都市开了一家心理诊所，她老公则是北都大学的教授，两人已经结婚五年，十分恩爱，不熟悉的人还以为那两人是刚刚进入热恋期的情侣，在聚会上腻腻歪歪，秀了一大波恩爱。

李静文为什么跟穿越而来的"白小熙"走在了一起？周凯有些疑惑。两人进入旅店十几分钟后，李静文单独从旅店走了出来，她应该是送"白小熙"回来。周凯见状下车，跟在李静文身后，快出这条胡同时，他才上前拦下李静文。

"你想干吗？"突然有人拦下她，李静文本能地后退两步。

"我是周凯，白小熙的男朋友。"为了避免李静文误会，周凯亮明身份。

"周凯？"也许是喝醉的缘故，李静文眼神有些迷离，她凑近些仔细看了看，然后说，"怎么改风格啦，上次聚会见你还是挺精神的小伙子，现在怎么胡子拉碴的，我还以为是流浪汉呢。话说你怎么在这儿？"李静文说完回头若有所思地朝旅馆的方向看了一眼，紧接着恍然大悟地说："你不会是……不会是在跟踪她吧？"

李静文知道周凯是白小熙的男友，却用了"跟踪"一词，可见她是知道刚才送进旅店的人根本不是白小熙。周凯惊讶地说："你知道她不是……"

"别忘了我是干什么的,我可是资深心理咨询师,从她第一次打电话给我,我就知道她不是白小熙了。"李静文摸了摸肚子,"你肯定还有很多事要问,我们别在这里站着了,黑乎乎的,找个地方坐下聊。"

已过午夜,大多数店都已经关门了,只有烤串店还开着。周凯和李静文选择一家烤串店走进去,简单点了点儿吃的和两瓶啤酒。

"能跟我说说吗,她是什么时候去找的你,找你干什么?"点餐服务员离开后,周凯迫不及待地询问道,"她有跟你说,她是谁吗?"

"她是一周前给我打的电话,说自己叫白小熙,是我的初中同学,问我还记不记得。还没见面我就听出问题了,我跟白小熙明明是年初聚会时才见过,如果是白小熙打电话来,为什么会这样问?"李静文倒了一杯温水喝了几口,"那天我们约在咖啡馆见面,她出现时我真是吓了一跳,身上穿的衣服脏兮兮的,头发貌似也好久没洗了。"

看样子"白小熙"被帝豪KTV撵出来后,走投无路之下求救了李静文。虽然"白小熙"后面的人生跟白小熙完全不同,但她们都曾上过初中,都曾跟周凯做过邻居,这部分人生是一样的,所以"白小熙"联系李静文这个初中同学也在情理之中。

"后来呢?"周凯问。

"她跟白小熙长着同一张脸,我当时愣住了。她走过来对我说,还以为这么多年没联系我会把她忘了,然后说如果不是遇到了难处,她也不可能会突然联系我,实在是不知道该找谁帮忙了。"李静文点的面上来后,她吃了两口继续说,"当时她说已经几天没吃上一顿饱饭了,希望我能借她些钱渡过难关。我钱包里有大概四百元现金，都给了她，又换了个地方请她吃了顿饭。吃饭时她说了很多我们小时候上学的事，讲得很细，如果是没经历过的人根本不可能说得这么具体。她还说她一直知道我在北都市，但她混得不好，每次群里组织聚会她都不好意思露面。她说的这些话让我很费解，但当时我并没表露出来。她离开后，我马上给白小熙打了个电话，电话里的白小熙说她正在外面采访。这世界疯了，竟然在我面前出现了两个白小熙。我想搞懂怎么回事，但直接询问的话又太没礼貌了，当然，最关键的是不知道该如何问，因为貌似她也不知道这座城市里还存在一个记者白小熙。几天后我又约了她，这次我把见面地点定在了华南商业楼附近，就是白小熙工作的地方附近。那次见面时，她好像从哪里弄到了钱，身上的脏衣服也换掉了，头发也做了新发型。我们边吃边聊，中午时我给白小熙打了个电话，约她见上一面，让她在"遇见美好"西餐厅外等我。白小熙来时，我们刚好吃完，结了账后我借口说去洗手间，让她先走。我躲在暗处，观察她，看着她走出了西餐厅，当时白小熙跟她的距离只有几米，她看见了白小熙。我故意安排让她看见白小熙，看看她的反应，当时她显得有些惊讶。"

"竟然是你让她知道了白小熙的存在。"周凯紧皱起了眉头，"那白小熙呢，白小熙见到她了吗？"

"没，我看时间差不多就走了出去，直接掠过她走到白小熙身边，拉着白小熙离开了。那天，她一直在后面跟着我和白小熙。等我和白小熙分开后，她就马上联系了我，询问我那个女人是谁，我才把所有的事告诉她。当然，她也讲述了她自己的事，我听后热血澎湃，简直像发现了新大陆似的。这世界上竟然真的有穿越这回事，而且就发生在此时此刻。"李静文说得有些激动，"你知道吗，穿越啊，以前只在美国大片里看见过，没想到真真切切地发生在我面前。"

"她听了白小熙的事有什么反应？"周凯打开啤酒喝了一杯。

"就仿佛是在听别人的故事，听得很入迷。那之后的几天，只要我有时间，她就会来找我，缠着我讲跟白小熙有关的事。今天也是为答谢我才请我吃了顿饭。虽然她们都是白小熙，可人生完全不同，所以我也很愿意跟她讲这些。"李静文笑了笑，然后收起笑容，眼神迷离地看向周凯，"说说你吧，你是怎么发现她的存在的？"

"时间不早了，你赶紧回家吧，否则你的那位北大教授该等急了。"周凯回避了这个话题，他叫来服务员。结账后，周凯帮李静文叫了出租车，看着出租车开远后，自己才回到面包车上。已经将近后半夜两点，旅店的灯也关了，胡同里黑漆漆的，喝了些酒的周凯也有了些困意，他将座椅调了调，找了个相对舒服的姿势闭上了双眼。

第三十七章

天渐渐亮了起来，周遭变得嘈杂，周凯睁开眼看了下时间，才刚过四点。他慵懒地伸了个懒腰，本打算再睡一觉，然而刚换了个姿势，视线透过车窗投向旅店，突然发现"白小熙"从里面走了出来。这么早她要去干吗？

周凯急忙打起精神将车启动，慢慢跟在"白小熙"后面开。"白小熙"走出胡同后，在路边拦下了一辆出租车。半个小时后，车停在了白小熙所在的小区外，"白小熙"走下出租车后拿出手机看了看时间，接着走到小区对面。

小区对面，周凯租的旅店旁边有一家粥铺，"白小熙"走进粥铺坐在靠窗的位置，在里面正好能看见对面小区发生的情况。周凯感觉呼吸有些沉重，难道这几天"白小熙"一直在监视着白小熙？如果是这样的话，那她也一定发现了同样在背后跟着白小熙的周凯。前两日，周凯在小区外面等白小熙出来时，丝毫没有察觉到自己也在被别人盯着。这样说来，"白小熙"已经知道除了她，周凯也穿越了回来。

"白小熙"一直在粥铺坐着，眼睛偶尔看向小区门前，偶尔看向前几日周凯等白小熙的那棵树，她似乎是在好奇，今天周凯怎么缺席了。六点整，白小熙从小区里走出来，"白小熙"这才起身走出粥铺,她先是警惕性地四下看了看,接着跟在白小熙身后,时不时地拿出手机拍前面的白小熙。周凯小心翼翼地跟在两个白小熙的身后,盯着她们的一举一动。白小熙跑完步后照常吃早餐,去报社报到,这期间"白小熙"一直跟着,等白小熙回报社后,"白小熙"也并未离开,一直在华南商业大楼附近徘徊。白小熙在报社待了一个多小时,再次出现时换了身衣服。"白小熙"见她出来后,继续跟着,一直跟到白小熙吃午饭依旧没有打算离开的意思。

周凯没有继续跟下去,白小熙进入一家面馆吃午饭时,他打车回到早上停面包车的地方,然后开车去了"小确幸旅店"。刚进屋,坐在吧台后面的老板娘便站起身说道:"哎呀,来啦,不过不巧,我见她早早就出门了。"

"没关系,我去楼上等会儿。"周凯说道,"老板娘,能帮我开下房门吗?"

"钥匙在这儿,你自己开吧,一会儿别忘了把钥匙给我送下来。她住二〇二。"老板娘把挂在墙上的一圈钥匙拿下来递给周凯,"昨晚她回来我可什么都没说。"

周凯礼貌地道过谢后上到二楼,找到二〇二后用老板娘给的钥匙打开房门。房间里有些昏暗,周凯打开灯走进去,发现房间内双人床对面的那面墙壁上贴满了照片,主角几乎全都是白小熙,有她吃饭的照片,有她走在街上的照片,有她跟人聊天时的照片,最下角还有几张周凯躲在树后等白小熙的照片。

看样子"白小熙"跟踪白小熙已经不是一天两天了。床边有个日记本,周凯走过去打开,里面写着白小熙的习惯,穿衣风格以及从小到大的所有经历,如何考上的大学,在哪个班级,学的什么专业等,记录了满满二十几页,记录得十分详细。现在的"白小熙"甚至比周凯更了解她。除此之外,床头柜上还有几本跟记者相关的书籍，墙边放着几个大袋子。

周凯走过去打开袋子，里面是十几件衣服，这些衣服的样式全是贴在墙上的照片里的白小熙穿过的。看来"白小熙"的确正在试图变成这个时空的白小熙的样子，不，不是变成，而是替代，她在为替代做准备。

时间仿佛静止，周凯跌坐在床头，看着那些照片一动不动，就这样待了二十多分钟，他才起身锁好房门下楼。

"怎么不继续等了？"老板娘见周凯下楼询问道。

"我想自己开个房，就开二〇二旁边那个房间。"周凯见老板娘用疑惑的眼神看着他，于是急忙解释，"惊喜，是为了惊喜。"

"这算哪门子惊喜。"老板娘依旧不解。

"后天是她生日，我想明天半夜十二点准时出现在她门前。"周凯咧嘴假笑了一下。

"现在像你这样有心的男孩不多了。"老板娘恍然大悟，紧接着帮周凯登记开了房间。

周凯在旅店旁边的超市里买了一把小刀和几桶泡面，这才回到房间。他开的房间跟"白小熙"的房间中间隔了一层不算太厚的木板，周凯在靠近窗户的位置用小刀将木板钻了个食指大小的窟窿，以便于随时观察"白小熙"的举动。弄好后，周凯躺在床上静静等待。晚上九点左右，楼道里响起了脚步声，紧接着隔壁房间的灯亮了，光亮从洞口照射到这边。"白小熙"回来了。周凯的房间没有开灯，他起身轻手轻脚地摸索着走到墙边，眯起一只眼睛，另一只眼睛贴在洞口朝隔壁看去。

隔壁的房间里，"白小熙"休息了一会儿后换上跟白小熙同款的衣服，然后在狭小空间里学着白小熙走路的姿势走来走去。"你好，我叫白小熙，是名记者。""喀喀，你好，我叫白小熙，是名记者。""白小熙"在不断调整着自己的语速和语调。

现在,她穿着和白小熙风格相同的衣服,学着白小熙的语调讲话,除了被染了颜色的头发,言行举止几乎和白小熙没有两样。如果她把头发也剪成和白小熙一样的发型,然后两人站在一起,恐怕连周凯也分辨不出来谁是谁了。周凯突然想起了小时候经常看的《西游记》,其中一集讲的是真假美猴王,印象深刻的是当两个猴子站在一起时,就连朝夕相伴的唐僧也根本无法分辨出来。"白小熙"如今就是那只试图取代孙悟空的假猴子。

"周凯。"

隔壁的"白小熙"突然叫了一声周凯的名字,这让正在偷窥的周凯倒吸一口凉气,急忙屏住呼吸。

"周凯。周凯。我这两天工作比较忙,可能我们见面的机会就少了。""周凯,我爱你。""周凯……"

情侣间的对话跟外人有所不同,通常会温柔许多,说话的声音和言行举止也有所变化。"白小熙"取代白小熙若想要瞒天过海的话,最主要的一关就是这个时空的周凯,只要他没有察觉出任何不对,"白小熙"就没有后顾之忧了,所以现在她在练习白小熙和周凯日常对话时的语调情绪。"白小熙"不仅仅是单纯地想取代白小熙,而且还计划取代成功后继续留在周凯身边,爱情美满,事业有成,人生没有污点,这在"白小熙"的时空里根本都只是奢望,可在这个时空却全部成为了现实。任何人遇到这种情况都会迷失,更何况是从小就生活在水深火热中的"白小熙",她会为此兴奋,为此疯狂,为此不择手段,或许,她已经不屑于回到自己的时空了。

周凯不知道自己是否还有能力阻止此时此刻的"白小熙"取代白小熙的想法,如果不能,该怎么办呢?一个无奈却有效的决定从脑海里冒出,周凯攥紧双拳目露寒光,如果"白小熙"真的不听劝阻的话，他会在她完成替换计划之前杀了她。但在此之前，周凯还是打算找个恰当的时机跟"白小熙"谈谈，希望她能改变主意。

"白小熙"折腾到后半夜才关灯上床，等她睡去后，周凯也回到床上躺下。也许是昨晚在面包车里没睡好，接着又折腾了一天，很快周凯便沉沉睡去。

二〇一七年八月二十日，星期日。

这个时空的周凯，今天跟溪海书屋的店长请了一天的假，准备去接多年未见的好友江浩晨，因为江浩晨的飞机是中午十二点，所以周凯并没起那么早，他关掉闹钟决定睡个懒觉。十点整，躺在出租屋卧室里的这个时空的周凯缓缓苏醒。十点整，从一个月前穿越而来，躺在旅店里的周凯也缓缓苏醒，他伸了个懒腰看向窗外，猛地从床上坐起看了眼手表，然后疑惑地拿起放在枕边的手机看了眼，原本定在五点三十分的闹钟并没有响。或许是闹钟响了，自己睡得太死没有听到？周凯翻下床，光着脚丫走到昨天在墙上挖的洞前，眯眼看向隔壁的房间。

隔壁的房间里没有"白小熙"的身影，就连贴在电视四周的照片也被收了起来。糟糕，周凯察觉到了什么，他急忙跑下楼找到老板娘询问："住在我隔壁房间的那个女人呢？"

"走啦，早上五点多就退房离开了。"

老板娘的话犹如晴天霹雳，让周凯整个人僵在原地："她为什么突然间退房？"

"这……"老板娘面露难色，像是个做错事的小孩。

"快告诉我！"周凯气急败坏地吼道。

"好吧。"老板娘深吸一口气说道，"昨晚她回来时我不小心说漏嘴了，告诉她生日会有惊喜，还……还说那个男孩不错，很有心。她听到后一直逼问我，我就把你在她隔壁开了个房间的事说了出来。"

"昨晚她就知道我在隔壁?"周凯倒吸一口凉气,回想昨晚,"白小熙"竟然在知道他就住在隔壁的情况下,自顾自地练习着白小熙的言行举止,丝毫没有任何担忧或是不自然。难道,她是在演戏?是演给周凯看的?还是说她是在以这种方式告诉周凯,没有人能够阻止她的计划,她也根本就没把周凯放在眼里?周凯发现自己低估了"白小熙"……

"这是她临走前放在这里托我交给你的。"老板娘抬起电脑键盘,拿出一张折叠着的纸条交给周凯,"我绝对没看过。"

周凯缓缓伸出手将纸条拆开,上面只有一句话:一切该发生的总会发生,今晚见!

第三十八章

今晚,这个时空的周凯和江浩晨在帝豪KTV碰见过"白小熙",这件事穿越回来的周凯知道,然而"白小熙"不可能知道。

他又把手中的纸条前后翻了翻,上面只写了一句话,没留下任何见面的地址和信息,这证明"白小熙"十分确认周凯能够找到她。这怎么可能?后脑忽然有些疼痛,周凯使劲儿抓了抓头发痛苦地蹲在地上。老板娘从前台走出来,关切地询问:"怎么样,你没事吧?"

"纸条,留在旅店里的纸条。"周凯噌地站起身,一边说着,"我的房间也退了,押金不要了。"他跑出旅店,回到面包车上将车启动,挂挡,一脚油门踩下,面包车嗖的一下窜了出去。大概二十分钟后,周凯把车停在路边,跑进在白小熙家小区对面租下的那个旅店。

打开门进入房间,周凯跑到床边翻了翻,翻出了那张前天写在纸上的时间线索。这张纸上清清楚楚地写着:二十号晚,帝豪KTV,"白小熙"出现过。

"白小熙"来过这家旅店,进过这个房间,看见过周凯写在纸上的字。周凯使劲敲了下自己的脑袋,他突然发现自己笨死了,既然"白小熙"每天都在隔壁的粥铺等白小熙出来,也看见了同样等白小熙的周凯,她又怎么可能猜测不出来周凯就住在对面这家旅馆呢?

周凯本来以为自己神不知鬼不觉,一切都毫无破绽,现在才突然间反应过来,原来他一直在被"白小熙"耍弄,真正做到神不知鬼不觉的是"白小熙"。

冷静,现在离白小熙出意外还有将近两周,"白小熙"只是取得了暂时的胜利,结果最重要,对,结果最重要,自己一定要保持冷静,千万不要乱了分寸。周凯迫使自己冷静下来,仔细回想进入迷宫前发生的种种,最后想起了欧阳宇之拿来的那段道路监控,监控里他在跟踪"白小熙",也是发生在八月二十日,时间是中午,地点是……周凯集中精神努力回想,终于想起了道路监控拍摄下来的路段。汉华路,没错,是在汉华路。

周凯看了下时间,现在是十点四十分,当即跑出旅馆开车前往汉华路。途中他努力回想着道路监控视频里出现过的建筑——工行,是工商银行,汉华路上的工商银行。十一点十分,周凯停好面包车后来到工商银行,站在门里观察对面走在斑马线上的行人。行人有很多,每次绿灯,都有无数个人穿插在斑马线上。周凯怕错过任何一个人,眼睛连眨也不敢眨,就这样看了大概十几分钟,"白小熙"出现了,她穿着跟白小熙风格极为相似的衣服,头发染回了黑色,而且烫了卷发。

周凯走出工行,跟在"白小熙"身后,连续跟了几条街,最后"白小熙"走进了一家女子美容会馆。周凯无法跟进去,只能躲在广告牌后耐心等待。时间一分一秒地过去,周凯等了三个多小时,却依旧没见"白小熙"出来,腿已经站得发麻,因为从早上到现在没吃任何东西,肚子也在不争气地咕咕叫,这让周凯失去了所有耐性,他终于忍不住走进美容会馆,对坐在沙发上的女子问道:"请问刚才进来的那个头发卷卷的女人还在吗?"

"早就走了呀,她就进来借了个厕所,然后从后门离开了。"

又被耍了?周凯难以控制情绪,使劲抬腿在墙上踹了下,怒骂了一句脏话:"他妈的。"

"先生,这里是公共场所,请注意你的言行举止。"女子被周凯突如其来的举动吓了一跳,不过她还是站起身提醒道。

周凯离开会馆回到面包车上越想越气,最后他攥紧拳头狠狠在方向盘上砸了几下,才彻底将心中的怒火发泄掉。再一次跟丢"白小熙",现在"白小熙"看过周凯写的纸张,知道周凯可能会在帝豪KTV附近等她出现,那她还会选择去吗?周凯不知道,但错过这次机会的话,就只能等到四天后,"白小熙"进入白小熙家时才能出现了,而那时白小熙也会通过小区监控发现"白小熙"的存在,事情便会很棘手。

开车来到帝豪KTV,周凯将车停在门外,然后找到当晚这个时空的周凯和江浩晨喝酒的大排档点了些吃的,边吃边等待。天渐渐黑了下来,大排档的人也越来越多,服务员忙得不可开交。大概七点时,周凯看见这个时空的自己和江浩晨相互搀扶着走了过来。两人已经喝得有点多了,走路时东倒西歪。周凯看到那两人过来后戴上帽子,将帽檐压低。

两人坐在了离周凯不远的地方,周凯背对着他们,坐下后的江浩晨朝周凯这边看了一眼,并没有发现什么疑点,接着两人又撸了些串要了一打啤酒,一边喝一边聊了起来。这是这个时空的周凯最幸福的时刻,有远方的朋友陪在身边,有爱情的滋润。两人聊着那段一起打工的日子,聊着分开后各自的生活。

这个时空的周凯说:"我走了十几座城市,换了三十几份工作,如今终于找到自己的归宿了。"江浩晨说:"我的归宿不在这座城市，可我要在这座城市待很长时间，公司安排的。以前，我们不喜欢上学，就辍学出来打工，干得不开心就挥挥衣袖走人，大不了再换一个工作嘛，饿不死人的，但现在有家人要养，有孩子要供，工作丢了真的会饿死。好怀念那时的我们。"

这个时空的周凯说："我觉得这个世界上真的有命中注定一说，你看我跟小熙，儿时的不辞而别，辗转十多年，最后竟在这座城市不期而遇。关键是，她心里一直有我，而我也未曾放弃过寻找她。十四年的分别虽然痛苦，但如果没有这十四年的分别，就不会有再见时那一瞬间的美妙。在溪海书屋，当我抬起头看见那张许久未见的脸庞时，仿佛有一缕阳光冲破了黑暗照进了我的世界。"江浩晨一杯啤酒进肚，抬手拍了拍他的肩膀，说："我懂，哥们儿，我懂，我也经历过那个时刻。"

两人几瓶啤酒下肚，加上之前在江浩晨家喝的，开始你一句我一句各聊各的，但即使是这样，即使明天醒来后他会头痛欲裂后悔喝了那么多酒，即使他已经醉得不知道自己在说什么了，周凯还是希望这个时空的他能够享受当下这个时刻。

晚上十一点过后，两人实在喝不下去了，便起身结账，相互搀扶着离开大排档。周凯见两人离开后，自己也结账跟在后面。走过帝豪KTV，又往前走了一段路，走在前面的周凯突然指着不远处的女人喊了句"小熙"。跟在身后的周凯朝他指的方向看去，的确是"白小熙"，她还穿着中午那身衣服。听见这个时空的周凯的叫喊，"白小熙"转头看了眼，但并没有理会。

"这就是我跟你说的那个女孩，小熙。"这个时空的周凯试图冲上去，但脚没站稳倒在了地上。江浩晨将他扶起时，"白小熙"已经穿过了马路。

周凯见状也穿过马路追了过去，两人一先一后进入一条胡同。

"白小熙"走到胡同中段时突然停住了脚步，猛地回头，这时周凯离她仅有二十几米。见"白小熙"转身，周凯条件反射般一闪身，躲在了墙边的阴影里。

"别躲了，我看见你了。"白小熙提高声音说。

周凯深吸两口气从黑暗中走出来，又朝前走了几步，在离"白小熙"不到两米的距离停下脚步，说道："我们又见面了。"

"我们不是早就见过了吗？在你的时空里，在还没进入迷宫之前，你就已经在监控视频里见过我了。""白小熙"冷言说道，"现在我就站在你面前，你想怎么做？"

"想你放弃代替白小熙的计划，你也永远都不可能成为她。"周凯语气坚决地说，"你跟我重新进一次迷宫进行穿越，穿越回属于我们各自的时空。"

"别傻了，我永远都不想再进入那座迷宫了，也不可能放弃计划。""白小熙"冷笑两声，"除非你给我一个必须放弃计划、必须回到自己时空的理由。我在自己的时空里没有朋友，没有家人，没有爱我的人，也没有我爱的人，那些不曾拥有的，在这里我不费吹灰之力就能够得到，所以我为什么要听你的？"

"因为我们不属于这里。"周凯把手伸进裤兜，摸到昨晚在超市买来的小刀握在手里。

"我为什么不能属于这里？是谁说的我就只能回到自己的时空当个老掉牙的三陪小姐?！是谁说的?！谁?！""白小熙"大声地喊着，"为什么我就不配拥有她的一切？"

"你们儿时的经历是相同的，只是当初的你选择了不同的人生，跟别人无关。白小熙现在所得到的一切，也都是她努力换来的。"周凯知道"白小熙"的执念太深，根本不可能仅凭他一两句话就让她放弃计划，"不过一切都还不晚，你回到自己的时空后依旧可以摆脱掉以前的生活重新开始。"

"这些冠冕堂皇的鸡汤话我看得够多了,也听得够多了,然后呢?过往的经历会永远笼罩着我,谁愿意娶一个水性杨花的三陪女?谁愿意给一个曾经品德不正前科累累的太妹一次机会?我抢过劫,坐过牢,嗑过药,如果单凭鸡汤就可以改变这些,我就不会混到现在这份田地了。""白小熙"说完停顿了一下,"现在老天给了我这样的机会,让我后半生不会被过往的经历所笼罩,因为在这里,不存在我那些不堪的经历。我正在靠我的努力,换来我想要的人生。"

"我会阻止你,拼尽全力阻止你得逞。"周凯拿出小刀藏在身后,又向前走了两步,"我愿意为白小熙做一切事情,如果有必要,包括杀了你。"

"真可笑。""白小熙"大笑了几秒,接着板起脸说道,"我也是白小熙,小时候你的那个吻也在我心里留了好多年,可为什么,为什么你不愿意为我做一切?为什么你为了让她活下去选择杀了我,而不是选择去杀她?这也不是你的时空,她也不是你的白小熙,你却可以毫无条件不求回报地帮助她。真是太可笑了!"

"没有那么多为什么,我只是不想让这个时空的周凯同样遭受失去爱人的痛苦,有些东西未必要得到才是幸福,只要我知道在某个时空里,白小熙和周凯能幸福地在一起,对我来说就已经足够了。"周凯感性地说。

"幼稚的想法。""白小熙"拿出手机看了眼,紧接着说,"你知道为什么我明明知道你在这里等我,却依旧过来吗?"

"因为你太自负了,认为我根本没能力阻止你的计划,对你构不成威胁。"

"错。""白小熙"伸出一根手指摆动了下,接着说,"我虽然痛恨过往的那些经历，但不得不承认，那些经历教会我一个道理，想要干成某事，一定要在实施之前预料到中间可能出现的种种变故，并且提前做好预防，只有这样才能最终到达成功的彼岸。我从来没觉得你对我构不成威胁，正相反，你是最大的威胁，所以对于你，我要更加小心谨慎才行。"

"这话是什么意思？"周凯有些不解。

"意思是我来这里就是为了排除你这个'变故'的。你有机会的，有机会阻止这一切，如果你不是试图说服我，而是直接冲上来杀掉我的话，那我接下来的计划也就落空了。不过，现在你的机会没了。""白小熙"后退两步说，"你有没有感觉四肢开始麻木？"

"四肢麻木？"周凯动了动胳膊，发现胳膊有些不太听大脑的使唤，又动了动腿走动两步，虽然可以走动，但动作有些迟缓，除此之外，他还感觉大脑有些发涨，因为刚才在大排档时喝了酒，所以刚才他一直以为是酒精的作用让他的头脑发涨，"你……做了什么？"

"死不了人的。""白小熙"似乎是在为计划得逞而开心，她走到离周凯仅有半米的地方，继续说道，"你坐在大排档那边点菜时，我溜进屋里塞给服务员两千块钱，让他把我准备好的酒端给你。你喝的那瓶酒里我放了些醋托咔，就是麻醉药，量不多，但足够让你暂时失去知觉。现在已经过了半个小时，它们应该在你体内起了作用。"

"我真该一开始就动手。"除了身体上的酥麻外，周凯的嘴唇舌头也在逐渐变麻，说起话来就像是喝多了一般。

"谁说不是呢，下次记得不要犹豫。""白小熙"走到周凯跟前，从周凯手中拿过小刀扔在地上，然后将他一只手搭在自己的肩膀上，搀扶着他走出了胡同。出胡同后，"白小熙"对停在不远处的出租车摆了摆手,等车过来后,她先把周凯扶上车,紧接着自己坐在副驾驶上对司机说:"男朋友喝了太多酒,师傅,麻烦你送我们去翰林小区。"

躺在出租车上的周凯想说话却说不出,手脚也已经完全不听使唤了,头脑一阵眩晕,感觉眼前的一切都变得不再真实,最后在出租车有频率的震动中跌进了黑暗的深渊。

第三十九章

周凯被囚禁在了漫无止境的黑暗中,在这里他感觉不到手脚,感觉不到身体的存在,但他能感觉到意识,他的意识在空中四处飘荡,试图寻找到冲出黑暗的出口。就这样飘荡了许久,黑暗中出现了一个亮点。他奋力游向亮点,亮点越来越大,越来越大,最后黑暗被吞噬,眼前变成白茫茫一片。

白芒散去,眼前出现了一张熟悉的脸,他想说话,努力了半天,最后用虚弱的声音说:"小熙,我这是在哪儿?"

"一个很安全的地方,这里没人会伤害你。""白小熙"轻轻笑了笑,紧接着消失在周凯面前。

周凯慌张地扭过头寻找,他看见"白小熙"将一条长长的输液管插进点滴瓶,输液管的另外一端,插在他胳膊上的血管里:"你对我做了什么?"

"只是给你点了些葡萄糖,维持体能,这样即使连续几天不吃不喝也不会让你死去。只不过我在葡萄糖里兑了些东西,可以让你持续性地进入昏睡状态。""白小熙"换完药后,坐在床边抚摸着周凯的头发说,"睡吧,熬过这几天,等你再醒来时就自由了。"

"你不是白小熙。"周凯察觉到了什么,他想要从床上起来,可浑身上下没有半点儿力气。

"很快，我就是了。""白小熙"继续抚摸着周凯的头发。

"为什么不杀了我？"周凯晃动了几下头，甩开"白小熙"的手。

"因为我想看你痛苦，想看当我取代了白小熙之后，被困在这里的你又该如何选择，是继续选择没有身份偷鸡摸狗地活下去，还是杀掉这个时空的周凯，代替他活下去。像你这种高尚的人，应该是会选择前者吧？""白小熙"讽刺地笑了笑，"困就闭上眼睛吧，我也该走了。"

周凯看着"白小熙"从床上起来，走到门前时，她又若有所思地回头说："忘记告诉你了，你已经睡了五天了。"

这样说来今天已经八月二十五日了？怪不得在进入迷宫穿越之前，八月二十日之后就没有了他自己的踪迹，原来他当时被"白小熙"囚禁了起来。不行，不能这样坐以待毙，还有时间，他得想办法离开这儿。周凯虽然这样想着，但眼皮越来越重，尽管他努力不让自己闭上双眼，可最后还是带着眼角流下的泪水昏睡了过去。

周凯不知自己昏睡了多久，或许只昏睡了几秒钟，又或许一天，也有可能是一年，当他再次睁开双眼，眼前还是那个房间，自己依旧躺在床上，不同的是，原本插在他血管里的针头被拔了出来。他试着抬了抬手臂，虽然吃力，但是也能够抬起。他又试着从床上坐起身，然而两只软绵绵的胳膊根本用不上任何力气，尝试了几次，才算勉勉强强地坐起来。

这是一间卧室，陌生的卧室，房门上贴着大红的喜字，衣柜上贴着心形的气球，有点像结婚时用的婚房。在床上坐了会儿，周凯感觉有了些力气，于是挪到床边小心翼翼地站起身，挪动着脚步，用了将近三分钟才走到门前。打开卧室门，外面是客厅，客厅里有电视、沙发、茶几、冰箱，还有一张立在茶几上的婚纱照，婚纱照中的男人带着金丝眼镜，西装笔挺，看上去很精神，女人穿着婚纱笑容灿烂。周凯认识婚纱照里的女人，她叫李静文，是白小熙的初中同学。

周凯发现，婚纱照的旁边放着一个碎了屏的手机，是他的手机。他一鼓作气走到茶几旁，弯腰拿起手机解锁，上面显示着时间：二〇一七年八月三十一日，星期四。周凯简直不敢相信自己的眼睛，盯着手机屏幕看了良久，最后不得不接受这个事实。

他整整在这个房间里睡了十一天，而现在距离白小熙失联只剩下一天，不，确切地说只剩下十几个小时了。周凯把手机揣回兜里，扭头看向挂在墙壁上的落地镜，镜子里的他胡子更长了，头发也遮住了眼眉，整张脸几乎已经瘦得脱了相。

晕，头还是有些晕，周凯强忍着眩晕感，在房间茶几底下的柜子里翻了翻，又在电视柜下翻了翻，最终在里面找到了十几个硬币和一小摞零钱。他把这些钱全部揣进兜里，走出房间下楼离开翰林小区，在路边拦了辆出租车。

现在的时间是十一点二十分，周凯记得八月三十一日这个时间他正跟白小熙在衡阳路上的鲁艺火锅吃饭，那也是白小熙失踪前他们吃的最后一顿饭，所以只要周凯从那顿饭结束后一直跟着白小熙，就能避免她被人绑架。二十分钟后，出租车停在了鲁艺火锅门前，周凯下车，透过窗户朝里面看去，他看见这个时空的周凯和白小熙正面对面坐着聊天。他呼出一口气，放心了下来，周凯不顾路人异样的眼光靠墙坐在窗户下面一边休息一边盯着餐厅正门。

四十分钟后，这个时空的周凯和白小熙手挽着手走了出来。见两人走出来后，周凯起身跟在他们身后。两人走了几条街，最后分开，白小熙先是去附近的夜市逛了一圈，逛夜市的途中她接了个电话。接电话时白小熙的神情有些慌张，先是前后看了看，最后躲进了一家服装店,她在服装店里接完电话才又走了出来。

匆忙离开夜市,白小熙在街边拦下了一辆出租车,周凯也迅速钻进后面的一辆出租车。两辆出租车一先一后在城市间穿梭,最后离开城市驶上了高速。她要去哪儿?周凯有些疑惑,但为了白小熙的安全还是决定继续跟下去。就这样两辆出租车开了几个小时,两边的风景从繁华到荒凉,天也渐渐黑了下来,白小熙却依旧没有停下来的意思。周凯看了看计价器,车费已经跳到两百多元了,而他身上只有不到二十元。左思右想,无奈之下周凯新建了一个微信,在手机里找到了江浩晨的电话,声称自己有急事,让江浩晨临时打了一千块钱过来。

出租车开了整整一夜,直到天再次亮起来时,已经从北都市开到了谷溪市。二〇一七年九月一日,清晨五点三十六分,白小熙乘坐的出租车最后停在了一家名为"世纪缘"的宾馆外,这是一家五星级宾馆,白小熙下车后直接走了进去。

白小熙先在前台办理了入住手续,然后乘电梯上了楼。周凯没有身份证,无法在这里开房间,在详细询问前台,确定宾馆没有其他出入口后,他来到大厅的休息区,用手机点了份外卖,坐在沙发上等待。外卖送到时已经九点多了,本来很饿的周凯仅仅吃了几口就吃不下了。白小熙直到下午三点多才从楼上下来,在宾馆附近逛了一圈后,进入一家烤肉店吃饭,吃完后就又回了宾馆。周凯不敢睡觉,一直坐在大厅沙发上守着,从九月一日守到了九月二日下午,白小熙又是三点多准时下楼,这次她进入了一家水饺店,吃完后又逛了逛附近的商场,直到天黑才回到宾馆。整整两天未合眼,周凯有些熬不住了,就在白小熙上楼后,他靠在沙发上睡着了。再次醒来,是手机铃声吵醒了周凯,他拿出手机看了看,上面显示着"傅生"的名字。

周凯按下接听键,有气无力地吐出了一句:"喂?"

"你可算是接电话了,这段时间我给你打了无数个电话,还以为你……"电话里傅生把想要说的话吞了回去,"你没事吧?"

"没事,还活着。"周凯坐起身,眯着眼睛看了眼挂在宾馆大堂里的时钟,上面显示二〇一七年九月三日凌晨一点整,"你这么晚给我打电话,有什么事吗?"

"已经三号了,我很想知道,你是否有改变未来?"傅生问。

"算是吧,白小熙还活着,也没被绑架。"周凯拿起放在旁边的矿泉水喝了口,"我们在谷溪市,已经两天了。"

"你有没有去木屋检查过?"傅生突然问道。

"白小熙没有被绑架我为什么要去木屋检查?"周凯直了直身子,"从她跟这个时空的周凯最后一次吃饭分开后,我就一直在跟着,穿越来的白小熙根本没有机会下手,更何况我们身在别的城市。"

"不,我的意思是说,你怎么确定自己跟着的是这个时空的白小熙,而不是从一个月后穿越而来的白小熙?"傅生耐心地解释说,"或许在你的时空里,白小熙也不是失踪,她只是不在北都市而已。"

"我能分辨出两个白小熙的不同之处。"事实上傅生的提醒让周凯想到一个疑问,白小熙为什么会突然之间来到谷溪市?而且她除了吃饭逛街外,根本什么都没干,就好像是故意离开北都市,或许她是故意引周凯离开北都市?

"《西游记》中有一章写的是真假美猴王,最后佛祖辨出真身,孙悟空一棒打死了六耳猕猴。可后来有一些深度解析西游记的文章里说,其实真正的齐天大圣被六耳猕猴打死了,后面陪着唐僧取经的,是假的孙悟空。"傅生的声音有些沙哑,"两个白小熙就如两个

274

孙悟空,你真的能确定在谷溪市的白小熙是真悟空?"

周凯回想起在旅店那晚,隔壁的"白小熙"努力学习白小熙时的样子。是啊,假如"白小熙"剪成和白小熙一样的发型,穿着和白小熙一样的衣服,彻底把属于"白小熙"的性格特点隐藏起来,那周凯又该如何分辨得出真假呢?浑身打了个激灵,周凯没有再回傅生的话,他挂断电话来到前台,询问道:"我想查询一位来你宾馆住宿的客人,叫白小熙,她是二○一七年九月一日清晨五点三十六分办理的入住手续,我是她老公。能告诉我她住在几号房吗?我有急事找。"

"稍等。"前台小姐在电脑上查询了几分钟,最后说,"是这样的,先生,不管您有什么急事,我们宾馆是不会向您透露任何住客信息的,刚才我已经帮您在线报了警,稍后会有警察过来询问情况,在警察确认您的身份后,我会……"

周凯没等前台小姐说完直接转身离开,跑出宾馆随便上了辆出租车朝北都市的方向开去。下午一点十分,出租车回到北都市并来到了那个囚禁白小熙的小木屋所在的山下,周凯把剩下的钱全部交给司机,让司机在山下等着他。

在穿越之前,周凯来过一次木屋,所以轻车路熟地上山,很快就找到了木屋所在的位置。他轻手轻脚地走过去,木屋门虚掩着,里面有声音,是"白小熙"的声音,她说:"放心,你死了之后,我会代替你继续活下去。"

周凯急促呼吸几秒,猛地打开屋门。木屋里,白小熙的手脚被捆着,嘴也被堵了起来,在她身旁蹲着的"白小熙"跟她穿着一样的衣服,梳着一样的发型。门被拉开后,"白小熙"看向周凯有些吃惊,愣了两秒后急忙举起手中的匕首试图刺向白小熙。周凯见状,两个健步冲过去,飞身扑向"白小熙",就在匕首即将插进白小熙的脖颈时，周凯成功将"白小熙"扑倒在地。他一只手抓住"白小熙"握着匕首的胳膊，一只手拿起旁边的砖头使劲儿敲向"白小熙"的脑袋。

仅一下，"白小熙"便晕了过去。见她晕倒后，周凯拿起匕首割开绑在白小熙手腕脚腕上的绳子。就在他要去拿掉堵在白小熙嘴上的抹布时，白小熙突然站起身撞倒周凯快速跑出木屋。周凯再次起身追出去时，白小熙已经跑出了五十多米。

"不要，不要去那边！"周凯发现白小熙所跑的方向，正是在他的时空里，警方发现白小熙失足掉下谷海的方向。周凯一边喊着一边追赶，就在他马上要追上白小熙时，白小熙突然脚下一滑，整个人滚下山坡掉进了谷海。等周凯冲下山坡时，海面上已经看不见白小熙的身影了。

"小熙！！！"周凯用尽全身力气大喊，紧接着跪倒在地失声痛哭起来。

雨，毫无征兆地落下来，起初是蒙蒙细雨，接着转为暴雨，就好像老天也在为白小熙的离开而伤感落泪。周凯在暴雨中跪了将近二十分钟，最后咬紧牙关起身，在旁边找到了一根半米长的棍子拿在手里，目露凶光地朝木屋走去。

现在的周凯已经失去了理智，脑海里只盘旋着一个念头，他要杀了"白小熙"！然而当他走回木屋，拉开木门走进去时，发现原本被自己打晕在地的"白小熙"已经离开了。她受了伤，不可能那么快下山，想到这儿，周凯不顾暴雨的洗礼，一路跌跌撞撞地朝下山的方向跑去，一直跑到山下，也没见到"白小熙"的身影，那辆原本等在路边的出租车也早已不见。

手机响起，是傅生的来电，周凯没接，把手机拿在手里，任由它响着，在暴雨中一步一步朝市区走去。

第四十章

周凯回到了先前住的那家旅店,把窗帘拉得死死的,蜷缩着身体躺在床上,仔细回想逃出迷宫后发生的种种,最后发现傅生说得没错,他未曾改变过任何事,未来也没因他穿越回来而改写,白小熙还是掉进了谷海。

此刻,无论再做什么,都已经无法改变白小熙掉下谷海的事实了。周凯曾在自己的时空里经历过一次,如今再次经历,痛苦丝毫没有减轻。他就这样在房间里躺了三天。

三天后,二〇一七年九月六日,白小熙尸体被发现后的第二天晚上,周凯接到了"白小熙"的电话。

"出来谈谈?"

"在哪儿?"

"短信里给你共享了位置。"

挂断电话打开短信,周凯起身下楼拦下出租车,对司机说:"莲花街。"

二十分钟后,出租车停在了莲花街上。周凯按照位置共享上的标记又走了段路,最后进入了莲花街中段的一条胡同里。"白小熙"就站在不远处,这次周凯吸取上次的教训,半句话没说就冲了上去。可马上就要到达"白小熙"跟前时,突然有个人影从

"白小熙"身后蹿了出来，一把抓住周凯的脖子，将他拎起扔出了四五米。

借着月光，周凯看清了那个人影，是于忆凡。

"为了替代白小熙我做了很多功课，几乎每晚都学她走路，学她说话，看跟记者有关的书籍。我花钱雇人绑架白小熙，把她送进山上的木屋。原本那天我就该上山杀了她，可你却从李静文租给我的房子里跑了出来。就差一步，差一步我就成功了，可现在白小熙的尸体被冲上了岸，警方确认了她的身份，知道这意味着什么吗？意味着白小熙死了，我永远也无法用她的身份继续在这个时空里生活下去了！""白小熙"站在于忆凡旁边撕心裂肺地吼着，"告诉我，为什么你会从那个房间里出来，是谁帮你拔掉了针管？"

周凯回忆起自己醒来时，原本插在胳膊上的针管被拔掉了，既然不是"白小熙"拔掉的，那会是谁呢？难道有人在暗中帮助他醒来？

"不用说我也知道，是李静文，除了我，只有她能够进去那个房间。是不是她？"

"事已至此，如今再纠结这件事还有意义吗？"周凯哈哈大笑两声，说，"我失败了，我没能阻止白小熙的死亡，可失败的不仅仅是我，你也失败了，折腾了这么一大圈，最后你我都成了没有身份的多余人。唯一的不同是，我还可以选择，我可以选择杀了周凯，也可以选择向他坦白共同使用一个身份，可你已经没有选择了。"

"本来我不想这样做的，是你逼我的。""白小熙"转身走到于忆凡身边，轻声说，"杀了他，那笔钱明天会打给你。"

"白小熙"说完后朝胡同外走去。收到命令的于忆凡几步跑到周凯跟前，蹲下身掐住周凯的脖子说："我们并不认识，也……没有……没有过交集，但……我被人……追杀，冻结了账户，身体……身体也越来越难以控制,所以……我需要这笔钱离开这里。兄弟,不要怪我。"

"一切……该发生的……总会发生。我……会来找你的。"周凯吃力地说出这句话。

"我等着。"

于忆凡说完张开口,露出两颗锋利的獠牙慢慢靠近周凯的脖颈,最后狠狠地咬了下去。"白小熙"已经走出胡同不见了踪影,周凯看向她消失的方向,突然觉得这个地方有些熟悉。咬断周凯的脖颈后,于忆凡起身,拉着他的手走了几米,然后一只手打开下水道井盖,将周凯扔了下去。

周凯已经感觉不到手脚的存在,掉进下水道的瞬间,他想起了九月九日那天,欧阳宇之对他说白小熙的死因可能另有真相之后,他从公安局出来路过一条胡同时,看见警察从下水道里打捞上来了一具腐烂的尸体。

那具尸体,原来就是他自己。

尾声

"九月十八日下午,北都市公安局在微博公布了一段名为《K科技T项目真相》的视频,视频长达半小时,血腥内容虽被处理,但依旧触目惊心。视频的曝光坐实了K科技曾以人体做药物试验的传闻。视频一经发布,短时间内被转载上亿次,在社会上引起激烈讨论。截至今日,尚未有K科技高层出来辟谣。有专家预测,此视频的曝光预示着K科技的彻底毁灭。无独有偶,昨日《北都法报》的官方微博也发布了一篇名为《连环碎尸案背后:一位父亲的无奈与杀虐》的报道,在《北都法报》随后发布的录音中,朱某不仅亲口承认了自己是凶手的事实,也讲述了儿子被K科技进行药物试验的整个过程以及K科技试图掩盖真相等细节。目前,朱某已被警方逮捕归案,案件后续请继续关注本台最新报道。"